dtv premium

Gyula Krúdy

Meinerzeit

Roman

Aus dem Ungarischen übersetzt
und mit einem Nachwort herausgegeben
von Christina Viragh

Deutscher Taschenbuch Verlag

Titel der Originalausgabe:
›Boldugult úrfikoromban‹
(Budapest 1927)

Deutsche Erstausgabe
September 1999
Deutscher Taschenbuch Verlag GmbH & Co. KG,
München

Umschlagkonzept: Balk & Brumshagen
Umschlaggestaltung unter Verwendung des Gemäldes
›Selbstbildnis mit Londa‹ (1933) von Conrad Felixmüller
(© VG Bild-Kunst, Bonn 1999)
Satz: Fotosatz Reinhard Amann, Aichstetten
Gesetzt aus der Bembo 10,5/12,75˙ (QuarkXPress)
Druck und Bindung: Kösel, Kempten
Gedruckt auf säurefreiem, chlorfrei gebleichtem Papier
Printed in Germany · ISBN 3-323-24172-1

I

Ein Herr mittleren Alters sagte am Ufer der Donau:

»Zu meiner Zeit wohnten die *Krähen* auf der Újpester Insel – natürlich nur die Krähen von Pest und Umgebung. Sie flogen über der struppigen, irgendwie gealterten, weißgewordenen, wie durch ein Jenseits fließenden Donau durch die Dämmerung nach Hause.

Ganze Krähenregimenter. Sie flatterten, schaukelten und kreisten gegen den Wind aus Nordwest. Scharen von Krähen, Krähentrupps, die man im Licht des Winternachmittags nicht voneinander unterscheiden konnte. Nur dadurch signalisierten sie ihre Verschiedenheit, dass sie in der grau, rosarot und von schwärzlichem Rauch gefärbten Dämmerung je getrennt marschierten. Irgendwie hatte es wohl einen Grund, dass sich eine Schar nicht mit der anderen vermischte – sie ließen ganze Kilometer Abstand zwischen sich, um zu zeigen, wer wohin gehörte. Einzelne Krähenscharen kreisten sogar auf der Stelle, damit der Abstand zu den vorn Marschierenden stimmte. All die Tausende von Krähen hielten sich an dieses Reglement, in der dämmerigen Luft nirgends ein Hasten, kein Überholen, kein Gedränge. Obwohl es grässlich kalt war. Doch das war die Zeit von Franz Joseph, und wahrscheinlich hatten auch die Krähentrupps ordnungsgemäß zu marschieren.

Von Norden her führte der Strom immer mehr *Eisschollen*; viele hatten schon an den Ufern angelegt, als hätten sie keine Lust mehr, auf unbekannte Ziele zuzutreiben. Im Nordwestwind gelang es ihnen eher, aus dem raschen Lauf der Eiskarawane auszubrechen, und sie schienen von den Schollen am Ufergürtel angezogen. ›Auch Ihr kommt doch aus dem Vaag, Landsmann‹, so etwas klang in dem Knirschen mit, wenn sie sich an dem ›Landsmann‹ hochhievten, ihm gewissermaßen auf Rücken und Schultern glitten, ganz nach Menschenart. Arbeit, irgendeine Arbeit musste sich in der Gegend finden, wenn doch der Landsmann hier gelandet war. Zum Teufel mit der Reiserei ins Unbekannte; auch die Wildenten, die Möwen und Krähen verließen ja nach und nach den Fluss. Das alles natürlich in Regimentern, was auch für die Eisschollen galt, denn Franz Joseph war König.

Und dann suchten sich die dunklen, draufgängerischen Krähenscharen ein Nachtlager; es war ihnen gleich, dass sie den verwurzelten Wesen, den Bäumen, sicher nicht passten, überhaupt hätten sie gern jeden Alteingesessenen von der Újpester Insel vertrieben. Und auch die Eisschollen, die aus der Fremde gekommenen Eisschollen hätten mit den hier entstandenen Schollen das gleiche getan – gewissermaßen nach dem Motto: genug des Jubels und Trubels, Platz für die Neuen. Aber Krähen und Eisschollen hatten je ihre eigenen Kasernen, Franz Joseph war König.

So war das in Pest«, sagte der Herr am Rand der Margareteninsel, wo er die Winter-Donau in Augenschein nahm. »Pest hat keine Ureinwohner, auch jetzt kann hier landen, wer will. Keine Ordnung auf der Donau. Sollten wir aber nicht nach dem gnädigen Fräulein Vilma Vilmosi sehen? Sie hat gesagt, sie würde in der Dämmerung, wenn sie niemand mehr hindern kann, von der Margareteninsel über das Eis nach Újpest gehen.«

★

Der Herr – winterlich gekleidet, doch ohne die rituell winterliche Ausstaffierung, ohne Pelze, Krägen und Stiefel, sondern wie ein Bild solider Mode – machte sich am weißen Ufer zum oberen Ende der Insel auf, wo Vilma Vilmosi die Tat begehen wollte.

Sein Weggefährte war der übliche hoffnungsvolle junge Mann, einer von denen, die immer aus unerfindlichen Gründen gerade hier und nicht anderswo sind, einer von den Herumgaffern, mit krummen Beinen, großem Adamsapfel, gestikulierenden Händen – irgendwie selbständigen Händen, als hätte der junge Mann jeden seiner Körperteile an verschiedenen Stationen zusammengesucht. Hundeschreck würde man ihn im Freundeskreis nennen (wenn er überhaupt Freunde hatte), Hundeschreck wie jene laut tutenden Italiener, die einst durch die ungarischen Dörfer zogen und mit den Ellenbogen die Pauke an ihrem Rücken betätigten und auf dem Kopf Schellen hatten und Tschinellen an den Stiefelschäften.

So, auf diese Art, hatten die Körperteile des jungen Mannes je ein Eigenleben. Seine Füße sollten nach Norden, zur Inselspitze, die Storchenbeine hatten sich für den Aufbruch nach Osten oder Westen entschieden. Oder sie gingen auch rückwärts, als nähmen sie Schwung für die Fortbewegung. Und seine Arme bewegten sich auf die gleiche widersinnige Art. Lange Arme wie aus einer Wurstmaschine.

»Wer je aus der Vilma klug wird, mag mich hängen«, sagte er mit einer tiefen Stimme, die zu seinem Äußeren überhaupt nicht passte.

Man hätte an so etwas wie misslungene Effekthascherei denken können: dass diese Stimme dermaßen tief und gefestigt war.

Der junge Mann, jetzt endlich ernstlich entschlossenen Schrittes in der richtigen Richtung (nach Norden, zum Insel-Ende) unterwegs, hätte Lajos Podolini geheißen, falls ihn jemand angesprochen hätte. (»Nicht Alajos, auch nicht Heiliger Lajos, sondern wie Kossuth, so Lajos«, war sein Sprüchlein, wenn es ihm irgendwo gelang, sich vorzustellen und seinen Namen als Souvenir zu überreichen.) Seine damalige Beschäftigung: »Supplikant« – so nannte man früher einmal die Wandervögel.

»Also, früher, in meiner Jungherrenzeit in der Szepesség, habe ich noch andere Beschäftigungen gehabt. Zum Beispiel konnte man von Lubló bis Poprádfélka ohne mich keinen Ball organisieren, darauf war ich am meisten stolz«, pflegte Lajos Podolini zu sagen, und auch das mit der allertiefsten Stimme, falls je die Rede auf seine Beschäftigung kam. (»Na ja, und dann war ich auch noch ein bisschen Hilfsstuhlrichter im Bezirk Podolin, als es noch Hilfsstuhlrichter brauchte.«) Das war er eigentlich immer noch, nämlich in seiner Kleidung: pfiffige Lammlederweste, der wir noch irgendwo begegnen werden und die er so ausziehen konnte, dass er seinen Mantel gar nicht zu berühren brauchte: eine wirklich schöne Darbietung ...

»Aha, Vilma hat sich die Sache noch einmal überlegt«, sagte der Herr mittleren Alters. Er war mit gemessenen Schritten an der Inselspitze angekommen, so wie ein Wächter in Erfüllung seiner Pflicht.

Podolini hingegen drehte seine Gliedmaßen wie eine Windmühle, er hopste und schlug mit den Armen um sich, als wollte er seine verschiedenen Körperteile wegwerfen.

»Sehen Sie denn nicht?« schrie er, wobei ihm sein Adamsapfel in die Quere kam. »Sind Sie auch blind, wie alle in dieser Stadt, wo keiner auf Bärenjagd geht, keiner auf Rehe! Und das dort, mitten in der Donau, auf dem treibenden Eis?«

Gern hätte der Krummbeinige in die richtige Richtung gezeigt, was ihm in seiner fürchterlichen Aufregung eine Weile nicht gelingen wollte. Zwischen den braunen Wildenten, den Krähen auf dem aufgeworfenen Eis, den mit dem Abwind segelnden Möwen hatte aber der Herr mittleren Alters jetzt die Frauengestalt gesehen, die auf der schwimmenden Scholle kniete, als betete sie vor einem unsichtbaren Kreuz. Die Gestalt verschwamm in der Dämmerung, manchmal sah sie wie eine der Aufwerfungen aus, sie trug einen grauen Mantel. Und doch war es ein Lebewesen, das Handbewegungen in Richtung des Ufers machte. Worauf Podolini zu brüllen begann, in echtem, unartikuliertem Schrecken. Brüllte in die Dämmerung hinaus, mit weit aufgerissenem Mund. Die Scholle trieb noch weiter weg, so weit weg wie das Jenseits, und Podolini rannte los, am Ufer entlang, und fuchtelte mit den Armen, als wollte er den Fluss anhalten.

Mit Hilfe seines spitzen Spazierstocks ließ sich der Herr mittleren Alters im gefrorenen Schnee vom steilen Ufer hinunter, Schritt um abgemessenen Schritt, wie ein Turner, der sich auf seine Nummer vorbereitet. Jetzt knirschte das Eis unter seinen Füßen, er stand jetzt in seinen Stiefeln auf dem gefrorenen Fluss, jetzt machte er die ersten bedächtigen Schritte auf die Donau hinaus. Der einstige Hilfsstuhlrichter war schon heiser, als er brüllte:

»Wahnsinn! Da kommen Sie nie heran, die Scholle ist längst bei der Kettenbrücke, bevor Sie da sind. Halt, halten Sie an! Vilma ist aufgestanden, sie macht Zeichen, es ist alles in Ordnung.«

Wirklich? Der Herr mittleren Alters blieb stehen und starrte nach vorn: nichts als die aufgeworfenen, verschneiten Schollen. Unter seinen Füßen begann sich das Eis zu bewegen, über seinem Kopf schrie eine Möwe, sie schien ihn mit lautem Flügelschlag vor dem Weitergehen zu warnen. Wie Grabhügel eines unbekannten Landstrichs sahen die Eisaufwerfungen aus. Immer deutlicher war das Tosen des Flusses zu hören.

»Rühren Sie sich nicht von der Stelle, zurück, kommen Sie zurück!« brüllte Podolini. Er hatte jetzt seine Stimme wieder. »Vilma ist nicht mehr auf der Scholle, sie geht auf das Ufer von Újpest zu.«

Der über das Eis Tappende blieb erneut stehen, er schien auf weitere Nachrichten vom Ufer zu warten.

»Vilma hat Újpest erreicht!«

»Ah! Gut!« Der Herr auf dem Eis kam jetzt zur Insel zurück. Langsam, vorsichtig und mit dem spitzen Stock tastend, in schon fast völliger Dunkelheit. Aber er kannte den Fluss nicht, wusste nichts von der warmen Quelle, die von der Insel in die Donau fließt. Den Dunst, der über dem hier nie gefrierenden Fluss liegt, sah man in der Dunkelheit nicht, der Herr mittleren Alters steuerte darauf zu und stand plötzlich bis zur Hüfte im Wasser. Die Wildenten, die bei der Quelle übernachten, flogen flatternd und quakend auf.

»Verdammt nochmal!« sagte der ins Wasser gefallene Herr, aber er hatte immer noch Boden unter den Füßen und gelangte ohne Schwierigkeiten an Land. Er kraxelte über die Böschung hinauf.

»Wo ist Vilma?« fragte er und blickte über den dunklen Fluss nach Újpest hinüber.

»Lassen Sie das jetzt. Die Vilma hat für heute wahrscheinlich genug, die ist jetzt sicher auf der Margaretenbrücke, bestimmt ist sie schon fast wieder bei der Insel.«

»Hoffentlich ist ihr nichts passiert.«

Podolini, der ehemalige Hilfsstuhlrichter, war schon wieder ganz bei »Oberländer Laune«.

»Bloß keine Angst um uns Zipser. In ein Eisloch des Poprád werden wir gesteckt, gleich nach der Geburt, und nur wer wieder auftaucht, zählt was im Leben. Wenn ich mich nicht täusche, ist auch Fräulein Vilma im Wasser gewesen, als echte Zipserin. Ein bisschen verrückt, aber hart im Nehmen.«

»Ihre Landsmännin ist also heil und ganz, Herr Podolini?«

»Aber ja, natürlich. Die läuft über das Donau-Eis, als wäre es nur gerade ein Gang über den Poprád. Sie aber, geehrter Herr, täten besser daran, die Kleider auszuziehen. Nicht jeder mag es, wenn sie ihm an den Leib gefrieren.«

»Ich persönlich mag es auch nicht«, sagte der Herr, und er beschleunigte seinen sonst langsamen Schritt, zurück zum Insel-Hotel.

Zum Abendessen erschien er wieder, und nur seine Stimme war heiserer als gewöhnlich, weshalb er Glühwein trank, hergestellt nach dem absolut besten Rezept, das der einstmalige Hilfsstuhlrichter beigesteuert hatte.

»Sowas können wir, wir alten Ballorganisatoren. Wie wäre denn ein Tanzabend im Oberland ohne Glühwein möglich? Draußen meterhoher Schnee, von der Landstraße keine Spur, die Nacht so dunkel, dass man nicht einmal die Schneeverwehungen sieht. Keiner kann gegen Morgen nach Hause, die Auswärtigen müssen auf die Mittagssonne warten, dann geben die Kruzifixe und Kapellen und Brücken am Weg die Richtung nach Lubló oder Szépesbéla doch irgendwie an. Von dort kamen nämlich unsere besten Tänzer. So wie der Lublóer tanzt keiner die polnische Polka.«

Auf Geheiß des Hilfsstuhlrichters, blauäugig, lächelnd, musste der Herr fortwährend vom Glühwein trinken, der den Krummbeinigen enorm zu beschäftigen schien.

»Kein Wetter kann so kalt sein, dass man krank wird. Man muss es nur nicht wollen. Eine Frage des Willens, geehrter Herr.«

»Na, na«, sagte der Herr mittleren Alters leise. »Aber wo ist Fräulein Vilma? Ist sie nicht ins Hotel zurückgekommen?«

»Vilma! Ha!« rief der windmühlenartige Junge. »Ich könnte auch sagen, sie sei über das Eis auf die Insel zurückgekommen, so rasch war sie wieder da.«

»Na, na«, sagte der Herr wieder. Jetzt war es ihm etwas peinlich, wegen einer fast fremden Dame ins Wasser gefallen zu sein.

⋆

Da erschien die Dame im Speisesaal, unter allgemeiner Aufmerksamkeit. (Was allerdings nicht viel zu sagen hat: es wohnten in diesem Winter nur wenige im Inselhotel; vor allem Leute, die in den anderen Budapester Hotels kein Zimmer bekommen hatten.)

Die Nachricht von der Heldentat der auswärtigen Dame hatte sich natürlich schon verbreitet. Und jetzt stand »Vilma Ha!« Vilmosi in der Glastür.

So sah sie aus (wollten wir, müssten wir sie ordnungsgemäß präsentieren): wie eine Wanderschauspielerin, wie ein Postfräulein, wie eine alleinstehende Lehrerin. Sie trug einen schwarzen, federbesteckten Samthut, den sie nie abnahm, nach Schauspielerinnenart nie aus seiner endlich gefundenen richtigen Position verrückte. Keinesfalls durfte man sich von diesem Hut trennen; er war so etwas wie ein Pass, der Ausweis seiner Trägerin. Braune Adlerfedern waren darauf und Gamsbärte und Edelweiß; seine Krempe war heruntergeklappt wie bei einem Jägerhut. Und ein blau emailliertes Abzeichen steckte am Hutband, eins mit ringsum laufender goldener Schrift: *Ungarische Karpatengesellschaft.* Nicht alle können einen solchen Hut tragen.

Dann die männliche, irgendwie uniformartig geschnittene Bluse, wie die der Postfräulein auf dem Land, die Fräulein mit den militärisch anmutenden Beamtenblusen. Die schlanke Taille profitierte von dem engen Schnitt. Und auch Vilmas Rock schien auf den ersten Blick eng, unten war er aber glockenförmig, mit einem leichtbeweglichen, pelzbesetzten Saum, darunter zwei hochgeschlossene, flache Lehrerinnen-Schuhe, demonstrative Schuhe für die Zeit, da auf der ganzen Welt Schuhe mit hohen Absätzen Mode sind. Scharf zu beobachten (wer das konnte): über den Schuhschäften grüne Strümpfe an den Waden. So, das war »Vilma Ha!«, als sie den Speisesaal betrat, eine Wildentenfeder statt einer Blume zwischen zwei Fingern drehend.

»Die Wildenten wollte ich sehen, deshalb war ich draußen auf der Donau.« Es war selbstbewusst, aber auch sehr freundlich gesagt; irgendwie tat es ihr leid, die Männer in Angst und Schrekken versetzt zu haben.

Wie es die Anstandsregeln mittleren Alters verlangen, erhob sich der Herr von seinem Stuhl, in Jackett und weißer Weste, die er immer zum Essen trug. Vilma hielt ihm eine nicht unmuskulöse Hand hin, als wäre sie den Handkuss seit eh und je gewohnt. Drei Goldreifen klirrten an ihrem Handgelenk: »Drei Lieben in meiner Erinnerung«, sagte sie, wenn jemand die Rede auf die drei Reifen brachte. Und dazu hatte sie ein seltsames, fast schuldbewusstes Lächeln wie über einen Kinderstreich. Im Speisesaal war es lau geworden, seit sie eingetreten war, zwischen diese Glaswände und winterlichen Wandbehänge aus Pelz, in diesen Raum, der auch im Winter Sommer spielte. Nichts Wärmendes hier, weder die aus der Inselgärtnerei stammenden Palmen in der Saalmitte noch die Kletterpflanzen und das andere Immergrün an den Wänden, und auch die Marmortische nicht, nichts war wie in den stillen, dunkel getäfelten Zimmern, in die man sich winters sehnt. Zu luftig war diese Sommer-Überrest-Halle und zu weit, als dass man sich hätte wärmen können; und die großen, weißgerahmten Fenster sahen ganz nach tückischen Luftzügen aus. Es brauchte schon ein weibliches Wesen wie Vilma, frisch und knusprig, dass es hier irgendwie wohnlich wurde. Sie stellte ihren Handarbeitskorb ohne irgendwelche Umstände hin und begann zu sticken, an einem blaubedruckten, dicken Leinentuch. Genau das braucht es, damit ein Zimmer noch freundlicher wird, zusätzlich zu dem Vogel, der im Käfig seine Körner knabbert. Vilma zog schwungvoll einen rostroten Faden in die Höhe und richtete runde, gesprenkelte Augen auf den älteren Herrn und stellte die vertrauliche Frage, wie es für sie beide gewesen sei, als sie dort am Ufer standen.

»Och«, sagte Podolini anstelle des anderen Herrn, damit die Rede ja nicht auf die ausgestandenen Ängste kam. »Das kennen wir ja, dass sich Fräulein Vilma mitunter zu Extravaganzen versteigt.«

»Lajos. Lajos. Was-soll-das-Lajos«, sagte Vilma mit der Nadel zwischen den Zähnen.

»Doch«, sagte der einstmalige Hilfsstuhlrichter. »War das nicht schon zu Hause, in der Heimat, so? War es nicht so, dass sie gutwillige, ernsthafte, leichtgläubige Männer zur Verzweiflung brachte? Wie war denn das bei der Damenwahl auf dem Mézé-Ball von Késmárk? Als sie immer nur mit den dicken Herren tanzte, die sonst von Ballbeginn an nicht vom Bierfass wegzubringen sind?«

»Nur damit sie nicht so viel tranken, besonders nicht von dem Bier, das in Poprádfélka gebraut wird«, sagte Vilma. Sie fädelte einen neuen Faden ein.

»Also, das ist mein Lieblingsbier; man soll mich hängen, wenn es hier in Budapest auch nur ein ähnliches gibt. Na gut, auch hier verkaufen sie Dauerwürstchen aus der Szepesség, meinetwegen auch den Schafsquark, naja, auch unseren Wacholderschnaps, aber das ist natürlich alles gepanscht ... Was weiß denn das Fräulein Vilma vom Poprńder Bier? Warum es so anders ist als alle anderen Biere?«

Dank dem Krummbeinigen fast laufend über diese Dinge unterrichtet (dem Hilfsstuhlrichter nahten sich zur Essenszeit die schwankenden Gestalten einst konsumierter Speisen und Getränke), saß der Herr mittleren Alters schweigend an seinem Platz und betrachtete das stickende Mädchen. Vielleicht regte sich so etwas wie eine Erinnerung, als er auf Vilmas spitz gedrehten Haarknoten schaute, der in schräger Beleuchtung von rötlicher Farbe war. Venusknoten hieß eine solche Frisur, eine einzige Nadel hielt sie zusammen und eine lange Haarlocke, mit der man sie umwand. »Vilma Ha!« hatte auch Fransen, wie jede Schönheit aus der Szepesség; so sahen die Oberländer Schönheiten auch auf den Quarkschachteln aus.

Und Zapfenlocken hatte sie auch, je eine Locke über je einem Ohr, ohne welche die wilde polnische Polka wahrscheinlich nicht auszuführen wäre. Ein Zipsermädchen ...

Unter den Kieseln des Poprád lag bestimmt eine Kopie ihrer Augen, ihr Gesicht war fleischig und weiß, dazu frisch schimmernde Zähne, der ganze Eindruck wie von einem groß geratenen Edelweiß. Ihr Atem eine Tannenwaldspaziergangs-Erinnerung. So, das ungefähr war Vilma Vilmosi, die Täterin von der Donau. Und es soll doch auch erzählt sein, dass sie in der Szepesség Lehrerin gewesen war, bevor sie auf die Margareteninsel zog. Auch sie jetzt »Supplikantin«, jung und unbeschwert, wie sie war. Mit bestickten Samttaschen war sie angereist gekommen, altmodischen Taschen mit aufgestickten Löwen, Hunden und Blumen. Da saß sie jetzt im Speisesaal und stickte unbeirrt weiter, als säße sie an ihrem angestammten Platz.

»Räucherschinken«, sagte sie beiläufig, »den gab es in Podolin bei Faykis zu kaufen. Wenn ich in der Gegend zu tun hatte, bin ich selber manchmal zu Faykis hinein.« Das, um die Pause, die im Gespräch entstanden war, zu überbrücken. Eine Oberländerin kann keine verlegen schweigenden Männer dulden.

Die Bemerkung traf ins Schwarze. Der Hilfsstuhlrichter begann zu zucken und zu zappeln, als zöge es ihn zu Faykis fort. Schrecklich aufgewühlt, wie er war, hatte es ihm fast die Sprache verschlagen:

»Mein Herr, mein geehrter Herr, viele schöne Zeiten, Sie haben gewiss auch viele schöne Zeiten erlebt, das sieht man Ihrem Gesicht an, dass Sie kein Kostverächter sind und Fröhlichkeit lieben, aber gestatten Sie, ich muss dennoch erklären, dass jemand, der nie bei Faykis war, vor oder nach dem Ball, nach dem Kränzchen oder vor der Tanzstunde, oder auch an einem gewöhnlichen Tag, wenn er in Podolin zu tun hat – also, natürlich so um die Mittagszeit, weil man dann auf den Ämtern sowieso nichts erledigen kann, der... der muss mit einem Gefühl nicht gutzumachenden Verlusts auf sein vergangenes Leben zurückblicken. War der geehrte Herr jemals bei Faykis?«

Der Hilfsstuhlrichter war schon aufgesprungen, bevor der Herr antworten konnte, es war, als bereite er ein Zauberkunststück vor. Sonst saßen im Speisesaal nur lebensmüde alte Leute und in Träumen von der einstigen Insel versunkene Frauen, alle auf der Flucht vor der Gegenwart, vor den Qualen, vor der Krankheit, denn vielleicht konnte in diesem Hotel der Portier (roter Schnurrbart, Röhrenhosen, glänzend gewordener Frack) die Heimsuchungen fernhalten – was ich sagen will: dass die Anwesenden mit großem Interesse zu verfolgen begannen, wie Lajos Podolini auf einmal Stühle und Marmortische umherschob, wichtigtuerisch, als seien es Vorkehrungen zu einer Laiendarbietung. Der schlägt womöglich noch das Rad? Nein, Podolini maß in dem freigewordenen Raum tiefernst und mit möglichst gleichmäßigen Schritten die Distanzen ab:

»Zehn Schritte der Länge nach und fünf Schritte der Breite nach: das etwa ist die Ausdehnung von Faykis' Schenke!« Jetzt war seine Stimme wie ein Kontrabass, dessen Saiten empört und angewidert zittern. »Stimmt's, Fräulein Vilma?«

Sie blickte von ihrer Stickerei nicht auf, weil sie all die neugierigen Blicke spürte. (Nur keine Angst um die Oberländer Damen, die wissen schon, was Anstand ist.)

»Das war die erste Schenke in der ganzen Szepesség; Bierstuben, Gasthäuser, Hotels gab es schon ein paar, aber die erste richtige Schenke zu eröffnen, das hat nur Faykis gewagt. Faykis, der Apotheker, in den Blättern der Hauptstadt für seine Brustpastillen und Duftsalze bekannt. Seine Apotheke war in der Nähe, Ritter Grósz, der Gehilfe, stellte dort die bunten Medikamente her. Er, der beste Walzertänzer im Oberland (sogar zu den Bällen von Rózsahegy war er eingeladen), der sich vergeblich um die Apothekerbewilligung beworben hatte. Was Herrn Faykis persönlich betrifft, hielt er sich lieber in der Schenke auf...«

»Und in seiner Konditorei, er hatte auch eine Konditorei«, sagte Vilma zu ihrer Stickerei, worauf ein anderer Wind in die Mühlensegel des Hilfsstuhlrichters fuhr:

»Fräulein Vilma! Ihr mögt durchaus die Wissenschaft verstehen, mit deren Hilfe man Eis führende Flüsse überqueren kann. Ihr habt aus privatem Fleiß auch den Bergführerausweis erworben, das wissen wir, Ihr kennt den Weg zum Polen-Sattel mit geschlossenen Augen, und auch den zum Wasserfall des Kahlbachs, und meinetwegen auch zur Eishöhle von Dobsina. Aber von Faykis' Schenke, mit Verlaub, verstehe ich doch etwas mehr. Ein Stuhlrichter in Ungarn, der musste sich auf ziemlich viel verstehen. Bitte findet Euch damit ab.«

»Na, na.« Der Herr mittleren Alters. »Deswegen konnte der erwähnte Faykis doch eine Konditorei haben.«

»Hatte er auch, aber das steht auf einem anderen Blatt«, sagte Podolini und blickte so starr auf Vilma, als hasste er sie in dem Augenblick. Dann begann er in den Taschen seiner Wildkatzenweste nach etwas zu suchen, nach einer Kreide vielleicht, um die Einrichtung der Schenke zu zeichnen, dann aber holte er einfach ein paar der Stühle wieder hervor, um sie im Lauf seiner Erklärungen wie Schachfiguren hin und her zu schieben.

»Hier. Hier war Herrn Privorszkys Platz in der Schenke.« (Er stellte den Stuhl hart an seinen Ort.) »Er kam gegen viertel vor zwölf, wenn die Zeiger der Turmuhr voller Raben und Dohlen waren. Das war die Stunde des pensionierten Hauptstuhlrichters. Abgeordneter, Vize-Gespan, vielleicht sogar Bezirk-Hauptstuhlrichter in Löcse hätte er in seinen fünfunddreißig Dienstjahren mehrmals werden können, aber er ging nicht gern aus Podolin weg, nicht einmal für einen Tag. Sauber gekämmt schmiegte sich sein Bart an den Pelzkragen. Wahrscheinlich die engelhafteste Seele, die zu kennen ich je das Glück hatte. Und doch unzufrieden mit seinem Los. Befähigter Hausfriseur (Frau Milka, seine Gattin, trug da bestimmt das Ihre bei, denn ein Hauptstuhlrichter geht nicht zum Barbier), brachte er täglich seinen Schnurrbart, seinen Bart, sein Haar in Ordnung, mit der Haarschneideschere, die er besaß. Wenn er in der Schenke Platz genommen hatte, beklagte er sich über den Staat. Hier. Hier hat er gesessen!« Podolini klopfte mit dem Stuhl auf den Boden, als beschwöre er einen Geist, der ihm in allem zustimmen sollte.

»Ja, aber er färbte sich das Haar und den Schnurrbart braun«, sagte Vilma, offensichtlich kämpferisch gestimmt. »Nur gerade lehmbraun, der Alte war knauserig, für den Bart ließ er gar nichts mehr springen.«

»Aber die Komitatsverwaltung, die hatte er im kleinen Finger«, sagte Podolini zu dem älteren Herrn. »Immer haben wir ihn um Rat gebeten, wenn wir Probleme hatten; er kannte im ganzen Kreis jeden persönlich. Noch heute könnte der Schmied von Lubló nicht sterben, hätte er nicht auf dem Sterbebett Herrn Privorszky eine alte Sünde gebeichtet. Händel mit Reisenden ... ›Ich habe immer gewusst, dass du der Spitzbube warst, aber ich habe dich wegen deiner Kinder in Ruhe gelassen‹, hat Privorszky gesagt, und der Schmied ist erleichtert gestorben. So war Privorszky.«

Fräulein Vilma lächelte ihrer Stickerei zu. Über die Torheit der Männer, die auch in den Worten des Hilfsstuhlrichters schwang. Der war schon wieder dabei, einen Stuhl herbeizuziehen:

»Hier. Der Tisch der Intelligentsia des Komitats. Wo wir unser eigenes kleines Ritterleben lebten. Hier hat A. Görgei gesessen. Einer von den echten Görgeis. Der ist jeden Tag im Winter, bei Schnee, bei Schlamm von Toporc nach Podolin gewandert gekommen, für sein Glas Bier, na, und vielleicht auch wegen des Tisches der Intelligentsia. Nie hat er den Mantel ausgezogen, nie hat er den Jägerstock aus der Hand gelegt, nie hat er bezahlt, nur einmal im Monat, ein Glas Bier pro Tag. A. Görgei. Das war sein Name. Durchreisende Fremde haben ihn glücklich gemacht, wenn sie bei dem A an Artúr dachten. Es war leider nur

Albert. Das war vielleicht ein Grund zur Traurigkeit, falls A. Görgei dafür Zeit hatte. Ein sehr beschäftigter Mann. Er musste zur Post, zum Stadthaus, zum Händler, zur Tabak-Trafik, dann beim Bezirksarzt vorbeischauen, der damals gerade Csáki hieß – einer von den echten Csákys. Wie hätte auch ein falscher Csáki in der Szepesség, der Heimat der Csákys, bestehen können? Als Freidenker ließ er das Ypsilon weg. Da überall musste A. Görgei jeden Tag, bei jedem Wetter hin. Manchmal gab es auf der Landstraße keine anderen Menschenspuren als die seiner Schritte in der Schneeverwehung. Deshalb konnte er auch nicht lange am Tisch der Intelligentsia sitzen. Nicht wahr, Fräulein Vilma?«

Die in ihre Stickerei vertiefte Dame lächelte wieder. Möglich, dass sie mehr über diesen Görgei wusste, als sie erzählen durfte. Die Frauen wissen schon, was sie über die Männer zu denken haben, behalten es aber meistens für sich. Nur ein Lächeln von Vilma, als die Rede auf A. Görgeis Schneewehen-Wanderungen kam. Sie hätte vielleicht sagen können, warum der Gutsbesitzer aus Toporc jeden Tag in Podolin auftauchte.

»Zum Tisch der Intelligentsia gehörte natürlich auch János N. Moos, der Direktor des Piaristen-Gymnasiums. Untersetzt und energisch und gerade deshalb in dieses uralte Kloster geschickt, dass er hier ein bisschen Ordnung mache. Viele Klagen gegen das Untergymnasium; die hochwürdigen Professoren wurden ja gerade aus Strafe hierher versetzt. Einer der Piaristen, blondgelockt, blauäugig, husarenhaft schreitend, schoß sich sogar eine Kugel ins Herz. Aus Verliebtheit. Noch heute weiß man nicht, wer das Mädchen war, das seinen Mathematikprofessor in den Selbstmord getrieben hat. Hier also musste der hochgestrenge János N. Moos mit eisernem Besen kehren, und tatsächlich hat er dafür gesorgt, dass die lehrenden Ordensbrüder nicht jede Woche nach Késmárk ins Dampfbad fuhren. Nur noch alle zwei Wochen durften sie da hin. Das hat János N. Moos tatsächlich durchgesetzt.«

Auf den Stuhl des Direktors gestützt, machte Lajos Podolini eine Pause, nachdenklich schnalzend, als staunte er noch immer über die Tat, die sich mit der Erinnerung an János N. Moos verknüpfte.

»Schon, aber den Ferenc hat er doch nicht auf den rechten Weg gebracht«, sagte Vilma. Sie hatte offensichtlich auch etwas gegen János N. Moos. (Es gibt solche Frauen: denen können es nicht einmal die energischsten Männer recht machen.)

»Ferenc war ein Sklave des Trunks«, sagte der Hilfsstuhlrichter melancholisch, als wäre da nichts mehr zu wollen. »Ein hochbegabter, ein hochgebildeter Ordensbruder, ein Gedächtnis-Phänomen. Kein lateinischer Dichter, den er nicht zitieren konnte. Und Geschichte! Im kleinen Finger hatte er sie. Ein Genie. Die Wissenschafts-Akademie schrieb ihm in schwierigen Fragen Briefe. Der Stolz des Podoliner Klosters hätte er sein können, wenn er nicht ... Und gerade darum hat ihn der Direktor in Faykis' Schenke mitgeschleppt: um ihm das Trinken abzugewöhnen. Zwei Flaschen Bier bewilligte er ihm, der Pater trank sie rasch hintereinander, denn er hatte einen höllischen Durst. Konnte den Blick nicht vom Glas wenden, solange sich schaumiges Bier darin rührte. Es war ja so, dass Faykis dank Protektion von der Budapester Brauerei das Qualitätsbier bekam, das in den internationalen Speisewagen ausgeschenkt wird. Ferenc, laut eigener Aussage, geriet in den Bannkreis der Erinnerungen an die große Welt, wenn er von dem Bier trank, denn er hatte einmal den Weg von Budapest bis Poprádfélka im Speisewagen gemacht. Am Fenster hatte er gesessen, ins winterliche Land hinausgeschaut, sich gefreut, wie die Stationen näherkamen und zurückfielen, zwei Lokomotiven waren vor den Zug gespannt, wie zu Ferenc' Ehren, und die Kellner in den braunen Jacken bedienten den hochwürdigen Herrn mit erlesener Höflichkeit. Kassaer Räucherschinken boten sie ihm an, hobelten dazu den süßen Meerrettich zu Spänen, während die Station von Kassa vorbeihuschte.

Eine französische Dose machten sie für ihn auf, Sardinen, wie man sie in Podolin nie gesehen hatte. Und dann fand sich auch noch eine Dose Orsovaer Kaviar, denn auf dieser Linie verkehrten die besseren Leute. Was blieb Ferenc in seiner Not in der Schenke übrig: er verpfändete bei János N. Moos seinen nächsten Ausgang, um eine dritte Flasche Bier. ›Wie zerronnen, so gewonnen‹, hat der strenge Direktor gesagt, und so ist Ferenc zu seiner dritten Flasche gekommen. Sie war teuer, aber sie war es wert: einen Tag Freiheit hat sie gekostet, den direktorfreien Tag im Dampfbad von Késmárk … Ferenc saß zu Hause und korrigierte halt ein bisschen.«

»Am Ende ist Ferenc noch der ideale Mann.« Vilma war irgendwie kribbelig.

»Nein, das meine ich nicht, auch wenn Ferenc in vieler Hinsicht ideale Züge hatte. Beispiellose ordensbrüderliche Entsagung. Heringssalat war ihm auf der Welt das liebste, er hat das selber gesagt. Und doch hat er bei Faykis nie Heringssalat gegessen, weil der schrecklich Durst macht, und er, er wollte sein Gelübde halten: hat nie mehr als drei Flaschen Bier getrunken, mochten die Korken noch so knallen, die Biere überschäumen. Faykis hat an bestimmten Tagen die frisch angekommenen Heringsbüchsen mit großer Feierlichkeit aufgemacht, es lief einem das Wasser im Mund zusammen. Die ganze Welt roch nach roten Zwiebeln und Käse; denen von Lubló ward Kunde von der frischen Lieferung, ihr Schlitten stand noch am Nachmittag vor der Schenke. Das Bier fließt in Strömen, Faykis hat seine Sternstunde, er rezitiert das Rezept des aus Heringen, Eiern und Zwiebeln bestehenden Salats – und Ferenc hält stand.«

»Er war völlig verkommen«, sagte Vilma und lachte ein bisschen.

*

Lajos Podolini war erschüttert: er schien eine Schranke schließen zu wollen, er breitete die Arme aus und wandte sich an den älteren Herrn.

»Jetzt also, geehrter Herr, jetzt haben Sie es mit eigenen Ohren gehört – und das von einer Dame, die in der Szepesség für die gebildetste, energischste, hochkarätigste galt. So redet sie über Pater Ferenc, mit dem die Akademie korrespondierte. Jetzt können Sie sich vorstellen, was die weniger hochkarätige Damenwelt von dem Wissenschaftler, Dichter, Ordensbruder hielt! Ein verwunschener Geist war Ferenc; einsam trieb er sich in der Winterdämmerung unter den Klostermauern herum, stand am Ufer des gefrorenen Poprád, hörte das Sirren der Wasserstellen im Eis, wenn sie gegen Morgen wieder zufrieren wollen, betrachtete von Ferne die beleuchteten Fenster der Häuser auf dem Marktplatz. Drinnen wurde musiziert und gesungen, und man spielte Gesellschaftsspiele, die Frauen lachten immer wieder auf, besonders die Fräulein Duchon, von denen man in Podolin überhaupt das Gefühl hatte, sie kämen aus dem Lachen nicht heraus; auf den weißen Vorhängen manchmal tanzende Schatten, manchmal auch der Schatten des Hilfsapothekers, denn er verstand sich auf Zauberkunststücke, und dazu die ganze Zeit der Klang des Klaviers im kleinstädtischen Abend, durch den Pater Ferenc ohne Gesellschaft irrte. Scharaden wurden auch ohne den Akademiker gespielt. Die Damen fuhren zusammen, wenn sie in ihren Schultertüchern, Filzschuhen und mit dem Licht in der Hand aus den freundlichen, nach gebratenen Äpfeln riechenden, auf ein langes Leben eingerichteten Häusern wieder heimwärts gingen und ihnen im Winterabend die gekrümmte, schwarze Gestalt des Paters entgegenkam. ›An der großen Donau steht ein kleines Häuschen ...‹ trällerte der Pater. Was seinen Ruf noch schlechter machte.«

»Na sicher«, sage Vilma. »Es ist doch klar, dass wir lebende Gespenster nicht mögen, nicht einmal, wenn sie im Pelzkragen und mit einem Ebenholzstock mit Silberknauf auf dem Markt umherspazieren. Und dann hustete er die ganze Zeit so schrecklich, weil sein Magen das mittägliche Bier, den Zwiebelfisch und die mit Zitrone gewürzte Wurst nicht ordentlich verdauen konnte. Ein Akademiker sollte nicht den Verstand verlieren, wenn man vor ihm eine Heringsdose öffnet.«

Der Herr mittleren Alters hatte aufmerksam verfolgt, wie Lajos und Vilma nach üblichem Brauch über die Abwesenden stritten, und jetzt sprach er ruhig das Urteil:

»Man kann die Menschen nicht verbessern; man muss sie nehmen, wie sie sind. Es wäre ja auch höchst merkwürdig, wenn auf der Welt alle Menschen gleich wären. Sie beide sind aus Ihrer Gegend weggegangen, vielleicht kehren Sie lange nicht mehr zurück, vielleicht sehen Sie die gewohnte Umgebung nicht so rasch wieder. Vor Ihnen tut sich ein neues Leben auf, und Sie müssen sich darin einen Platz erkämpfen. Was gedenken Sie anzufangen?«

»Ehrlich gesagt, daran habe ich noch gar nicht gedacht.« Der krummbeinige junge Mann wurde rot, er fühlte sich offenbar ertappt. »Ich denke es mir so, dass ich jetzt Ferien habe, nur dauern diese Ferien länger als üblich. Eines Morgens finde ich dann beim Portier einen Brief, man ruft mich nach Podolin zurück, weil ja doch niemand weiß, was in meinem Schreibtisch wo zu finden ist. Ich schreibe allen meine Adresse, es hat allerdings noch keiner geantwortet. Nähere Verwandte habe ich dort nicht, aber Faykis hat versprochen, er würde mir schreiben, sobald er etwas erfährt.«

»Die Post ist nicht zuverlässig«, sagte der Herr.

»Ja, ich weiß schon, dass die Briefe geöffnet werden, aber aus der Szepesség kommen immer wieder Leute nach Budapest, und die können eine mündliche Nachricht überbringen. Irgendwie muss doch die Verwaltung weiterfunktionieren, was immer geschehen sein mag. Der Stuhlrichter bin doch immer noch ich.«

»Und mit welchen Plänen trägt sich Fräulein Vilma?« fragte der Herr mittleren Alters so leise, als rührte er an eine schmerzliche Frage. Vilma aber warf den Kopf hoch, lebhaft, selbstbewusst, entschlossen, so dass der Herr mittleren Alters vielleicht schon bereute, überhaupt gefragt zu haben.

»Ich, mein Herr, bin fast von Kindheit an Waise, denn so hat es das Schicksal verfügt. Ich habe mein Leben bei mürrischen Gevattern und in noch mürrischeren Anstalten verbracht. Ich bin Lehrerin. Eine arme Lehrerin ohne Schule, aber irgendwo findet sich bestimmt ein Stück Brot für mich.« Vilma schien ein Selbstvertrauen zu haben, als wüsste sie schon um ihr zukünftiges Los. Sie blickte auf ihre Stickerei, auf ihre Freunde und hinaus in die Winternacht, als hätte sie dank ihrem Lehrerinnenpatent die Welt in der Tasche. »Mein Diplom habe ich bei den Nonnen von Kassa erworben, und unterschrieben hat es der königlich-ungarische Schulaufseher. Diplom ist Diplom, sogar noch in der Hölle.«

»Na schön, so wollen wir uns auf morgen vertagen«, sagte der Herr mittleren Alters. Offensichtlich war er mit Vilma einig. Die Nonnen von Kassa händigten keine unverdienten Diplome aus.

Beim Aufbruch ließ der Herr die beiden jungen Leute vor sich her gehen, und beim Abschied im Flur fragte er sie:

»Jetzt habe ich schon seit einigen Tagen die Ehre, Sie zu kennen, aber ich habe noch immer nicht herausgefunden, in welcher Verbindung Sie stehen. Sind Sie Verlobte, Verwandte oder alte Bekannte, die einander in der fremden Stadt nicht im Stich lassen?«

»Weder noch. Wir sind bloß beide aus Podolin«, sagte Vilma mit ihrem üblichen Lächeln. »Manchmal ist einem auch die Geburtsstadt von Nutzen.«

»Geburtsstädtchen«, berichtigte der Herr mittleren Alters; irgendwie wollte er beweisen, dass er einmal Geographie gelernt hatte, wo auf genaue Bezeichnungen Wert gelegt wird.

»Stimmt, ›für einmal stimmt es‹, denn Stadt und Städtchen sind zweierlei, so wie Martin und Martinchen. Beide sind Winterheilige, doch am Martinstag, im November, hat der Mastgans-Braten durchaus Sinn, während an Martinchens Namenstag, im Januar, nicht einmal die Schlachtplatte immer Abnehmer findet«, sagte der Hilfsstuhlrichter.

»Franz Joseph hat über den Martinstag verfügt«, sagte der Herr mittleren Alters. »Die schönsten Gänse bekam ihre Majestät immer von den Pressburger Juden.«

2

Vilma wohnte im zweiten Stock des Hotels, der Hilfsstuhlrichter im ersten, der Herr mittleren Alters im Erdgeschoss. Ihre Zimmer lagen ungefähr übereinander; sie hätten ein Loch in die Zimmerdecke bohren, eine Schnur hindurchziehen und einander Zeichen geben können. Besonders in den schlaflosen Nächten. Schlaflosigkeit, das war das Leiden des Herrn in den mittleren Jahren, und er hatte sich zwecks Abhilfe die verschiedensten Methoden ausgedacht. Einmal hatte er eine lange, traumverlorene Nacht im Inselhotel gehabt, und deshalb wohnte er jetzt hier.

Er hieß Kacskovics, vielleicht war er einer von den Kacskovics, die in Pest so viele Häuser besaßen, dass fast in jeder Straße eins stand.

Zum Glück hatte er mit den Häusern gar nichts zu tun. Seine Mutter, »mein Mamachen« (so nannte er die alte gnädige Frau) lebte in vollen Zügen in einem dieser Häuser, mitten in der Stadt, seit zwanzig Jahren ohne ihre Wohnung zu verlassen, nachdem sie sich bei einem Spaziergang in der neu gebauten Innenstadt verirrt hatte und vom Fiakerkutscher angestarrt worden war, als sie ihm einen Straßennamen und eine Hausnummer angab. Es hatte eine Weile gebraucht, bis die alte gnädige Frau wieder zu Hause angelangt war, worauf sie schwor, in diese

Stadt, wo man hinterrücks die Straßen neu benannte, neue Häuser baute, neue Geschäfte eröffnete, nie mehr einen Fuß zu setzen.

»Frigyes Podmaniczky mit dem Bart, der ist an allem schuld«, das war der Refrain der alten Witwe, weil der Baron mehr oder weniger der einzige fremde Mann war, den sie kannte. Sie saß also zu Hause und hatte Scherereien mit ihren Hauswarten – zwar alles alterprobte Leute, aber immer wieder mit neuen Vorschlägen hinter der Hausbesitzerin her. Bald wollten sie die Mieten erhöhen (weil die Mieter doch »praktisch umsonst« wohnten), bald kamen sie ihr mit Reparaturplänen. Vor allem die Sache mit den Traufen ...

»Wenn noch einmal jemand etwas von den Traufen sagt, stelle ich ihn auf die Straße«, sagte Frau Kacskovics, und damit waren die Vorschläge für längere Zeit suspendiert.

Kacskovics nannte sich glücklich, vom Schicksal mit einer solchen Mutter bedacht zu sein. Ihr zuliebe hatte er in jedem Haus der Familie eine Wohnung, und da wohnte er mitunter auch, bis er sich wegen seiner Schlaflosigkeit an Orte verzog, wo er für sein Leiden Besserung erhoffte. Er besaß einen schrankgroßen Reisekoffer, den man in jedem Budapester Gasthaus kannte, denn Gasthäuser versprachen am ehesten die eine oder andere ruhige Nacht. Er war auf die Rubrik *Fremde Gäste* spezialisiert und suchte in den Zeitungen immer die Seite, auf der die Rubrik, nach Gasthäusern eingeteilt, figurierte. Er stürzte sich mit einer Neugier darauf, wie sich andere auf die Speisekarte stürzen. Wenn ihm ein Männer- oder Frauenname im Register der Fremden gefiel und er annehmen konnte, der Träger des Namens verspreche sich von dem bestimmten Gasthaus ruhigen Schlaf, so zog er ohne viele Umstände ebenfalls dorthin.

Nach jahrelangem Studium der Namensliste hatte er schon erprobte Bekannte, denen er einen Zauber zuschrieb. Einer war

Heringer (aus Szabadka), der stets im *Weißen Pferd* abstieg (Heringer war Pferdehändler) und ringsum Schrecken verbreitete, weil er mit seinem Schnarchen niemanden schlafen ließ. Heringer, der treue Name, holte Kacskovics unverzüglich ins *Weiße Pferd*; kein Winkel der Welt, aus dem es ihn nicht in die Nähe des Pferdehändlers getrieben hätte.

Das schreckliche Schnarchen war von wunderbarer Wirkung. Wenn Heringer seine Schnarchübungen durchexerzierte, sich im Schlaf wälzte, aufschreckte und fluchte, in dieses Gasthaus, wo man ihn nicht schlafen lasse, komme er nie mehr, war das für Kacskovics ein Schlafmittel, wie er es sich nur träumen konnte. Im Wachzustand sah er Heringer nie, er wollte seine Illusionen über den heldenhaft, geradezu mit übermenschlicher Kraft schnarchenden Mann nicht verlieren. Vom Hörensagen wusste er, dass Heringer ein kleiner schwarzer Herr mit großen Augen, großem Schnurrbart, Doppelkinn und krummer Nase war, der sich tagsüber bei jedem Angestellten des Gasthauses für sein Schnarchen entschuldigte. Und sich dann hinterrücks in sein Zimmer stahl, so dass man ihm zu seiner somniferen Wirkung gar nicht gratulieren konnte.

Radics (aus Várpalota), Weinhändler, stocktaub, gehörte ebenfalls zur einschläfernden Kategorie. Er hörte seine eigene Stimme nicht und brüllte nachts aus voller Kehle, weil er nach dem üppigen Nachtmahl von Feuer, Stieren und Strolchen träumte. Er warf seine Stiefel gegen die Tür, riss das Fenster auf, sprang in den Schrank hinein, versteckte sich unter dem Bett, stöhnte und schrie. Radics, der Transdanubier, wohnte gewöhnlich in einem Hotel in Buda, wo bald auch Kacskovics nicht fehlte. Wenn man schon nicht schlafen konnte, hätte man wenigstens einen Grund dafür. Aber eben: Radics rang im Traum mit den Bösewichten des Bakony, Kacskovics schlief.

Dann der mehrfach gescheiterte Abgeordneten-Kandidat, immer rechtzeitig in Pest im Hotel *Pannonia* präsent, wenn irgendwo ein Bezirk freigeworden war. Der Kandidat sagte im Traum die Reden auf, die er an Minister und Wähler zu richten gedachte, Kacskovics schlief.

*

Und so hatte der Herr mittleren Alters, schlaflos in die Liste der *Fremden Gäste* vergraben, sogleich die Namen der neuen Gäste im Inselhotel entdeckt. Leute aus Podolin, noch nie etwas mit solchen zu tun gehabt. Kannten vielleicht einen Zauber, der den Schlaf auf die Lider beschwor.

... Doch es war eine schlaflose Nacht. Nur hie und da, für ein paar Sekunden, meinte Kacskovics Pater Ferenc brummen zu hören, jetzt allerdings ein anderes Lied, denn die Priester haben so ihre Weisen. Er sang: »Geh' ich an der Kirch' vorbei, ach wie tönt das Lied so schön ...« Immer aber war der Pater im Weggehen und nicht im Kommen, was dem Schlaf das Sich-Festsetzen sehr erschwerte.

Nichts geschah in der Nacht, kein zerstreuter Gast machte eine falsche Zimmertür auf, was den Schlaf immerhin gefördert hätte. Kein Ehepaar besprach die Familienangelegenheiten in den Stunden nach Mitternacht, nichts führte dazu, dass die Nachtgeschirre flogen. (Keine Frau Kristófi, die wackere Dame aus der Provinz, die im Hotel *Jagdhorn* ausdauernd nach dem Zimmermädchen zu klingeln pflegte. »Jetzt bringen Sie mir doch endlich ein Traumbuch, mein Mann hat wieder was ganz Seltsames geträumt.« Und sie verprügelte den Mann, wenn sie aus dem Traumbuch etwas Verdächtiges herausgelesen hatte. Ausgezeichneter Schlaf.) Der abnehmende Mond sah bei seiner Fahrt über der Donau immer jenseitiger aus, der Herr mittleren Alters lauerte starr auf die nächtlichen Geräusche, aber niemand knallte seine Stiefel gegen die Tür. Schlaflose Nacht.

Kacskovics kam sich geprellt vor, als er gegen Morgen sah, dass dichter, feiner Schnee gefallen war, der die gestrigen Fußspuren zugedeckt hatte. »Wenn ich das gewusst hätte, dass es draußen schneit.« Doch der Schnee war lautlos gefallen, und jetzt nützte er nichts mehr.

»Wir gehen nach Pest«, sagte der Hilfsstuhlrichter. Er hatte alle Kleider an, die seines Erachtens für einen Besuch in der Stadt nötig waren. Er trug hohe Stiefel, trank Schnaps, kaute Brot mit Salz und Paprika und warf in seinem hüftlangen Jagdmantel entschlossene Blicke in die Runde. Ging im Speisesaal auf und ab wie an einer Bahnstation.

»Wohin wollen Sie?« fragte Kacskovics.

»Zum Ministerium.« Podolini hatte bereits gelernt, dass Herumlungerer seiner Art immer gerade zum Ministerium unterwegs sind. (Leute aus der Provinz sind in Budapest meistens auf Ministeriumsbesuch.)

Dann erschien auch Vilma, und zwar ernstlich für einen Besuch gekleidet, in einem schwarzen Kleid, ihrem besten Stück, ganz offensichtlich.

»Geht auch Fräulein Vilma in die Stadt?«

Die Lehrerin war so gutgelaunt wie gestern; die hatte gewiss nichts Schlechtes geträumt. Sie holte ein Notizbüchlein mit rotem Deckel hervor: *Der Kalender des Lehrers* (in Goldbuchstaben).

»Sogar drei Verwandte habe ich in Budapest, hier, da sind ihre Adressen notiert. Vielleicht fällt wenigstens einem von ihnen etwas ein, wozu er mir raten könnte. Geld will ich keins von ihnen, und mit Ratschlägen sind die Verwandten gar nicht geizig, wenn sie einen damit vom Hals haben können.«

»Ich gehe nicht zu meinen Verwandten, ich will sie nicht erschrecken.« Irgendwie war Podolini mürrisch. »Verwandte sind nur so lange gut, wie man aus der Distanz über sie klatschen kann.«

Es stellte sich dann anhand des Notizbüchleins heraus, dass die

Verwandten von Vilma, eine gewisse Familie Klébák, in der Nähe der Kirche des Terézstadt-Viertels wohnten, und der ältere Herr rief, auch er habe in der Gegend zu tun. So konnte er doch wenigstens das Fräulein instruieren, wie man dorthin gelangte, falls sie später wieder einmal zu den Klébáks fuhr. Der Hilfsstuhlrichter sagte nichts mehr von seinem Ministerium, sondern schloss sich schweigend an, nachdem er seine Stiefel mehrmals betrachtet hatte, als wäre er nicht ganz sicher, ob diese Tracht auch für die Umgebung der Terézstadt-Kirche die passende sei ...

*

Sie fuhren mit der Pferdebahn über die verschneite Insel.

Das Pferd lief allein (es hätte sowieso nicht aus dem Geleise treten können), der Fahrer verkaufte Fahrkarten und erzählte, wie die Bahn bei stärkerem Schneefall den Betrieb einstelle und wie man dann auf der Insel mit Schlitten verkehre. Der Schlitten aber fahre nur einmal pro Stunde vom unteren Ende der Insel zum oberen, man müsse sich rechtzeitig vor Abfahrt einfinden, sonst könne man eine ganze Stunde warten.

»Wird auch der Schlitten von einem Pferd gezogen?« Podolini war ganz erstaunt und schon besserer Laune, nachdem der bedrückende Ministeriumsbesuch nicht mehr in Aussicht stand.

»Der Schlitten wird von zwei Pferden gezogen, und wir hängen den Pferden Schellen um den Hals, damit wir uns im Dunkeln nicht verfahren«, sagte der redselige, rotschnurrbärtige Kutscher, der nur hin und wieder aus dem rumpelnden, mit seinen Glasscheiben scheppernden Fuhrwerk zu dem selbständigen Pferdchen hinausrief:

»He, Csillag.«

Und das Pferd setzte sich wieder in Trab.

Am unteren Ende der Insel verlor sich die Schienenspur, die Pferdebahn kam zum Stillstand, der Kutscher spannte das Pferd aus und am anderen Ende des Wagens wieder ein: ein fast schmerzlicher Augenblick; irgendwie wäre das der Wagen gewesen für die Fahrt um die Welt.

Dem Herrn mittleren Alters war der Hang seiner Reisegefährten zu dem Pferdegespann nicht entgangen, und er versprach weitere solche Fahrten zu späterer Stunde.

»Ich bin noch nie Omnibus gefahren«, sagte Vilma, »aber ich habe schon viel darüber gelesen.«

... Als sie aber von der Insel weggegangen waren, nahmen sie die elektrische Straßenbahn – allerdings nur im Sinn eines Übergangs. Vilma meinte, sie sollten fragen, wo man auf den Omnibus nach der Király-Straße umstieg. Der leutselige, aus der Provinz stammende Schaffner war entzückt, mit seiner genauen Kenntnis der Großstadt angeben zu können.

Zuerst, so verkündete er nicht ohne Herablassung, komme die nach dem Lustspielhaus benannte Haltestelle. Einige Damen in kurzen Kleidern sprangen in der Tat von ihren Sitzen auf, nachdem sie einen prüfenden Blick auf ihre Schuhe geworfen hatten. »Die Mädels kommen das Tanzbein schwingen«, sagte der Schaffner. Herr Kacskovics bot ihm, ländlichem Brauch gemäß, eine braune Regalitas aus seinem Zigarrenetui an. (Es hatte vielleicht etwas mit seiner Schlaflosigkeit zu tun, dass Kacskovics überall gut Wetter machen wollte.) Am Berlinerplatz sagte der Schaffner: »Hier steigen die Leute vom Land zu, die mit der Westbahn gekommen sind. Bei ihnen muss man aufpassen. Der Mann vom Land löst nicht gern Fahrkarten.« An der Podmaniczky-Straße wies der Schaffner auf die Tatsache hin, dass hier die Fahrgäste ausstiegen, die auf den Gerichten zu tun hatten. »Vielleicht kommen nicht alle zurück – um dann mit einem alten Fahrschein wieder durch die ganze Stadt zu gondeln.« Bei der Andrássy-Allee durfte der Schaffner die

Untergrundbahn der geschätzten Aufmerksamkeit vertraulich empfehlen. »Ich persönlich fahre an freien Tagen durchaus gern mit der Untergrundbahn.« Man war jetzt fast schon bei der Király-Straße, auf Herrn Kacskovics' Aufforderung hin begann man sich zu rühren. Der Hilfsstuhlrichter schien vom Vortrag des Schaffners sehr amüsiert. Am Schluss sagte der Schaffner: »Zufällig bin auch ich aus der Szepesség, ich war einmal ›Staatsbeamter‹ und hatte zwischen Felka und Podolin eine Freikarte.«

»Locsárek, der Finanzämtler«, rief der Hilfsstuhlrichter, nach einem gründlicheren Blick auf seinen neuen Freund. Da war die Straßenbahn schon abgefahren. Nur noch ein Oberländer Gruß …

Die berühmte Ecke zur Király-Straße, die Haltestelle des Omnibusses auf seiner mühevollen Reise von Buda nach Pest.

Der mächtige gelbe Wagen kam mit riesigen Rädern über den verkehrsreichen Platz gefahren, der Kutscher trieb die Pferde unbeirrt an, alle anderen Fahrzeuge taten besser daran, sich zu verziehen. Ziemlich muskulöse Pferde zogen den Wagen; sie verlangsamten bei der Haltestelle von selber den Schritt. Vilma, Kacskovics und Podolini nahmen auf den Ledersitzen Platz, die zwar zerschlissen und abgewetzt waren, doch immerhin Zeugen einer Zeit, da es noch üblich war, für die Bequemlichkeit der Fahrgäste zu sorgen. Im Omnibus saßen vor allem ältere Männer und Frauen, die aus einem unerfindlichen Grund von Buda nach Pest gekommen waren und sich ausgerechnet hatten, dass die Fahrt auf diese Art am billigsten war. Halsbrecherisch ließ der Fahrer seine Pferde geradewegs auf die Mitte der verkehrsreichen schmalen Straße los; es war fast ein wenig erschreckend. Massen von Wagen in dieser engen Straße, alle Wagenarten, die auf Stadtgebiet zu finden sind. Transportwagen, hin und her fahrend, als suchten sie nach den Lagern, um ihre Ladung loszuwerden. Handwagen, vor jedem Geschäft eins, und pausenlos waren Leute dabei, sie zu beladen, als wollte die ganze Straße in einem einzigen Tag umziehen. Postwagen, denen Pakete entströmten, als schickte die ganze Welt ihre Waren hierher. In den Höfen, hinter offenen Toren, Türme von Zitronen-, Orangen- und Feigenkisten. Eine Ladentür neben der anderen, kein Angebot gleich wie das andere, nur die Ladenbesitzer waren gleich: in ihren weichen Schirmmützen hier zur Welt gekommen, hier alt geworden. Durch diese wirre, außer sich geratene Straße fuhr der Omnibus, als wären da keine Menschen, die kreuz und quer über die Fahrbahn liefen, von einer Seite zur anderen hinüberredeten, Lasten schleppten, sich an den Wagen zu schaffen machten, Kinder an der Hand führten, Schaufenster betrachteten, sich benahmen, als wäre es der letzte Tag, an dem sie in der Király-Straße sein konnten. Jetzt aber, nach rumpelnder, rasselnder Fahrt, nach Anblick der Sehenswürdigkeiten in Kleidergeschäften, Heringhandlungen, Spezereiläden, Leinenlagern und Innenhöfen, diesen Höfen, über die sich die Gänge, die Eisengeländer und die Fenster gleichsam krümmten, als wären auf den Stockwerken keine Menschen, denen gedient werden muss, als hätten alle ihren Platz auf der Straße, im Geschäft, im Lager, jetzt, nach der Fahrt durch die Király-Straße, kam der Omnibus bei der Terézstadt-Kirche zum Stillstand, und zusammen mit den anderen Fahrgästen stiegen auch unsere Bekannten aus, fast schon etwas ermüdet von den Eindrücken dieser kurzen Reise durch Pest.

»Ich glaube, wir sollten uns irgendwo ausruhen, bevor wir weiterfahren«, schlug der Herr mittleren Alters vor. »Ich kenne hier in der Nähe eine Bierstube, wo es das beste Gabelfrühstück seit Menschengedenken gibt.«

Lajos Podolini warf Vilma einen fragenden Blick zu, und zu seinem größten Erstaunen widersprach sie nicht. (Sie sagte später, der Zeitpunkt für eine Visite habe ihr zu früh geschienen;

man sollte sich ja in jeder Lebenslage an die Anstandsregeln halten. »Nie könnte ich nach Podolin zurückkehren, wenn Tante Minka den dortigen schriebe, ich hätte mich in Pest schlecht aufgeführt.«)

★

Im übrigen wurden die drei von niemandem beachtet, außer von den schrecklichen Bettlern, die hier um die Terézstadt-Kirche versammelt waren, auf Schiebewagen, mit Schemeln, mit dreibeinigen Stühlen aus der ganzen Stadt und aus der Umgebung hier zusammengeströmt. Eine Bettlerausstellung, als hätten sich rings um die freistehende Kirche die erbarmungswürdigsten Menschen von Budapest gefunden. Es musste seine Bewandtnis haben, dass es hier um diese Kirche die meisten Bettler gab, eine furchtbare Sammlung aus dem Elend der Stadt. Brennende Blicke fielen über Vilma her, sie schaute entsetzt in die Runde. »Grauenhaft, wenn man bedenkt, dass diese Leute einmal jung gewesen sind.« Sie verteilte kleine Summen unter die Bettler, was denen aber keinen Eindruck machte.

»Verwöhnt sind die«, sagte der Herr mittleren Alters, »die Bettler von Terézstadt sind die frechsten der Welt. Sie meinen, das Almosen stehe ihnen zu, denn in diesem Stadtteil ist man zur Wohltätigkeit verpflichtet. Hier gibt es so viele Wohltätigkeitsvereine, als hätten die Menschen keine andere Beschäftigung als das Verteilen von Gaben. Und dann wohnen in dieser Gegend die Schauspielerinnen, Tänzerinnen und die Damen der Vergnügungsstätten, die abergläubisch sind: Sie glauben an die Verwünschungen oder Segenssprüche der Bettler. Es gibt hier eine grässliche, schlecht und recht zusammengeflickte alte Frau, reglos in einem Rollstuhl. Wenn die jemanden verflucht, endet die Sache meistens nicht so gut. In der Oper, hier in der Nähe, singt die Primadonna falsch, im Liebesglück gibt es

Kummer. Wer stellt sich schon gern schlecht mit einer solchen Hexe?«

»Zum Glück bin ich keine Sängerin«, sagte Vilma schließlich, nachdem sie mit angehaltenem Atem am letzten Bettler vorbeigegangen war, der sich eben auf die Straße hinausschleppte, um auch von den Vorüberfahrenden das Ihre zu fordern. »Frankl!« winkte ihm der schnurrbärtige Polizist von der Kirche her zu, wo er, weißbehandschuht, in gebügelter Uniform, würdevoll stand.

Sie machten in der Király-Straße ein paar Schritte; in den Schaufenstern des Schuhgeschäfts glänzten die Lackschuhe, die Hut- und Korsettmacherinnen standen in häuslich weißer Mantelschürze, aber mit Frisuren, die von berufener Hand geschaffen waren, auf den Schwellen ihrer Geschäfte und schienen bester Laune, obwohl drinnen kein Kunde zu sehen war. »Um die braucht man keine Angst zu haben, in dieser Straße wird alles verkauft«, sagte Kacskovics, während er seine Gäste in einen offenen Tordurchgang steuerte, in einen mit gewölbtem Boden, weil darunter ein Keller war. Wie in jedem Hof der Király-Straße wurden auch hier Kisten aufgestemmt oder zugenagelt, es roch nach Holzspänen und Harz, und dann auch nach etwas anderem, das die Sachverständigen als Wirtshausgeruch identifizieren. Da musste doch irgendwo ein Wirtshaus sein, denn nur das Wirtshaus-Ragout wird so spielend mit allen anderen Gerüchen fertig. Kistenweise stehen Sardinen, Datteln und Feigen herum, und doch: um den Mittag ist Pörköltgeruch der Herr der Höfe, in denen es ein Wirtshaus gibt.

Eine abgegriffene, mit der Zeit schon zittrig gewordene Glastür ging auf den Hof.

»Der Eingang für die Stammgäste«, sagte Kacskovics und dirigierte die Gesellschaft ins Innere der Bierstube.

Dass durch diese Tür nur trat, wer ein Wegrecht hatte, war gleich klar: der blaubeschürzte Wirt und seine Burschen, alte, abgewetzte Kellner, blickten freundlich zur Hoftür, obwohl Freundlichkeit nicht zu ihrem Naturell gehörte. Nein, sie heiterten sich keineswegs nicht auf, wenn in der Vordertür ein fremdes Gesicht erschien, das da noch nie eingedrungen war. Herr Kacskovics aber war hier offensichtlich bekannt. Der Wirt trocknete sich an seiner Schürze die Hände ab, bevor er nach alter Wirte Sitte seinem Gast die Hand gab.

»Zum Frühstück hatte ich Kalbshirn mit Niere », sagte er, bevor der Gast fragen konnte.

»Das nehmen wir auch, Herr Vájsz«, sagte der Herr mittleren Alters. »Und wie steht's mit dem Bier?«

»Ich habe meine übliche Portion schon getrunken«, sagte der Wirt, blauäugig, blond, breitschultrig, fast wie einer deutschen Gartenlaube entsprungen. »Mir mögen die Herren Ärzte sagen, was sie wollen, vormittags kann man nur Bier trinken. Wenn es etwas gibt, das die Lebensgeister belebt, dann ist es frisch gezapftes Bier. Jawohl, meine Herren.«

Und zum Zeichen seiner Zuvorkommenheit zapfte er für den Herrn mittleren Alters eigenhändig in einen Henkelkrug ab und hielt das schäumende Getränk gegen das Licht, bevor er es auf den Tisch stellte.

»Die ›liebe Frau Mama‹ habe ich schon lange nicht mehr gesehen«, sagte er vertraulich. »Ich habe gehört, dass sie einem ihrer Mieter gekündigt hat, dem Vogelhändler von der Innenstadt. Der hat die Papageien fluchen gelehrt. Natürlich konnte sie das nicht dulden.«

Kacskovics war ein bisschen verlegen, er mochte es nicht, wenn die Rede auf seine Häuser und Mieter kam, er wollte sich nicht in diese Angelegenheiten mischen. Irgendwie schämte er sich, Hausbesitzer zu sein. Doch der Wirt fuhr fort:

»Dem Matyi da kann man ruhig zuhören. Aus seinem Käfig kommt nie ein unanständiges Wort. Ja, und dann mag es auch nicht jeder, wenn man ihm in sein Essen hineinplappert. Ksch,

Bengel!« Der Wirt winkte mit einer Serviette in Richtung des großen schwarzen Käfigs an der Wand.

»Schurke!« antwortete der Vogel, und das war schon die ganze Produktion.

★

Es war ein Gasthaus von altem Schrot und Korn: die Wand bis auf Kopfhöhe braun getäfelt, und auch die Kleiderhaken waren aus Holz. Schwere, lederbezogene Stühle und Sitzbänke um die Tische, die so groß waren, als wären sie für ganze Familien berechnet. Die Beine des Tisches, an dem der Herr mittleren Alters mit seiner Gesellschaft Platz nahm, waren am Boden befestigt; er stand neben dem Tisch der Wirtsfamilie. Von hier konnte man mit Leichtigkeit beobachten: den mit verschränkten Armen neben seinem Bierfass stehenden Schankburschen, der sicher nicht an seelischer Not litt, so wie sein Schnurrbart gezwirbelt war, sein Haar an den Schläfen nach vorn gebürstet, seine blöndliche Frisur mit Pomade gekämmt, seine bunten Hemdsärmel exakt über die Ellenbogen hinaufgerollt, wie es nur mit frisch gebügelter Wäsche möglich ist, und in seinem rechten Arm eine blaue Tätowierung: die Buchstaben L. F., für Ludvig Franz. Er war so, wie man es erwarten durfte, wenn man den Schankburschen der *Stadt Wien* genannten Bierstube von einer Photografie her kannte. Vilma, liebenswürdig wie immer, hatte zur *Stadt Wien* gleich etwas zu bemerken: Sie schlug vor, man solle das Gasthaus von dem oben erwähnten Vájsz übernehmen, falls er der Sache überdrüssig sei. Podolini starrte sie entsetzt an und stockte beim Betasten des frischen Gebäcks, das in einem Körbchen aus Drahtgeflecht auf dem Tisch plaziert worden war. Kaisersemmeln, Wassersemmeln, Kümmelsemmeln, Salzgipfel und Bretzeln – in den Kümmernissen des Lebens jede ein Augenblick der Selbstvergessenheit.

»Also das habe ich meiner Lebtag noch nie gehört, dass eine diplomierte Lehrerin Wirtin sein wollte«, sagte Podolini etwas unkonzentriert, da seine Aufmerksamkeit auch von der sogenannten »Ringelfischdose« gefesselt war, die der Altkellner eben für sie aufmachte.

»Nicht das ist der springende Punkt«, sagte Kacskovics. Er blickte freundlich auf die alten Kellner, die sich nach dem Beispiel ihres Meisters jetzt ebenfalls eifrig um die Gäste bemühten. »Es kann nicht jeder Wirt sein in der *Stadt Wien*. Herr Vájsz, der jetzige Wirt, war in jungen Jahren Bierbrauergeselle, in der Brauerei des alten Anton Dreher. Er tat, was er zu tun hatte, arbeitete einwandfrei, doch dann kam die Liebe, die auch den Bierbrauergesellen packt. Und mit der Liebe das sehnende Verlangen: Herr Vájsz zum Beispiel fühlte plötzlich, dass er in Budapest ein Wirtshaus eröffnen musste, eines mit dem Bier, das er in Schwechat brauen half. Er meldete sich bei seinem Meister, sagte, er gehe nach Budapest, um das Schwechater Bier auszuschenken. *Schwechater Lagerbier*, wie man es damals nannte. Zum Hochzeitsgeschenk wünschte er sich, der einzige Budapester Wirt sein zu dürfen, der dieses Bier ausschenkt. Das Schwechater Bier war in Budapest sowieso nicht besonders beliebt, und so willigte der Bierbrauer ein. Seither schenkt Vájsz ein Bier aus, das man sonst in Budapest nicht bekommt. Das Schicksal hat die Treue des Bierbrauergesellen belohnt, Herr Vájsz ist heute ein geachteter Steuerzahler des Stadtviertels (Achtbarkeit wird ja nach wie vor an der sauberen Steuerrechnung gemessen).«

So die Lobrede des Herrn mittleren Alters auf den blaubeschürzten Schankwirt, worauf es nicht mehr unangebracht war, sich beim Altkellner nach dem Kalbshirn mit Niere zu erkundigen.

»Bitte das mir zu überlassen. Bei uns kommt nichts aus der Küche, um dann eventuell vom Gast zurückgewiesen zu werden. Wir wissen schon, dass die Niere nicht hart sein darf, denn in einem gewissen Lebensalter ist sie nicht genießbar. Die ›Frau‹ hat durch das Küchenfenster geschaut, um zu sehen, wer Kalbshirn mit Niere möchte. Bitte nunmehr die Sache ihr zu überlassen.«

Da der Meister mit dem Schankburschen eine kleine Besprechung abhielt, nutzte der Altkellner die Gelegenheit, um wie zufällig in eine Ecke zu gehen, wo auf dem herausstehenden Sims der Täfelung ein Schoppen für ihn stand. Er nahm einen heimlichen, aber feierlichen Schluck, ließ auch so etwas wie ein Krächzen hören, wie das die alten Weinkenner tun, die ihren Wein nur in kleinen Schlucken trinken, aber auch diesen kleinen Schlucken Ehre antun. Zur gleichen Zeit probierte Herr Vájsz beim Blechtisch des Schankburschen eine Weinsorte und schnalzte dann laut mit der Zunge, als hätte er noch nie besseren Wein getrunken. Ein solches Schnalzen pflegt von zauberhafter Wirkung zu sein; an einem Tisch in der Nähe des Ausschanks, wo die Kenner ihre Plätze haben, fing ein Hersteller von künstlichen Blumen sofort an, sich nach dem Wein zu erkundigen.

»Der beste Riesling, den ich je ausgeschenkt habe«, antwortete Herr Vájsz nebenbei und goss sich den Rest aus dem Glas ehrfürchtig in die Kehle.

Der Hersteller von künstlichen Blumen, dessen Gattin unter dem Namen Frau Emil Lorsi das nahegelegene Geschäft führte, hätte viel dafür gegeben, mit so wohligen Schlucken trinken zu können wie der Wirt. In jeder Gaststube – ganz besonders in der Nähe des Ausschanks – kommen Leute wie E. Lorsi vor, die ihr ganzes Leben lang zu lernen versuchen, wie man mit Gusto isst und trinkt. Sie sitzen im Wirtshaus und trinken ihren »Pfiff« oder ihr »Kleines« und reden in alles drein, während sie das Glas immer wieder heben, als wollten sie damit rasch fertig werden. Doch zum Glück kommt ein neues Thema dazwischen, dank dem man den Aufenthalt im Wirtshaus verlängern kann. (Was soll einen schon in der Király-Straße in einem Laden mit künstlichen Blumen erwarten?)

E. Lorsi erwischte gleich das richtige Thema, als er dem Schankwirt von dessen letztjährigem Wein aus Tolcsva zu sprechen begann, von dem er selbst so viel getrunken habe »wie ein Rind«. Herr Vájsz wusste zwar wohl, dass der Blumenhändler als sparsamer Mensch auch letztes Jahr nicht über die Stränge geschlagen hatte, aber er wollte zu dem schmeichelnden Gast nicht unhöflich sein:

»Ja, die Weine dauern nicht ewig.«

»Ihre Weine schon gar nicht, Herr Vájsz.«

Herr Vájsz verfiel ins Grübeln darüber, ob er dem Blumenhändler einen Deziliter Gratiswein (vom neuen Riesling) anbieten sollte, nahm aber aus irgendeinem Grund dann doch Abstand davon.

Jetzt aber (zum Leidwesen des nach Art magerer Katzen auf der Lauer liegenden Blumenhändlers) ertönte vom Fenster, das auf die innere Stube ging, ein kurzes, herrisches Klingeln, die Scheibe wurde rasselnd aufgeschoben, als setzte die Köchin den Punkt auf ihr vollendetes Werk. Der Altkellner ließ sein Glas in der Ecke stehen und wirbelte wie eine ehemalige Ballerina hervor, als hätte er bis dahin den Takt für sich geträllert, wie das die alten Tänzerinnen in der hintersten Reihe tun, um dann auf das Zeichen des Kapellmeisters sogleich einspringen zu können. Der Garçon konnte so wiegend-melodiös auftreten, als hätte er seit seinem Abgang kein einziges Mal pausiert. »Küss die Hand«, sagte er und plazierte seine Serviette auf dem linken Arm, als wäre sie das Tuch aus »Tischlein, deck dich«, das sich auf das Klingelzeichen aus der Küche mit Leckerbissen füllt.

Es gab anständige Portionen in der *Stadt Wien*, die Arme des Kellners füllten sich tatsächlich mit den »Dreimal Kalbshirn mit Niere«, deren warmer Zwiebel-, Pfeffer- und Paprikaduft, deren Vorbeiziehen und Serviertwerden auch den toten Gast zum Leben erwecken würden, den die alten Budapester Schankwirte traditionsgemäß in die Wand einmauern, damit das »Geschäft« nie ohne Gäste sei.

Herr Kacskovics, wohl nicht unbewandert in der Feierlichkeit solcher Gabelfrühstücke, unter deren Wirkung man eine Weile vielleicht sogar vergisst, dass die Türme von Budapest einmal auch noch zu Mittag läuten werden, wandte sich mit folgender friedfertigen Frage an den Hilfsstuhlrichter:

»Ich würde gern Ihre Meinung über das Kalbshirn mit Niere hören, Herr Lajos, bevor es Ihnen einfallen möchte, das Lob auf Faykis aus Podolin zu singen!« Die Frage war um so angebrachter, als der Krummbeinige seine sehr langen knochigen Finger, seine beweglichen Handgelenke und seine ungeduldig in röhrenengen Jackenärmeln steckenden Arme bereits von den Manipulationen mit der Serviette, die ihm zum Putzen des Bestecks diente, zurückgezogen hatte. Er blickte durch die Zinken der Gabel, allerdings nicht auf Kacskovics, sondern auf Vilma, er schüttelte, wie es sich gehört, den Kopf, als die Messerklinge auf dem weißen Tischtuch schwarze Flecken hinterließ, er suchte in den Ritzen des Tellers ausdauernd nach dem Haar, das sich dort duckt, und die gleichen Verrichtungen führte er auch mit Vilmas Ausrüstung durch, worauf Kacskovics unwillkürlich und leicht melancholisch den Kopf ein wenig wiegte. Podolini nahm die Aufforderung des älteren Herrn leise lächelnd zur Kenntnis und stieß seine Gabel wie ein Ruder schräg in den Saft. Hob sie hoch, führte sie sich in den Mund ein, die Gabel verschwand, kam wieder zum Vorschein, fuhr auf den Kartoffelhügel nieder.

»Die Kartoffeln können Sie versuchen, Fräulein Vilma, die sind mehr oder weniger nach meinem Geschmack zubereitet.« Wie sich im Lauf unserer Erzählung herausstellen wird, redete der Hilfsstuhlrichter nicht aus Arroganz in dieser Weise, sondern weil so etwas das höchste Lob aus seinem Munde war.

Vilma hatte unter anderem das Prinzip, in bestimmten Dingen, etwa was die Zubereitung und den Geschmack der Speisen betrifft, das Wort der Männer als heilig stehen zu lassen. (Wer wüsste besser als ein Mann, wie man eine Speise zubereitet?) Lajos Podolini hatte also recht, auch wenn seine Nase, seine Schläfen, sein Schädel von der stark gewürzten Speise allmählich ins Schwitzen gerieten. Nichts zu machen: blutarme Leute erhitzen sich beim Genuss bestimmter Speisen.

»Wenn ich die Wirtin kennte, würde ich sie nach dem Rezept fragen.« Vilma war begeistert, der Herr mittleren Alters auch:

»O, nichts leichter als das, ich bin ganz groß im Sammeln von Rezepten. Das kann ich im voraus schon verraten, dass hier die rote Zwiebel durch ein feines Sieb getrieben wird.«

3

Bevor aber Kacskovics mit seinem Wissen herausrücken konnte, trafen neue Gäste ein, und zwar ebenfalls durch die Hoftür der Eingeweihten – als hätte jemand an diesem Wintertag in der Király-Straße glauben mögen, die Herrschaften seien zu dem Strohhut-Geschäft im Hof unterwegs und nicht etwa zum Wirtshaus.

Illustre Gesellschaft. Auch Vájsz, der Wirt, hätte sie an diesem Tag vielleicht nicht erwartet, denn der Kalender zeigte keinen »offiziellen« Jubeltrubel an, bei dem man aus irgendeinem zeremoniellen Grund die Nacht durchzechen musste – und dann auch noch den folgenden Tag. Im Kalender stand nur Dorothea, ein Tag am Ende des Karnevals, ein »halboffizieller« Zechtag, den man eher im Familienkreis hinter sich zu bringen pflegte. Der »Durchmarsch« schien also keinen Sinn zu haben, doch eine übermenschliche Donnerstimme (mit der man in Ungarn Karriere machen konnte) wies sich schon auf der Schwelle aus:

»Dorothea, so hieß meine beste Hauswirtin, zu ihrer Erinnerung sind wir hier, Herr Vájsz«, sagte an der Spitze der einmarschierenden Gäste halb scherzhaft, halb ernsthaft ein Herr, der mindestens hundertfünfzig Kilo auf die Waage brachte; aber da war auch die entsprechende Statur. Wo der durch die Andrássy-Allee ging, kamen sich die anderen gewiss zu klein geraten vor.

Sein Gesicht war wie der weiße, fröhliche Winter.

Weisheit, Trunkenheit, Schadenfreude, Sanftheit wechselten sich darin ab; ein Budapester Falstaff, in Gestalt des Präsidenten der Steuerkommission und königlichen Rats im sechsten Bezirk der Hauptstadt, unter Franz Joseph mit diesen Altersposten gewürdigt.

»Ich durchwache die Nacht auch von Amtes wegen, mir soll man nicht vormachen, man könne die Steuern nicht zahlen, wenn man nachts das Geld zum Fenster rauswirft«, so sprach jeweils der hochgestimmte Herr Pista (den man in der ganzen Stadt unter diesem Namen kannte), doch lassen wir es bei seinem ersten Wort bewenden, nämlich dass es die ehemalige Hauswirtin war, derentwegen er so großherzig weiterzechte.

Den Herrn mittleren Alters begrüßte er schulterklopfend:

»Wie stehen wir mit dem Schlaf, Herr Bruder Kacskovics? Mich allerdings braucht man nicht in den Schlaf zu wiegen, wenn ich mich einmal dazu entschließe. Ich bin schon einundsiebzig Jahre alt, und ich fürchte, dass ich dem Schlaf nicht mehr viel Zeit widmen kann. Die Angelegenheiten des Viertels müssen in Ordnung gebracht werden, bevor ich mich endgültig verabschiede.«

Unwillkürlich donnernd, wahrlich präsidial sagte er das und blinzelte mit seinen Sanftheit mimenden blauen Augen so verschlagen, als hätte er sich nur aus Schelmerei zu einundsiebzig Jahren bekannt.

Der Herr mittleren Alters erhob sich vor dem respektablen Mann.

»Lassen Sie sich nicht stören, Herr Bruder. Meine Verehrung der ›lieben Frau Mama‹, ich nehme ihre Akten stets mit besonderer Aufmerksamkeit zur Hand.«

Offenbar fiel Kacskovics nichts dazu ein, und so setzte er sich gleichgültig wieder hin. Unterdessen hatte sich in der Gaststube nebenan, in der Nähe der Küche, Herrn Pistas Gesellschaft versammelt, die fortwährend mit ihm, hinter ihm, um ihn zu sein pflegte. Er war einer von denen, die dauernd von einem Gefolge, wie von Satelliten, umgeben sind. Pista Falstaff, Präsident der Steuerkommission, konnte in der Terézstadt keinen Schritt tun, ohne von Kavalieren umschwirrt zu werden, die sich in seiner Beliebtheit oder Unbeliebtheit sonnten. Tenören, sehr starken Menschen, und auch sehr bösen Menschen geht es so. Zu Herrn Pistas nächtlichem Gefolge gehörten jene Budapester Kavaliere, die neben dem Tragen von gebügelter Kleidung keine andere Beschäftigung hatten und die zwar vom Schlag der Leibwächter des alten Dumas waren, sich aber von Herrn Pista allerhand gefallen ließen, um sich dafür vor Schankburschen, Gastwirten, Kaffeekochern und Kasinobesitzern mit dem höchsten Herrgott des terézstädtischen Steuerwesens zeigen zu können.

Nachdem sie sich niedergelassen hatten, erstattete einer der »Ritter«, ein pockennarbiger, leicht buckliger, querulantenhaft veranlagter Kavalier, Herrn Pista sogleich Meldung:

»Vájsz will vom alten Brauch abweichen. Er wird das Fass nicht hier vor unseren Augen anzapfen lassen, sondern draußen beim Ausschank. Sollen wir vielleicht zum Ausschank hinaus, wenn wir für uns selber zapfen wollen, was doch der größte Genuss ist?«

Anfänglich war Herr Pista sogar bereit, diese Respektlosigkeit zur Kenntnis zu nehmen.

»Vájsz«, rief er aufschnaubend, doch in dem Augenblick bemerkte er mit seinen schlauen blauen Augen den Wirt, der mit verschränkten Armen, ruhig wie ein Sack Weizen, in seiner Schürze auf der Schwelle stand:

»Letzthin bin ich auf einem halben Hektoliter Bier sitzengeblieben, weil zwischendurch der Herr Champagnervertreter eingetroffen war und die Herren zum Champagnertrinken überredet hatte.« Vájsz sagte es ruhig und im Bewusstsein, recht zu haben. »Ich kann meinen Gästen kein abgestandenes Bier verkaufen. Das kann die königlich-ungarische Schatzkammer von einem Steuerzahler nicht verlangen.«

»Erwähnen wir wegen eines Fasses Bier nicht die hohe Schatzkammer«, donnerte der Präsident dazwischen; er wollte den Klage führenden Ritter noch nicht im Stich lassen, aber es ärgerte ihn offensichtlich, dass er das Ansehen seiner Gesellschaft vor dem Wirt verteidigen musste. »Den Preis des schadhaft gewordenen halben Hektoliters Bier wird Herr Vájsz schon irgendwie hereinbringen, in diesem Wirtshaus, über dessen Renditen alle Bescheid wissen, die hier einmal vorbeigekommen sind. Dazu braucht man kein Finanzler zu sein.« Herr Pista schien gar nicht zum Wirt und auch nicht zu den Rittern, sondern zum rußig braunen Deckenbogen zu reden: er hob den Blick stets in die Höhe, wenn er Entschiedenes sprach.

Herr Vájsz stand noch immer nachdenklich auf der Schwelle. (Vielleicht gefiel ihm die Buckligkeit des Klägers nicht, oder sein herausfordernder Blick; wer kennt sich bei solchen verstockten Schankwirten schon aus?) Er ging mit sich selbst zu Rate.

»Also gut«, sagte er schließlich, als wäre er nach intensivem Feilschen zum letzten Wort gelangt. »Ich erweise dem Herrn Präsidenten und seiner Gesellschaft die Ehre und lasse ein frisches Fass anzapfen, obwohl wir eben erst angezapft haben, wofür ich selbst, Herr Kacskovics und alle im Wirtshaus Zeugen sind. Ich lasse ein Fass anzapfen, von dem ich niemand anderem auch nur ein Glas ausschenke, nur den Mitgliedern der Gesellschaft. Darauf gebe ich mein Ehrenwort.«

Und schon näherte er sich Herrn Pista mit ausgestrecktem Arm, um das Ehrenwort mit Handschlag zu besiegeln. Der hochwürdige Präsident war drauf und dran, den Vertrag seinerseits mit Handschlag gutzuheißen, als der bucklige Ritter dazwischenkrähte:

»Aber hier in dieser Stube . . .«

Präsident und Wirt zogen die Hände gleichzeitig zurück.

»Ich habe schon gesagt, dass ich in der Gaststube nicht mehr zapfe, dafür ist der Ausschank da«, sagte der Wirt mit traurigem Vorwurf, eigentlich schon zum Einlenken bereit.

»Lasst uns also die Sache gründlich überlegen.« Nach dem Vorbild der früheren Politiker wollte Herr Pista nichts überstürzen.

Der Wirt stand noch immer fest an seinem Platz, die Hände wieder in seine Schürze gesteckt, in der Hand des Altkellners bebte die herunterhängende Serviette wie unter Windstößen, die Gäste in der inneren Stube, deren Zahl in der Zwischenzeit um breitschultrige, vierschrötige sowie auch befrackte und uniformierte Herren auf acht angewachsen war, die sämtliche das zu Ehren der Hauswirtin Dorothea veranstaltete Fest in der Gesellschaft von Herrn Pista fortzusetzen wünschten, harrten ratlos des weiteren Verlaufs der Dinge. Zuletzt waren ein vergnügungssüchtiger Husarenhauptmann und ein robuster Herr (über fünfzig) namens Jenöchen eingetroffen, nachdem sie bei einem öffentlichen Telefon zurückgeblieben waren, wo der Hauptmann dem Zoo telefoniert hatte, sie sollten seine Wölfe und Bären heute ohne ihn füttern, da er aufgrund wichtiger Angelegenheiten verhindert sei – während Jenöchen seine Schwester angerufen hatte, sie brauche mit dem Mittagessen nicht auf ihn zu warten, denn er sei wegen des Dorothea-Tags nicht in der Lage, gebadet, gebügelt und frisiert zum Essen zu erscheinen – diese beiden also winkten dem wie Espenlaub zitternden Altkellner erstaunt zu, als verstünden sie nicht, wo ihre Biere und sonstigen Genussmittel blieben, die sie hier zu konsumieren pflegten.

Im Moment der höchsten Spannung kam vom Schiebefenster ein herrischer Klingelton, und der Altkellner erwachte aus seiner Verzauberung:

»Ein Paar Würstel im Saft«, rief eine Frauenstimme hinter dem Fenster, der Altkellner tänzelte mit seinen Primadonnaschritten auf den Blumenhersteller zu, der auf diese Art bezeugte, dass er auch ohne den Wein des hundsföttischen Wirts einer von den brauchbaren Gästen war.

★

»Vielleicht wäre es gut, wir gingen wieder«, sagte Vilma in dem Flüsterton, den Frauen haben, wenn sie den Männern mit Ängstlichkeit gefallen wollen. (Welcher Mann ließe denn so ein verängstigtes Frauchen im Stich?)

Kacskovics blickte wortlos zustimmend auf Vilma, während der Hilfsstuhlrichter statt einer Antwort die Beine ausstreckte, dass sie fast die Schwelle der inneren Stube berührten. Auf dem Land pflanzen sich die Herren auf diese Weise hin – ein Signal, dass sie ihren Stuhl so bald nicht zu verlassen gedenken:

»Also ich bin zufrieden mit dem Bier, das hier ausgeschenkt wird, ich bin zufrieden mit dem Betragen des Wirts, mit seiner Küche, mit seinem Lokal, seinem Kellner und auch mit den Zahnstochern. Habe in Budapest noch keine solchen gefunden. Zahnstocher aus echtem Hartholz, halten auch gegen den mächtigsten Backenzahn stand. Ich meine, man kann einen Wirt auch nach den Zahnstochern beurteilen, die er den Gästen zur Verfügung stellt.«

Unterdessen war in der Gaststube zwischen der Gesellschaft des Präsidenten und dem verstockten Schankwirt ein gewisses Einverständnis erzielt worden. Es wurde tatsächlich ein Bierfass herbeigerollt, Herr Vájsz machte mit Kreide ein Zeichen auf das Fass, ebenso bezeichnete er die Stelle an der Schwelle der Gaststube, wo das Fass auf zwei Eichenholzstühlen zu plazieren war, damit die Gesellschaft eigenhändig zapfen konnte.

»Ludvig wird das Fass ordnungsgemäß anzapfen, dann aber geht ihn die Sache nichts mehr an, er hat beim Ausschank zu tun«, sagte der Wirt in völlige Stille hinein, denn eigentlich war niemand glücklich über die friedliche Beilegung der Angelegenheit. Wenn doch Aussicht auf eine schöne Prügelei bestanden hatte, eine mit eindeutigen Siegern und Verlierern … »Seit Michel Kohlhase hat es kein solches Unrecht gegeben«, hetzte der verärgerte Blumenhersteller beim Ausschank. »Meine Frau liest die deutschen Dichter im Original, ich weiß alles, was sie gelesen hat, sie erzählt es mir am Sonntagnachmittag hinter dem Bettvorhang.«

»Wie hieß dieser Wirt?« fragte der Besitzer der *Stadt Wien* genannten Schenke.

»Michel Kohlhase, er hat sich gegen den König von Preußen aufgelehnt.«

»Kenne ich nicht«, sagte Vájsz, der sich über den halben Hektoliter Bier vom Epiphaniastag jetzt doch gern beruhigt hätte, nachdem ihm schon seine Frau den Kopf gewaschen hatte: er hatte ihr schwören müssen, den Präsidenten und seine Gesellschaft das nächste Mal hinauszuwerfen, obwohl das so gut wie unmöglich war. Aber worauf würde ein armer Mann nicht schwören, wenn die Frau auf dem Bettrand sitzt, ihre nackten Füße baumeln läßt, sich dabei bestimmt erkältet, während sie bohrt und beharrt, dass es auch ohne die Gunst des Präsidenten gehe. Vájsz schwor. (In Wirklichkeit hatte er den halben Hektoliter Bier nicht verloren: die alten Droschkenkutscher, die vor der *Stadt Wien* stationiert waren, kamen auch sonst gern hierher – wegen des »abgestandenen Biers«. Die echten Biertrinker glauben nicht an das Märchen, wonach nur frisch gezapftes Bier des Genusses würdig ist; der Kluge wartet, bis sich das Bier gesetzt hat). Vájsz hatte geschworen, um des lieben Friedens willen, jetzt aber hatte er die Vorwürfe satt. Aus diesem Grund sagte er kurz darauf dem Blumenhersteller seine Meinung, nämlich, dass es ihm völlig wurscht wäre, wenn der sein Wirtshaus nicht mehr berücksichtigen wollte, schließlich und endlich habe alles seine Grenzen. E. Lorsi weiß wahrscheinlich noch heute nicht, warum er von dem Wirt, an dessen mühseligen Angelegenheiten er so viele Jahre lang Anteil genommen hatte, angeschnauzt worden ist.

In der Gaststube hingegen, wo die Ritter der Nacht über den verstockten Gastwirt mehr oder weniger gesiegt hatten – das Bierfass stand in der Tat auf der Schwelle, und die Kavaliere begaben sich einer nach dem anderen zu dem Ort –, in der Gaststube nahmen die übermütig gewordenen Herren den Altkellner in die Mangel. (Wer hätte nicht Lust, einen diensteifrigen alten Menschen tanzen zu lassen, den das Schicksal ins *Stadt Wien* genannte Wirtshaus verschlägt, wo er an gästefreien, langen Nachmittagen in einer dämmrigen Ecke von hochherrschaftlichen Gästen träumt, Gästen, wie er sie in jungen Jahren bedient hatte – der Herzog von Wales kommt nach Budapest, oder zumindest sein Sohn, um dem Altkellner die Anstecknadel zu überreichen, die man ihm einst in der *Blauen Katze* versprochen hatte.)

Der Präsident glaubte die Defensive des groben Wirts zur allgemeinen Zufriedenheit pariert zu haben, er schaukelte ein paarmal mit dem Stuhl und antwortete auf die Nachfragen des Kellners:

»›Hedakellner‹, Sie kennen mich vielleicht nicht, dass Sie mit mir umgehen wollen wie mit irgendeinem Halbportionler? Mein Freund, ›Bauernfängerei‹ war in Budapest unter dem Polizeipräsidenten Thaisz Mode, seither fahren die Kellner nicht im Fiaker zum Pferderennen. Nein, mein Freund, heute fragt sich der Kellner nicht mehr, wie er auf der Stefania die Kutsche des Barons Béla Aczél überholen könnte. ›Hedakellner‹, schön Habacht stehen und auf die Befehle des Gastes warten.«

Der Altkellner kannte die Leier seit Jahren, die der Präsident auf »das Personal« der Wirtshäuser und Cafés des sechsten Bezirks loszulassen pflegte. Er lächelte säuerlich zu dem Gestänker des alten Herrn, worauf dieser mit der Speisekarte auf den Tisch schlug:

»›Hedakellner‹, Sie lachen, mein Freund, während ich spreche? Ich will Ihnen also nochmals zur Kenntnis geben, dass die Zeiten vorbei sind, da die Kellner die größten Herren der Stadt waren; es gibt keine Flóra Freystädtler, Karola Cecilia, Málcsi Berger mehr, die ihr Geld an gelackte Kellner verschwenden. ›Hedakellner‹, wo haben Sie die Ringe, die Ihnen von den Frauen geschenkt wurden? Warum ist Ihr Haar nicht in Locken gelegt? Wann haben Sie sich das letzte Mal rasiert? Sie können ja nicht einmal mehr richtig grüßen! Aufgerichtet die Hacken zusammenschlagen und nur den Kopf neigen!«

Und Herr Pista – was er aus dem Programm der Lustbarkeiten nie ausließ – erhob sich von seinem Platz wie ein mit Wintermänteln vollgehängter Kleiderständer und beschäftigte sich mehrere Minuten damit, dem Altkellner das anständige Grüßen beizubringen.

Dann sackte er kraftlos auf seinen präsidialen Stuhl zurück und sagte:

»Zu Franz Josephs Zeiten war das noch so, dann aber hat sich jegliche Ordnung auf den Kopf gestellt. Bringen Sie mir Lunge ... vorläufig genügt eine kleine Portion, wir wollen dann sehen, was diese Lunge kann. Richten sie der ›Gnädigen‹ aus, die Lunge sei für mich. Sie soll im Saft schwimmen, damit man sie mit dem Löffel essen kann, denn das ist das erste Geheimnis der Lunge. Das zweite Geheimnis ist, dass das Fleisch in winzige, fingernagelgroße Stücke geschnitten ist, denn nur so wird das Gericht weich. Das dritte Geheimnis: dass man mit dem Gericht nicht nur eine Viertelzitrone serviert, wie in den modernen Gasthäusern, sondern eine in zwei Hälften geschnittene Zitrone. Ich mag die Wirtshäuser nicht, wo man alles lang und breit erklären muss.«

Der »eingefuchste« Kellner trat einen Schritt zurück, zum Schiebefenster, das in die Küche ging. Er klopfte mit dem Nagel an die Scheibe.

»Kleine Portion saure Lunge«, sagte er, und die Wirtin reichte das Tellerchen durch das Fenster.

»Hm«, sagte Herr Pista mit verdüsterter Miene, da er weder an der Speise, die man vor ihn hinstellte, etwas auszusetzen hatte noch an der ausladenden Serviette, die er sich in den kurzen, gerade aufragenden Kragen stopfte und hinten gründlich verknotete, um wenigstens diese Sorge los zu sein. Dann musterte er das Besteck mit einer Aufmerksamkeit, wie es die Ingenieure mit ihren Instrumenten tun, worauf er den Löffel mit einer leichten Bewegung wie einen Fächer zur Hand nahm. Im Löffel war ein Monogramm: J.W., umschlungen, an gewohnter Stelle. »Wer ist J.?« murmelte Herr Pista, doch dann fiel ihm ein, dass J. Johanna bedeutete: den Vornamen von Frau Vájsz, der übrigens jedes Jahr gefeiert wurde, an einem Johannes-Tag.

»Ich will diese Johanna kennenlernen, die sogar dem Herrn Präsidenten Respekt gebietet«, sagte Vilma mit nonnenhaftem Beben in der Stimme; sie hatte große Ehrfurcht vor Frauen, an deren Kochkünsten die Männer nicht herumzunörgeln wagen. Man braucht bloß die Westenknöpfe der Männer im Auge zu behalten, dann ist es keine Hexerei, Wirtin zu sein – und auch keine undankbare Aufgabe.

Der augenscheinlich handzahm gewordene Präsident war aber mit dem Altkellner noch nicht fertig, obwohl er im Augenblick vollauf damit beschäftigt war, das über die saure Lunge geschmiegte Spiegelei mit den lauscherartigen Lorbeerblättern und den da und dort schwimmenden sehnigen Stücken zu vermengen, nachdem er mit dem Löffel die ordnungsgemäßen Runden in der Speise gezogen hatte. Sein durchdringender blauer Blick irrte zwischen den geflochtenen Gebäckkörben auf dem Tisch hin und her, er langte mit seiner großen Hand unentschlossen von einem Korb in den anderen, ließ die Salzgipfel, Kaisersemmeln, Wassersemmeln und Brotstücke knuspern, schüttelte nach jedem Knuspern immer düsterer den Kopf.

»›Hedakellner‹«, rief er schließlich. »Ich weiß, dass die Revolutionen immer wegen den Bäckern ausbrechen. Aber ich bin kein Nihilist, Anarchist oder Bolschewik, mich hetzen die Bäcker in keine Revolution hinein, auch wenn es ihnen gelungen ist, den alten Franz Joseph umzubringen. Verstehen Sie? Ich weiß, was für ein Lumpengesindel die Bäcker sind, ich habe in meinem Amt genug mit ihnen zu tun, ich würde sie am liebsten allesamt aufknüpfen lassen ... Bringen Sie das Brot her, damit ich mir ein Stück abschneiden kann.«

In der *Stadt Wien* stand das Brot an einem Ehrenplatz, unter der Gläserorgel, auf einem schneeweißen Schneidebrett, bedeckt von einem rotgestreiften Tuch, wie das Opferlamm, das jeden Tag feierlich vorgeführt wird. Der Wirt persönlich maß mit seinem oberen Fingerknochen das Stück aus, das er den Gästen abschneiden wollte. Nach uraltem Brauch. Vájsz verlor fast den Verstand, als ihn der Altkellner über den neusten Wunsch des Präsidenten informierte.

»Nein, eher sterbe ich«, sagte er, als er halbwegs zu sich gekommen war und sich den Schweiß von der Stirn gewischt hatte.

So etwas lag für einen Wirt jenseits der denkbaren Dinge ... Vájsz ließ seinen blutunterlaufenen Blick hoffnungslos über die Gäste schweifen. Der Blumenhersteller hatte sich schon getrollt, vor ihren Biergläsern saßen belanglose Leute, die es am heutigen Vormittag aus weiß Gott welchem Grund unter das Gewölbe der Bierstube verschlagen hatte. (Vájsz fragte nie, warum seine Gäste das Bier aus dem Glas oder aus dem Krug tranken: das hatte bestimmt seine Richtigkeit). Dann aber traf sein tränender, gequälter Blick mit dem ruhigen, ermutigenden, verständnisvollen Blick von Kacskovics zusammen – und wie dem gekreuzigten Märtyrer tat ihm die Teilnahme wohl. Aus einem geheimnisvollen Grund nickte Kacskovics kaum merklich mit dem Kopf, und Vájsz, wie von einem Alpdruck befreit, sagte mit wiederkehrender Ruhe zum Altkellner:

»Bringen Sie dem gnädigen Herrn das ganze Brot, und lassen Sie es auf seinem Tisch stehen.«

So geschah es, der Präsident nahm das lange Brotmesser und das unter seiner frischen Serviette ruhende Brot in Augenschein, drehte es um: ob die Kruste unten schwarz genug gebacken war; er roch daran: wieviel Kümmel darin war und wieviele Kartoffeln und wieviel Hefe und ob genug Roggen verwendet worden war ...

»Es gibt keine richtigen Anschnitte mehr auf der Welt«, sagte er, nachdem er das Brotende ins Auge gefasst hatte, um sich damit zu belohnen. »Wo ist die Welt, da die Budapester Bäcker eigens für Franz Joseph kneteten und buken? Da Geheimpolizisten darauf achteten, dass sich die Bäckerburschen in der Backstube weder an den Ohren noch an den Zehen kratzten? Futsch. Es sind alle verrückt, die Franz Joseph überlebt haben.«

Immerhin war jetzt die Zeit gekommen, da der Präsident die Zitrone ein letztes Mal gegen den Tellerrand rieb und sich ernstlich an sein Gabelfrühstück machte, während er mit einem seiner Jackentasche entnommenen Federmesser da und dort die Brotrinden abschnitt, als wollte er die Stücke markieren, die er des Genusses für würdig befand. Seine einzige Bemerkung in diesem Moment: »Das ganze Leben ist Geschmackssache. Ich habe im Rudas-Bad einen alten Hühneraugenschneider, der jedesmal die Hühneraugen vorzeigt, die er berühmten Leuten von den Füßen geschnitten hat. Das größte war bisher das von Dezsö Szilágyi, na, der Mann war aber auch entsprechend.«

Mädchenlachen in der Nebenstube, wo man die Bemerkungen des Präsidenten mit stiller Ehrfurcht verfolgte. Worauf Herr Pista mit berechneter Langsamkeit seinen blauen Blick, der von Harmlosigkeit zeugen sollte, auf Vilma rollen ließ und sanft wiederholte:

»Auf meine Ehre, Dezsö hatte ein Hühnerauge, so groß wie der Orloff-Diamant des russischen Zaren.«

Wieder musste Vilma lachen, gurrend, jung, worauf Kacskovisc leise das Wort ergriff:

»Man muss das alles so verstehen, dass der Herr Präsident solche Geschichten zum Besten gibt, um seine Tischgenossen von ihrem Appetit zu befreien, nachdem er selbst im Lauf des längeren Gestänkers seinen Appetit gefunden hat. Vielleicht würde ihm die Speise am besten schmecken, wenn Vájsz, der Wirt, sich vor seinen Augen am Türsturz erhängte.«

»Es ist noch nicht aller Tage Abend, vielleicht wird Herr Pista auch das noch erleben«, sagte Vilma, und irgendwie fiel es ihr nicht mehr ein, den Aufbruch vorzuschlagen. Sie fühlte sich unter dem Schutz des prächtigen Herrn Pista, der seine Sprüche vor allem für sie zu machen schien.

Nun aber gab sich der Altkellner nicht damit zufrieden, Herrn Pista beruhigt zu haben, obwohl dem Wirtshaus sehr daran gelegen sein musste, den schwierigen alten Herrn für eine Weile zum Schweigen zu bringen. Der Altkellner wandte sich also einem weiteren Gast zu, dessen genau in der Mitte gescheitelte, etwas schüttere, leicht ergraute Frisur sich aufgrund der bisherigen Anstrengungen schon zu sträuben begann: Herr Nikodémi, ein in Budapest geborener, in Budapest festsitzender Italiener, der davon phantasierte, dass alles besser herausgekommen wäre, wenn sich sein Großvater nie mit seinem Steinhauerwerkzeug in der ungarischen Hauptstadt eingefunden hätte, sondern zu Haus geblieben wäre, in Italien.

»Mitglied des Römer Senats könnte ich sein, und da sitze ich in einer Pester Kneipe«, war Herrn Nikodémis Leier, und aus diesem Grund beschäftigte er sich in seinem Leben eigentlich nicht mit viel mehr als mit dem Bürsten seines Bartes.

»Ist Er es?« begann er das Gespräch mit dem Kellner. »Ich freue mich, endlich die Ehre zu haben; Er ist ein Mensch wie ich, einer, der seine Heimat verlassen hat: in der Tat verdient Er unter den gastfreundlichen Ungarn keine andere Behandlung.

Was ist? Was sagt Er? Empfiehlt Er Rindspörkölt oder vielleicht Einspänner mit Meerrettich, wie es die Wandergesellen essen? Oder will Er mir etwa Makkaroni anbieten, wie allenthalben in der Stadt? Himmelherrgott! Einmal werde ich wahrhaftig den Dolch zücken, den man in meiner Tasche vermutet! Also sei es: ich gebe mein hohes Einverständnis zu dem Rindspörkölt«, sagte der schwarzbärtige, ölbraune Herr Nikodémi mit dem angsterregenden Antlitz so herablassend, als wäre er tatsächlich Mitglied des italienischen Senats.

Erleichtert gab der Altkellner die Bestellung hinter das Fenster weiter. Vor diesem dunkelgesichtigen Herrn hatte er eine abergläubische Angst, besonders am Freitag, wenn es in den Wirtshäusern sowieso nach Streit riecht.

Jetzt wäre eigentlich Herr Kriptai an der Reihe, Herr Kriptai, zwar nur Sohn eines Kaminfegermeister aus dem achten Bezirk, aber doch irgendwie geschickt genug, sich von Eltern und Verwandten unter Vormundschaft stellen zu lassen wie ein verschwenderischer Magnatensprössling. Er war der einzige Bevormundete in dieser Gesellschaft, was ihm ein gewisses Ansehen verlieh. Nur schon dadurch, weil er auf diese Art nie Bezirkskaminfeger werden konnte, womit ihm seine Freunde drohten; und dann, weil keiner staunte, wenn sich in seiner gebügelten Kleidung, in seinen Jägerwämsen und seinen altmodisch geschnittenen, aus seiner (wie er sagte) »seligen Jungherrenzeit« stammenden Jacke während Monaten kein einziger Fillér verfing. Sein Vormund, ein Onkel in Buda, bezahlte für ihn das Hotelzimmer, in das er sich nach Art früherer Kavaliere zurückgezogen hatte, sonst aber kümmerte er sich nicht um ihn. Aus diesem Grund musste sich Herr Kriptai (ein kleinwüchsiger, stets sorgfältig rasierter, pudelartiger Herr mit gezwirbeltem Schnurrbart) jeweils den Umständen anpassen und vor dem Bestellen warten, bis seine Nachbarn ihre Diskussionen beendet hatten. Wann soll man sich rasieren? Vor dem Dampfbad oder nach dem Dampfbad? Zwei Herren, Plac und Kesthelyi (nur mit *s*, bitte) erörterten die Frage, und der Bevormundete wagte nicht, für den einen oder den anderen Partei zu ergreifen, solange dem Kellner kein Bescheid gegeben war, wessen Gast er sein würde. Herr Kriptai begann zu hüsteln, als er den Kellner kommen sah, doch Plac (den noch nie jemand Herr genannt hatte, da er von Juden aus der Tiefebene abstammte und in dieser Gesellschaft nur zugelassen war, weil er seinen Bankrott als Pächter der Grafen Wenckheim gemacht hatte) sagte mit seiner ausladenden, aus dem Komitat Békés heraufklingenden, erdfetten, bäuerlichen Stimme:

»Schauen Sie, Herr Kesthelyi: auf meine Ehr sag ich's, dass es mir nie eingefallen ist, für fünfzig Kreuzer meinen Namen zu ändern, meine Gläubiger wissen, dass ich noch heute Plac bin, der seine Schulden bezahlen wird, sobald er Geld hat – aber ich lasse mir vom serbischen Barbier in Buda alle vier Tage mit der Haarschneidemaschine das Haar und den Bart scheren, *bevor* ich ins Dampfbad gehe. Nach dem Bade dürfte mir keiner ans Gesicht, nicht einmal das Barbierfräulein, um derentwillen neustens die Herren in der Váci-Straße Schlange stehen.«

Herr Kesthelyi (nichts Geringeres als der Sohn des pensionierten Oberförsters des Herzogs Festetich und wegen seines eleganten Auftretens sogar im Verdacht, der natürliche Sohn des Herzogs zu sein, so dass man ihn an den Orten, wo er verkehrte, schlicht unter dem Namen »Taszilló« erwähnte) hörte sich Plac' Ausbruch geduldig an:

»Zum Glück sind wir noch nicht soweit, dass in Budapest Pleite gegangene israelitische Pächter den Ton angeben. Ich meinerseits erkläre, dass ich mir den Kopf nie mit der Haaarschneidemaschine scheren lassen werde, denn Häftlinge werden so geschoren, damit sie auf der Flucht von der Hermandad erkannt werden. Ich erkläre, dass ich nie einen Fuß zum serbischen Barbier hineinsetzen werde, wo auf der Tür mit Kreide geschrieben steht, eine Rasur koste zehn Kreuzer. Ebenso erkläre ich, dass ich mich immer *nach* dem Bad rasieren werde, denn jeder kluge Mensch weiß, dass man die im warmen Wasser weichgewordenen Haare leicht von der Haut entfernen kann. Im übrigen . . .«

Beim letzten Wort begann Herr Kesthelyi nach dem Monokel zu tasten, das an einer Schnur von seiner Jacke hing und goldgerahmt schien, um es dann mit einer einzigen Bewegung in seinem Auge zu plazieren und mit dem Studium der Speisekarte, die er in seiner linken Hand hielt, zu beginnen, während er höflich, herablassend und geradezu herrschaftlich matt zu Herrn Kriptai sagte:

»Welche Anordnungen hast du getroffen, Aladár?«

Der bevormundete kleine Mann, der seine Situation einigermaßen gesichert sah, beeilte sich zu sagen:

»Ich würde bei einer einfachen Kohlsuppe bleiben, das wäre in meiner Lage am ehesten angebracht.«

Herr Kesthelyi (ein Herr in dem Alter, da man ein ernstes, zeremonielles, ja ritterliches Gesicht tragen muss, damit es den Leuten nicht etwa einfalle zu fragen, womit man sich eigentlich beschäftige), Herr Kesthelyi (in dessen pechschwarzem Schnurrbart bei der vormittäglichen Beleuchtung tatsächlich schon Fäden sichtbar wurden, die der Aufmerksamkeit des Barbiers von der Váci-Straße entgangen waren, während sich die Schläfenrunzeln zu einem Spinnennetz verdichtet hatten, mochte ihr Besitzer noch so selbstdiszipliniert gegen sie ankämpfen) – also: Herr Kriptais mehr oder weniger freiwilliger Gastgeber setzte das Monokel ein und sprach nach einiger Überlegung:

»Ich möchte, geehrter Freund, keinesfalls Ihrer Meinung entgegentreten, die Kohlsuppe ist gewiss recht und gut, doch der Ordnung halber würde ich ein paar dicke, in reichlich Öl schwimmende französische Sardinen essen, und zwar aus einer Dose, die am Tisch geöffnet würde. Ich darf auch verraten, dass es in der Nähe ein Geschäft gibt, wo man diese erwähnten französischen Fischchen zu kaufen bekommt. Die Dose hat rote Seiten, und es finden höchstens zwei bis drei, eventuell vier Fische darin Platz. Das sind die besten, wie mir einmal Herr Löwenstein mitgeteilt hat – die Budapester Wirte haben sie nur wegen ihres geringen Preises nicht auf Lager ...«

Der Präsident, der jedes Wort, das an seinem Tisch fiel, heimlich verfolgte, fand es an der Zeit, den unberührt und schon ohne Schaum dastehenden Bierkrug zu heben, nachdem er Herrn Kesthelyi mit freundlicher Anerkennung zugenickt hatte. In der Tatsache, dass auch andere Mitglieder der Gesellschaft die »Manipulationen« der Wirte im Auge behielten, sah er den Triumph seiner Präsidentschaft.

Das Heben des Bierkrugs zog für den Präsidenten weitere Aufgaben nach sich. Er hielt das Bier gegen das Fenster, um die Echtheit der Farbe zu prüfen, obwohl er ja nicht daran zweifeln konnte, dass das Bier direkt vom Zapfhahn vor ihn gelangt war.

»Ja, lieber Freund«, sagte er mit seiner Donnerstimme zu Vájsz, der wieder auf der Schwelle erschienen war, »ich habe auch schon erlebt, dass die ›Weinburschen‹ in das Bier von Graf Jenö Zichy hineinspuckten, weil die Exzellenz nie mehr als zwei Kreuzer Trinkgeld gab.«

Dann ließ er seinen empörten blauen Blick mit einem Mal kumpelhafte Geselligkeit verströmen, da er an seinem Bierkrug vorbei in die Nebenstube schaute, wo Vilma geradezu verzaubert dem mächtigsten Mann an den Lippen hing. Worauf der mächtigste Mann sein altes Gesicht in den Bierkrug steckte, welchen er zwecks Versöhnung des Wirts genau hundert Sekunden lang am Mund behielt.

»Was gut ist, ist gut, sogar in der *Stadt Wien*«, sagte er, als verkünde er ein Urteil. Doch bevor sich Vájsz auf der Schwelle endgültig hätte aufrichten können, lieferte der Präsident auch noch die Begründung: »Der alte Dreher ist nicht umsonst einer der größten Steuerzahler Österreichs.«

Damit wären vielleicht alle zufrieden gewesen, nur Plac, der geschorene, gescheiterte Pächter, meckerte unten am Tisch herum, da er sich in der Bäderfrage besiegt fühlte:

»Tóni, ich möchte Kutteln«, grunzte er, als wäre ihm in dieser Gesellschaft sein ganzes Leben verleidet. »Kutteln und Bier, wie es einem Juden vom Land in der Restauration zusteht.«

Die laute Wortmeldung lähmte für eine Weile die Stimmung der Gesellschaft, auch weil Respektlosigkeit mitklang. Es war eine gewisse Animosität gegen Plac zu spüren, obwohl sein Kopf, wie aufgrund seiner Haarlosigkeit ersichtlich, an mehreren Stellen fingertief eingeschlagen war, an seiner Stirn die Spuren von Stichen, das eine der fleischigen Ohren zerrissen, so, wie man es sich nicht bei einer alltäglichen Prügelei holt. Aus diesen Spuren zu schließen, hatte der breitschultrige, schnaufende, hart blikkende, hundert Kilo schwere ehemalige Pächter schon bei anderen Gelegenheiten, da die Hiebe nicht zum Spaß fliegen, seinen Mann gestanden. Oben auf dem Schädel hatte er ein Loch, das man ihm wohl nicht grundlos zur Erinnerung mitgegeben hatte. Seine Hände zitterten zwar zuweilen, aber das kam von dem vielen zurückgehaltenen Ärger, an dem Plac in seinem Leben litt. Er war ein »Übergangener«, wie er sagte, während die dummen Glückspilze um ihn herum reich wurden. »Ein Schoßberger!« wiederholte er, wenn es ihm hin und wieder gelang, sich zu betrinken ...

»Kutteln sind für einen solchen Kerl das Richtige, nicht Russenkaviar«, sagte er jeweils, und aus irgendeinem Aberglauben klopfte er mit der Silbermünze, die er in der Westentasche trug, leicht gegen das Glas. Als wollte er auch auf diese Art zeigen, dass er seine Rechnung persönlich zu begleichen gedachte.

Ein glücklicher Mensch: das konnte man von ihm nicht sagen, nicht einmal hier in der *Stadt Wien*, wohin die Herren gerne kamen, um unter der Oberhoheit des Präsidenten den Wirt zu quälen, so dass dieser für eine Weile den Verstand verlor. Das Experiment war fast schon geglückt, als ein rotbemützter Ausläufer ins Wirtshaus trat, mit einem großen Hahn unter dem Arm – dem größten Hahn, den es an jenem Tag auf den Pester Märkten zu kaufen gab.

Nicht einmal der Präsident wusste von dem Scherz, welcher mit dem Eintreffen des Ausläufers begann, und so schaute er sehr aufmerksam und gehässig hin, als der Ausläufer den ungefähr halben Meter hohen, mit einer Zuckerpaketschnur gezäumten Hahn in die Gaststube dirigierte …

»Auf Befehl des Herrn Hauptmanns wäre ich jetzt mit dem Hahn da«, sagte der Ausläufer und nahm die Mütze ab. Es war übrigens der Ausläufer, den man in der Andrássy-Allee wegen seiner herausstehenden Zähne, seines roten Schnurrbarts und wegen verschiedener Heldentaten kannte. Der »Ausläufer mit den Zähnen« hieß er, und als heiter gestimmter Mensch stand er meistens nicht lange ohne Aufträge herum. Sogar in der Andrássy-Allee fanden sich Taschenuhren, Fingerringe, Armreifen und andere Dinge, die er in einem Tordurchgang ohne viel zu fragen von ihren Besitzern übernahm, um geradewegs zum Pfandleihhaus in der Vasváry-Pál-Straße zu laufen, als fürchtete er, die pfändenden Herrschaften könnten ihre Tat noch bereuen. Ein großes Pfandleihhaus, wo man nicht nur auf Taschenuhren, sondern auch auf Fräcke und Brautkleider lieh, weshalb es in der ganzen Hauptstadt bekannt war.

Geheimnisvoll, wie sich der »Ausläufer mit den Zähnen« beim Husarenhauptmann gemeldet hatte und wie er jetzt über den Hahn, über dessen Ankaufpreis sowie über die verbleibenden Banknoten abrechnete, erregte er den Verdacht, außer dem Hahnenkauf noch mit anderem beauftragt zu sein. In der Tat überreichte er dem Hauptmann auch einen mehrfach gefalteten Zettel, den dieser demonstrativ in sein silbernes Zigarettenetui schloss – ein Etui von ungefähr einem halben Pfund und mit den eingravierten Unterschriften aller Freunde des Hauptmanns versehen.

»Komm her«, sagte der Husarenhauptmann zum Hahn, packte ihn an den Flügeln, hob ihn hoch und blickte ihm starr in die Augen, nachdem er ihm mit der Hand ein paarmal leicht über den ein bisschen kahlen Kopf gefahren war. Der Hahn kämpfte eine Weile unter dem Tierbezwingerblick des Hauptmanns, begann aber bald zu erlahmen, wurde ganz schlaff und ließ den Kopf schläfrig hängen.

»Leg ihn in die Ecke, und pass auf ihn auf«, sagte der Offizier beiläufig zu dem mit den Zähnen. »Bestell dir ein Glas Bier.«

Der Ausläufer ließ sich am Ecktisch nieder, steckte den Hahn und die rote Mütze unter den Tisch und wartete auf weitere Befehle.

(»Was ist passiert?« Vilma war doch eine Spur verwirrt.

»Nichts Besonderes«, sagte Kacskovics. »Der Hauptmann verfährt mit Tieren und Menschen, die ihm im Weg sind, in dieser Weise; er schläfert sie mit seinem teuflischen Blick für eine Weile ein.«)

... Dann waren da noch zwei Mitglieder der Tischgesellschaft, die sich bei ihrem Gedankenaustausch von keiner der Produktionen stören ließen. Offensichtlich hatten sie den Gedankenaustausch schon vorher begonnen, an einem lustigeren Ort, wo sie sich vielleicht gerade vor den zu lauten Lustbarkeiten in eine wissenschaftliche Diskussion geflüchtet hatten. Der eine Herr sah aus wie ein Priester (natürlich in Zivil), der aus einem unerfindlichen Grund die Muße hatte, mit der lustigen Gesellschaft zu ziehen, von der er »Dechant« genannt wurde. Er war wirklich ein geweihter katholischer Priester: das stand nie ernsthaft zur Debatte, denn in allen wissenschaftlichen, kirchlichen und sprachlichen Fragen legte er eine solche Beschlagenheit an den Tag, dass man ihn auch minus Dokument zu den hochwürdigen Herren hätte zählen müssen. Im Lauf der Nacht hatte der Dechant eine gute Begegnung »gemacht«; irgendwo an einem Ecktisch hatte die Gesellschaft den »Redakteur« aufgelesen, der nur in lärmigen, parfümgeschwängerten Tanzlokalen mit Zigeunermusik, in Kneipen, die von dem Gezeche dröhnten, in mitternächtlichen, vom Frauenlachen schwülen Kaffeehäusern richtig arbeiten konnte. Er übersetzte Shakespeares Werke ins Ungarische, jetzt eben war er bei den *Sonetten* angelangt. Der Dechant saß ausladend, sich stellenweise mit dem Öffnen von Knöpfen Erleichterung verschaffend, auf seinem Stuhl und nickte sanft und sachverständig mit dem Doppelkinn, wie jemand, der alle Zeit hat, seinen disputierenden Genossen anzuhören. Er reizte ihn nicht, er hetzte ihn nicht, ja, hinter seiner Eulenbrille gönnte er ihm von Zeit zu Zeit sogar einen achtungsvollen Blick – nur hin und wieder war es wie ein unterirdisches Grollen: er begann zu husten, nach Luft zu ringen, sich zu schütteln, als zuckten sein Kragen und seine Weste in heimlichem Kummer. Gleichzeitig warf er einen gequälten, vorwurfsvollen Blick auf den Präsidenten – ausschließlich auf den Präsidenten – und sagte ächzend: »Habe ich's denn nicht gesagt, dass wir von der Wurst alle krank werden?« Niemand außer dem Präsidenten konnte wissen, auf was für eine Wurst der Dechant anspielte. Aber auch der Präsident schien ihr keine Bedeutung beizumessen; er nannte den Dechanten schlicht, aber ernsthaft beim Vornamen:

»Jobrincs«, sagte er, und der Zustand des Dechanten verbesserte sich sichtlich.

Nicht um der Folklore willen muss erwähnt werden, dass der Gesprächspartner des Dechanten ein magerer, hefegesichtiger Herr mit schütterem Schnurrbart und Scheuerbürsten-Frisur war, der auch dann wie ein Antiquar nach Büchern gerochen hätte, wenn er nicht dauernd irgendwelche alten Bände mit sich herumgeschleppt hätte. (Es gab eine Zeit im Nachtleben von Budapest, da die mitternächtlichen Kellner solche mit Bücherpaketen beladene Gäste als »Herr Doktor« ansprachen, ihnen die bequemsten, sonst für die viehisch betrunkenen Nabobs aus Bácska freigehaltenen Tische anboten, Tinte und Feder vor sie hinstellten, sich zufriedengaben, wenn der Gast nur einen Kaffee bestellte, dessen Bezahlung sie nicht unmittelbar nach der Konsumation erwarteten, während der Kaffeekocher von weitem grüßte, weil auch er die Wissenschaft, die Dichtung, die Kultur verehrte. Gewisse bücherschleppende Gäste sahen ihnen ganz nach Endre Ady, nach Elemér Bányai aus, auch als diese längst tot waren und man schon alles über ihr Leben wusste: wer wann in welcher Weinschenke gewesen war.)

Der Diskussionspartner des Dechanten saß zwar wie ein normaler Mensch auf seinem Stuhl, nur dass er hin und wieder die zwei hinteren Stuhlbeine in die Höhe fahren ließ, um seinen Worten Nachdruck zu verleihen. Seine Kleidung war von krankhafter Blässe, niemand in Budapest erinnerte sich mehr an ihre ursprüngliche Farbe. Es gibt Leute, die von Kindheit an das Tragen solcher sogenannten praktischen Farben gewöhnt sind, weil man es den Kleidungen »nicht ansieht«, wenn sie zerknittert oder ungebürstet sind; und die Flecken verbergen sich unter der Staubschicht, die sie allmählich bedeckt. Und wenn man von der Kleidung des »Redakteurs« noch verrät, dass im Futter des Jackenkragens Nähnadeln versteckt waren, mit denen er unversehens entstandene Mängel sogleich beheben konnte, so ist mehr oder weniger alles über den Überzieher erwähnt. Der »Redakteur« hatte Kautschuk-Manschetten, und zwar farbige, die über seinen Handgelenken auf und ab rutschten, ohne dass von einem Hemd irgendetwas sichtbar wurde. Er redete hitzig auf den Dechanten ein, wahrscheinlich auch, damit es dem unentschlossenen Kellner nicht einfiel, ihn zu stören.

»Wenn Ungarn bleibt, wie es ist, muss es zugrunde gehen, denn so viele Ungaren vermag dieses Fleckchen Erde nicht zu ernähren. Es ist eine alte Theorie von mir, dass eine große Menge

Ungaren aufbrechen und in die Urheimat zurückkehren müssen, um dort ihr Auskommen zu finden. Es gab einmal solche Versuche mit den Csángó, aber das Experiment ist nicht geglückt. Wir müssen, bitte sehr, nach Asien zurückkehren und das Ganze wieder von vorn anfangen. Jäger, Fischer, ›einfache Menschen‹ müssen wir werden, damit die Rasse erhalten bleibt. Zurück in die Urheimat, Herr Dechant.«

»Ja, aber was wird dann aus der Zivilisation und aus vielem anderen, das wir hier in Europa zurücklassen?« fragte der Dechant mit sanfter Stimme, als wäre tatsächlich das seine größte Sorge (er hatte aber anderes im Kopf).

»Wir müssen wieder zu Heiden werden, damit wir bestehen bleiben. Es gibt keine Gnade ... Heiden müssen wir sein, damit man in der heutigen europäischen Konstellation das Ungarntum ernst nimmt«, erwiderte der Redakteur.

Der Dechant nickte noch eine Weile, aber nur noch mechanisch, als wäre in seinem Hirn die Idee herangereift, auf die ihn der Anblick des untätig herumsitzenden Ausläufers gebracht hatte. Er blickte schwerfällig auf den Hauptmann, den Ausläufer, den Präsidenten, dann richtete er mit salbungsvoller Stimme das Wort an den Hauptmann, der eben dabei war, ein Stück Meerrettich zu raffeln, da er aus Gründen der Zahnerhaltung niemals warme Speisen aß. Die wilden Tiere haben alle ihre Zähne, weil sie das Fleisch roh essen.

»Herr Hauptmann«, wiederholte der Dechant, während jener die Raffel hochhob und vom geriebenen Meerrettich kostete, um seine versteinerten Gesichtszüge irgendwie in Gang zu bringen. »Herr Hauptmann, gestatten Sie mir, ein paar Minuten über Ihren Ausläufer zu verfügen.«

Der Hauptmann, nach dem Genuss des geriebenen Meerrettichs für eine Weile taub, verstand nicht gleich, worum es ging, dann aber befahl er dem Ausläufer mit um so mehr Grandezza, dem Herrn Dechanten zur Verfügung zu stehen.

»Stein! Mitdenzähnen! Stern! oder Wasimmer!«

Der Ausläufer war schon ganz freundlich und listig blickend zum Herrn Dechanten gesprungen, denn in seiner Vorstellung kam jetzt der Moment, da der hochwürdige Herr einen sakralen Gegenstand zu *Darvas* schicken würde, nachdem sein Kleingeld im Laufe der nächtlichen Ausgaben geschrumpft war. Was der *Darvas* wohl sagen würde, wenn der mächtig bezahnte Ausläufer einmal mit einem Bischofsstab aufkreuzte? (Die Phantasie eines jeden Menschen funktioniert gemäß seinem Beruf.) Doch der Dechant suchte mit ziemlich ungeschickten, an die Taschen des Priestergewands gewöhnten Handbewegungen in seinen Kleidern herum und förderte dann eine mehrfächerige, auf Kupferknöpfe gehende, eher fraulich aussehende Geldbörse zutage; er wühlte eine Weile in einem der Fächer und entnahm ihm einen sorgsam gefalteten, gewissermaßen zu etwas Individuellem gestalteten Geldschein, den er dem Ausläufer hinhielt.

»Legen Sie dieses Geld in Ihre Mütze, ich möchte nicht, dass Sie mir zurückkommen und sagen, Sie hätten das Geld verloren. Sowas können Sie den Leuten erzählen, von denen Sie zwecks Abwicklung der Pferderennen-Wetten hier in die Szerecsen-Straße geschickt werden; den dummen Frauen können Sie's erzählen, die mit ihren Geliebten noch immer via Ausläufer korrespondieren – mir aber brauchen Sie keine Lügen aufzutischen, denn ich war dabei, als Regula gehängt wurde. Sie gehen also die Király-Straße entlang, in der dritten Straße von der Vasvári-Pál-Straße an gerechnet, der Name will mir im Moment nicht einfallen, denn was Straßennamen betrifft, bin ich vergesslich: in der dritten Straße sehen sie einen Juden mit rotem Bart, der um diese Zeit vor seinem Geschäft steht.«

»Jeder Jude steht vor seinem Geschäft«, sagte der Ausläufer, dem es beim Auftrag des Dechanten unbehaglich war. (Am liebsten ging er zum Pfandleihhaus.)

Der Dechant achtete nicht auf die Bemerkung des Ausläufers –

der Betreffende war nicht »sein Ausläufer«, er hatte ihn freundlicherweise vom Hauptmann geliehen bekommen –, sondern fuhr phlegmatisch fort:

»Ich war Gefängnisgeistlicher zu der Zeit, als jene unglückliche Regula gehängt wurde. Tempi passati. Ich möchte einen guten, reinen, echten Zwetschgenschnaps trinken, wie er für das Osterfest der Juden zubereitet wird. Das sollen Sie dem Juden mit dem roten Bart sagen, der von hier an gerechnet in der dritten Straße auf der Schwelle seines Geschäfts steht, drei Stufen führen zu seinem Laden hinauf, sein Vater war Vorsteher der Glaubensgemeinde in Tolcsva, einer von den Fürsts, die angeblich berühmte Weinhändler in der Hegyalja waren, wie es bei den Juden heißt. Sie hatten irgendeinen Verwandten, der Teitelbaum hieß und als Wunderrabbi bekannt war. Na, jetzt wissen Sie alles. Von da sollen Sie uns *Branntwein* bringen. Meine Gesundheit ist nicht in Ordnung, ich komme gar nicht nach mit dem Sodabikarbonat.«

Beim letzten Satz wollte der Dechant erneut einen vorwurfsvollen Blick auf den Präsidenten werfen, doch der blickte zu seinem größten Erstaunen bereits zu ihm herüber, und so wie er dreinschaute, hatte er das schon die ganze Zeit getan, während der Dechant dem Ausläufer den Geheimauftrag erteilte.

»Teuflisch genau getroffen, Dechant. Von diesem gebrannten Wein habe ich selber auch schon gehört, obwohl ich meiner Lebtag kein Freund des Schnapses war, denn wer Schnaps trinkt, stirbt innerhalb von zwei Jahren«, sagte Herr Pista, nachdem er den Rest in seinem Bierkrug fachgerecht geschwenkt hatte, wie es sich für einen sparsamen Menschen gehört, worauf er Vilma listig-verschwörerisch zublinzelte, den Krug leerte und in offiziellem Ton erklärte:

»Ich meinerseits habe an keiner Erhängung teilgenommen, obwohl ich zur Zeit des Polizeipräsidenten Thaisz Polizeianwalt war. Ich habe nie verstanden, warum man Herzstärker trinken soll, wenn man das Herz sowieso auf dem rechten Fleck hat. Nur die Halunken fürchten den Galgen. Ich weiß noch, wie Spanga, der Mörder des Obersten Richters, einmal in mein Büro kam. Der war gleich groß und genauso ein duckmäuserischer, rötlicher Mensch wie dieser Ausläufer. Es könnten Zwillinge sein. Wie hieß Ihr Bruder, Ausläufer?«

Der Ausläufer legte zuerst seine Mütze auf den Boden, nahm die Banknote des Dechanten in den Mund, knöpfte seinen Wintermantel auf und begann mit beiden Händen in allerlei Schriftstücken herumzusuchen.

»Da habe ich die Bewilligung des Ausläufer-Gewerbevereins . . .«, begann er, doch der mächtige Mann winkte mit linker Hand ab, wie jemand, dem solche Verteidigungen sattsam bekannt sind.

»*Mein Freund*, ich war Polizeianwalt; in der Síp-Straße gab es ein Büro, wo für fünfundzwanzig Kreuzer jegliches Schriftstück gefälscht wurde; ich habe der Sache ein Ende gemacht, da in Budapest schon jeder zweite Kaffeehausgast ein fremdländischer Thronprätendent war. Lassen wir das Papierzeug, *mein Freund*. Gehen Sie Ihrer Arbeit nach.«

Der Ausläufer bückte sich erleichtert nach seiner Mütze unter dem Tisch, da aber tat auch der provokant schäbig gekleidete Freund des Dechanten, der sogenannte »Herr Redakteur«, mit der Hand eine unsichere Bewegung, und zwar hinter einer Banknote her, die er aus weiß Gott welcher Tasche seines cholerafarbenen Anzugs hervorgezaubert hatte. Die Handbewegung, mit welcher der »Redakteur« in die sogenannte »Zigarrentasche« seiner Jacke gegriffen hatte, war unbemerkt geblieben, weil niemand vermutet hätte, dass von dort auch nur das Geringste zum Vorschein kommen könnte. Und auch seine Stimme war gar nicht so feierlich, als er den Ausläufer beauftragte:

»Wenn Sie sowieso schon unterwegs sind, lieber 128er, gehen Sie doch auch gleich in ein Delikatessengeschäft, und bringen Sie mir ein Döschen echten russischen Fischrogen. Kaviar, wie man auf russisch sagt.«

Der Ausläufer nahm den Geldschein entgegen und machte sich dann Hals über Kopf davon, als fürchtete er einen der nicht unüblichen Scherze.

»Dummer Ausläufer«, sagte lippenschürzend jener wohlgebügelte, wohlgenährte, in englische Stoffe gekleidete, beefsteakgesichtige Herr um die sechzig, der unter dem Namen Jenöchen schon erwähnt wurde. Sein dichtes, noch immer rundum ins Blonde spielendes Haar (wie bei den Offizieren, die nicht vorzeitig in den Ruhestand reiten wollen) war von der Stirn bis zum Nacken in einer einzigen Linie gescheitelt. Das war vielleicht der Zechbruder mit der korrektesten Haltung, nicht nur was die Frisur betrifft, sondern auch im Hinblick auf den Ernst. Leicht verächtlich schaute er auf die herab, die hier die Zeit mit nutzlosem Geplapper verbrachten, und zuweilen seufzte er tief:

»Zum Teufel mit diesem Telefon, es ist mir nicht in den Sinn gekommen, meine Schwester zu fragen, was sie heute zu Mittag kochen läßt. Es ist doch etwas ganz anderes, am Familientisch zu essen, wenn man sich danach aufs Kanapee oder auch ins Bett legen kann, als hier in dieser zugigen Kneipe zu sitzen und sich allmählich ernstlich aufzuregen. Niemand macht die Zwetschgenknödel so wie meine Schwester Fruzsin, die gnädige Frau Anderson. Ich bin ohne Mutter aufgewachsen, die Schwester hat mich erzogen, ohne sie wäre ich nichts. Na, der Frau Anderson wird das Herz brechen, wenn sie erfährt, dass ich vom Mittagessen ferngeblieben bin, nur weil ich nicht frisch gebadet, rasiert und gekämmt war und meine Kleider nach Rauch stanken. Aber eben: Noblesse oblige. Und auch seinen Freunden ist man etwas schuldig. Bringen Sie mir eine Kohlsuppe, Herr Tót.« Jenöchen sprach die hauptstädtischen Kellner extravaganterweise mit dem Nachnamen an, wobei er dann allerdings um so mehr mit dem Trinkgeld sparte.

Dem Präsidenten war nicht entgangen, dass Jenöchen die ganze Zeit sein unrasiertes Gesicht streichelte, als zerbräche er sich den Kopf, wie er sich auch unrasiert zu seiner Schwester davonschleichen könnte.

»Nein, lieber Freund, das ist kein Leben ...«, begann der Präsident entrüstet.

»Du hast recht«, sagte Jenöchen plötzlich. »Man muss lernen, sich im Notfall selber zu rasieren. Leider gibt es hier in der *Stadt Wien* kein Séparée wie im *Orfeum* oder an anderen europäischen Orten, wohin man den besten Barbiergesellen aus der Kishíd-Straße bestellen könnte, damit er einen am Neujahrstag, nach der üblichen Silvesternacht, frisch rasiere, so dass man sich bei den Neujahrsessen zeigen kann. Und am ersten Mai, wenn die Budapester Friseure streiken, kommt man nur im *Orfeum*, nur im Séparée, zu einem guten Barbier, der einem das Haar auf Frühling trimmt. Welcher Herr von Welt möchte sich am ersten Mai mit einer Winterfrisur zeigen?«

»Ja, ja«, sagte der Präsident noch immer drohend; er hatte Jenöchen seit Jahren »auf der Pike«, und zwar eben wegen der Klagen, Vorwürfe und Seufzer, wenn Jenöchen »dem Präsidenten zuliebe« hin und wieder ein Familienessen ausließ und noch Wochen später darauf zurückkam, dass er mit Kohlsuppe oder Wienerwürsteln mit Meerrettich hatte vorlieb nehmen müssen, während es bei seiner Schwester Reis mit Gänseklein (mit gefülltem Ganshals) oder eingemachtes Hähnchen (mit Nockerln) und Pfannkuchen gab. (»Aber was tut man nicht alles um der Freundschaft willen?«) »Ja, ja«, wiederholte der Präsident blitzenden Blickes, »auch ich verehre Fruzsin, ich bin es, der vor ihr den Hut am tiefsten zieht, wenn sie an Wintermorgen zu den Piaristen zur Studentenmesse eilt. Es gibt nichts Ehrenwerteres als eine Dame im Schneegestöber des frühen Morgens, wenn im *Kasino* oder im *Jagdhorn* die ehrengerichtlichen Sitzungen, an denen ich teilzunehmen gezwungen bin, zu Ende sind: es gibt nichts Ehrenwerteres als eine in Fuchspelze gekleidete Dame auf der morgendlichen Straße, die nach unserer Mütter und Großmütter Sitte zur Piaristen-Kirche eilt. Du kannst ihr bestellen, Jenöchen, dass ich ihr die Hand küssen lasse; es hat noch keinen Lebensumstand gegeben, da ich ihr die Hand nicht küssen ließ. Auf meine Ehre: altmodische Herren meines Schlags können sich nur schon deswegen nicht in den wohlverdienten Ruhestand zurückziehen, weil dann niemand mehr den nach alter Mode und Sitte gekleideten Damen vor der Kirche hutlüftend die Ehre erweist. Also, lieber Freund, das ist doch eine Schweinerei.«

⋆

Der Präsident hätte seinen moralischen Erguss wahrscheinlich noch länger fortgesetzt, wäre in diesem Augenblick nicht eine neue Gestalt auf der Schwelle der Gaststube erschienen.

Der Barbier.

Das stellte sich aber erst später heraus, da ja die Protagonisten dieser Geschichte nicht Leute sind, die ihr Inkognito gleich bei ihrem Erscheinen lüften ... Auch der Barbier stand eine geraume Weile auf der Schwelle, wie ein zu Weißhäutigkeit gemauserter Zigeunerprimas, der anstelle des Geigenkastens ein viel kleineres, von Wachsleinen umwickeltes Paket unter dem Arm trug. Aber auch er war in einen Pepita-Anzug gekleidet, eben wie ein Zigeunerprimas, wenn er zur Pester Pferderennbahn fährt. Abgesehen davon konnte der Mensch auf der Schwelle auch ein Ehevermittler, ein Gespan auf Arbeitssuche, ein abgetakelter Gutsbesitzer oder jemand sein, der um Geld Billard spielt. Doch er war Barbier, wie aus seiner Geschichte hervorgehen sollte.

... Obwohl die tadelnden, tröstenden, kraftvoll überzeugenden, donnergrollend vorgebrachten Worte des Präsidenten auf

Jenöchens Gemütszustand von sichtlicher Wirkung waren (immer seltener betastete er sein unrasiertes Gesicht an der Stelle, von der die Männer glauben, dass dort ihr Bart »am stärksten« ist), ließ es sich der Präsident angesichts des nun zahlreicheren Publikums nicht nehmen, aus dem Bierfass, das in die Mitte der Stube gerückt worden war, ein weiteres Glas abzuzapfen, zu welchem Manöver er sich in seinem ganzen Umfang zuerst von seinem Stuhl erhob, sich dann vor den Stühlen, auf denen das Bierfass lag, niederkauerte, während er den blauen Zettel, der an dem Fass klebte, aufmerksam las, als sähe er ihn zum ersten Mal in seinem Leben.

»Ja, echtes Schwechater Lagerbier«, sagte er befriedigt. Und er zapfte ab und setzte sich dann wieder hin. »Der Barbier« verfolgte aufmerksam jede Bewegung des ehrenwerten alten Herrn, als wäre er zu Studienzwecken in diese Stadt gekommen. Auch er schritt zum Fass, schaute sich den blauen Zettel an und ließ ebenfalls ein Glas mit Bier vollaufen. Darauf zog er sich an seinen Tisch zurück.

(Der Präsident tat so, als hätte er nichts gemerkt, denn nicht einmal er in seiner Weisheit konnte absehen, dass die Stammgäste der *Stadt Wien* genannten Kneipe noch jahrelang von dem Ereignis sprechen würden. Nur Kacskovics nebenan neigte sich zu Vilma und sagte: »Mir scheint, die eher langweiligen Verhandlungen sind in ein neues Stadium getreten.« Der Hilfsstuhlrichter, der schon längere Zeit unter den Tisch auf seine langgestreckten Beine blickte – ländliche Herrschaften sitzen so und sinnen beim Betrachten ihrer Beine über ihr Leben nach –, der Hilfsstuhlrichter sagte nachdenklich: »Auch diesem Gast prophezeie ich kein langes Leben in diesem Wirtshaus.«)

4

Baron Burg – der Husarenhauptmann, der sich aus gesundheitlichen Gründen vorgenommen hatte, bis punkt zwölf Uhr keinen Bissen zu essen, keinen Schluck zu trinken, keine Zigarette zu rauchen – Baron Burg hielt mit blauen Augen nach dem hypnotisierten Hahn Ausschau. Der lag mit halb gespreizten Flügeln, hochragenden Beinen und glasigen Blickes an seinem Platz in der Ecke, wo anstelle des »Ausläufers mit den Zähnen« ein Fremder saß, der einen Zahnstocher nach dem anderen ausprobierte, um zu sehen, ob sie tatsächlich aus Birkenholz waren, wie ihre braune Farbe vermuten ließ – oder vielleicht doch nur aus Tanne, die nach häufigem Gebrauch braun geworden war. Selbstverständlich steckte er die ausprobierten Zahnstocher wieder an ihren ursprünglichen Platz, er wollte ja mit dem flammend rotgesichtigen Wirt keine »Scherereien kriegen«.

»Dieser ›Spezi‹ hat mich rasiert«, sagte der Husarenhauptmann nach dem kurzen Augenschein, und er legte seine Handflächen so auf den Eichenholztisch mit den eingegrabenen Beinen, dass die Gläser, Teller, Messer, Gabeln und Salzstreuer, die sowieso »weiblich« (feminin) sind, ein Gesellschaftsspiel begannen; vielleicht jenes, das im Großen Spielebuch unter dem Titel »Stehauf-Spiel« figuriert.

Die weiblichen Löffel, Pfeffermühlchen, Glasbehälter mit französischem, ungarischem und englischem Senf, die braunen, medizinal aussehenden Gläser mit den »Suppenwürzen«, die blechernen Streichholzschachteln mit den Zigarrenschneidern, die blauen Sammelbüchsen der Budapester Rettungsgesellschaft, wie sie der Besitzer der *Stadt Wien* aus ihren Verstecken herbeigetragen hatte, um die Tische der Gäste zu schmücken – sie alle tanzten ihren vom Hauptmann in Gang gesetzten Tanz umsonst, denn durch ihr Klirren hindurch detonierte des Präsidenten Stimme:

»Fritzl.«

(Doch dieses eine Mal täuschte sich der Präsident, wobei er aber in der Meinung, dass alle Barbiergesellen aus Wien stammten, nicht endgültig wankend wurde. Jener Fremde mit dem Kopf in den Wolken kippte sein Bier ungestört hinunter und fasste das Glas des Präsidenten in den Blick, um zu sehen, ob nicht der Moment erneuten Abzapfens gekommen war. Dem Steuerkommission-Präsidenten des sechsten Bezirks, Franz Josephs königlichem Rat, Herrn Pista, fuhr »Fritzls« respektloser Blick durch Mark und Bein, denn in diesem Blick erkannte er eine Aufforderung, Anstachelung zu weiterem Biergenuss, genau das, was Herr P. »Bauernfängerei« nannte und nicht einmal von den Wirten des Józsefsstadt-Viertels duldete, obwohl jene im Hinblick auf ihr altehrwürdiges Gastgewerbe sowie auf die in ihrem Besitz befindlichen Häuser, Gärten, Keller, Weinberge und Aktien nicht darauf angewiesen waren, die Gäste noch zum Trinken anzuhalten, wenn denen die Lust schon vergangen war …)

»Hedakellner«, begann also Herr Pista, »den Rest im Fass soll man da wegnehmen und draußen unter die Mietskutscher verteilen, sollen auch die sich daran erinnern, dass in Budapest Karneval war. Meine Gesellschaft wird ›unsererseits‹ Wein konsumieren.«

(In diesem Augenblick erhob sich der Barbier von seinem Platz, um auf das Fass zuzusteuern, aber der Altkellner war doch auf der Seite der »Herrschaft«, und er packte mit einer Kraft, die man seinem schwachen Körperbau gar nicht angesehen hätte, das schwappende Fass, um es in jener bestimmten Ecke unter dem »Spritzer«-Glas in Deckung zu bringen.)

»Unsererseits«, betonte der Präsident, als die erlesensten Griebenpogatschen, die kalten Eier, die zusammen mit dem Räucherschinken gekocht werden, die »Ringelfische« in ihren Blechdosen, die echten Bretzel und die Holzbretzel, die zum Markieren der Servietten dienen, in ihre Körbe und Behälter zurückgefallen waren und nur noch ein einziger kugelförmiger, in halbverdorrtem Zustand befindlicher roter Paprika vor dem Hauptmann schaukelte. (Die Wirtin hatte ihn dorthin gelegt, weil sie wissen wollte, ob dem Hauptmann der Sinn danach stand, ein paar Einmachgläschen von dieser giftigen Frucht zu haben ...) Also, in dieser Zeit der Stille sprach der Präsident:

»Wir ›unsererseits‹ würden Wein trinken, doch ist beim Wein die Frage nicht so leicht zu entscheiden, wie es die Frage des Herrn Dechanten ist, der noch immer vergeblich auf seinen Oster-Zwetschgenschnaps aus der Rombach-Straße wartet. Meiner Meinung nach sind wir hier sechs, sieben Weintrinker, die den Wein zwar mit den Zähnen kauen, mit der Zunge kosten, aber nicht aus demselben Grund wie die Händlersleute, die schließlich auch den besten Wein wieder ausspucken, um seinen wahren Geschmack zu spüren. Abzuwägen. Den im Weinhandel zu erwartenden Gewinn auszurechnen. Den Weintransport auszutüfteln, die Wesenszüge des Verkäufers auszukundschaften und seine Vermögensverhältnisse einzukalkulieren, denn der Wein hat einen Preis, wenn man ihn bar bezahlt, und einen anderen, wenn er für Wechsel verkauft wird. Stimmt's, Plac?« fuhr der Präsident plötzlich nieder. Plac hatte »seine Kutteln und sein Gläschen Bier« zu sich genommen und tastete jetzt zwischen den steifen Hüten an den Haken herum, um seinen »Habig« zwischen den »Pórfia« herauszuholen.

»Stimmt«, schmetterte der vierschrötige Plac und probierte einen Hut. »Wer zum Kuckuck hat in dieser ganzen Kumpanei so einen guten Hut«, fragte er halblaut und drehte den Hut auf seinem Kopf hin und her. Auf seine Frage hin erhob sich der Barbier:

»Das ist mein Hut, Herr Plac.«

Plac, zwar im Grunde seines Herzens demokratisch gesinnt, hängte den Hut einigermaßen erschrocken an den Haken zurück (er konnte aber das Ereignis nicht mehr »ungeschehen« machen, denn in der *Stadt Wien* sprach man noch Jahre später von jenem gewissen Plac, der den Hut des Barbiers anprobiert hatte), den Hut, der einem höchst vornehmen Herrn zu gehören schien ...

»Na schön, ich gebe es zu: ich habe mich auch mit Weinhandel beschäftigt. Ich habe den Wein verkauft, statt ihn hinunterzuschlucken. Von etwas muss man leben. Da ist viel Schlaumeierei dabei, im Weinhandel, denn der Wein ist eine Ware, von der man etwas verstehen muss. Nur mit einem einzigen Wein bin ich einmal ausgerutscht. Es war ein neuer Wein aus Tolcsva, wie er in der Hegyalja seit zwanzig Jahren nicht mehr gewachsen war. In jenem Jahr heiratete Laci Mezössy, der berühmte Weinbauer, zum zweiten Mal. Er war siebzig, das Bräutchen, auch von Weinbauern, sechzehn. Aber sie führte das Geschäft schon selbständig, es gab keinen Juden in der Hegyalja, der sie ausgefuchst hätte, aber auch der listige Laci Mezössy wurde nicht anders mit ihr fertig, als dass er sie heiratete. Das arme Frauchen hatte ihr zwanzigstes Lebensjahr noch nicht vollendet, als sie ihr drittes Kind zur Welt brachte und an Kindbettfieber starb. Na, dann ist auch der greise Mezössy ihr bald darauf gefolgt. Da also hatte ich jenen Wein aus Tolcsva gekauft, den ich meiner Lebtag nicht verkauft habe. Ich habe ihn selber getrunken, und damit war es aus mit dem Weinhandel. Seither trinke ich Bier.«

»Und dann war da noch ein kleines gerichtliches Verfahren«,

fuhr der Präsident dazwischen, bevor sich Plac in seinem Leichtsinn sonnen konnte.

»Je nun, ja, die Gläubiger haben mir alles genommen«, sagte Plac und wollte in keiner Weise zur Kenntnis nehmen, dass ihm der Präsident hämisch zublinzelte und mit Handbewegungen das Drehen eines Schlüssels im Schloss andeutete. »Krr-krr«, machte der Präsident, aber da hatte ihm Plac schon den Rücken zugewandt. Er betrachtete den Barbier, als wollte er herausfinden, woher dieser Mensch seinen Namen kannte und wo er den zum Verwechseln eleganten Hut her hatte.

Dem Präsidenten blieb nichts anderes übrig, als zur Weinbestellung zurückzukehren, obwohl es ihm als sparsamem Mann lieb gewesen wäre, wenn auch andere Tischgenossen Vorschläge gemacht hätten. Doch die Menschen sind faul: nach durchzechter Nacht, im Winter, in einer warmen Gaststube überlassen sie das Wort gern den anderen. Der Präsident rang also allein mit dem Thema, nachdem Plac jede Komplizität von sich gewiesen und einen weiteren Humpen vom »Ausschank«-Bier bestellt hatte, dessen Preis er mittels der Sechserchen und Kupferkreuzer aus seiner Westentasche sogleich dem Kellner in die Hand drückte. Herr Pista sprach:

»Denke ich an meine ›selige Jungherrenzeit‹« (der Ausdruck schien in dieser Gesellschaft das schönste Blatt der ungarischen Historie zu bedeuten, ein Blatt, auf dem in goldenen Lettern die Namen derer stehen, die das Glück hatten, in jenen Jahren auf der Welt zu sein), »denke ich an meine ›selige Jungherrenzeit‹«, wiederholte der Präsident mit leichtem Vibrato, »so entnehme ich meinen Erinnerungen, dass das Leben am schönsten war, als wir schlanke Siebendeziliter-Bouteillen auf dem Tisch stehen hatten und den Wein aus einfachen, glatten Gläsern tranken. Auf den Bouteillen, auf dem Verschluss, war das Siegel des ungarischen Staates, und in die dünnen, niemals bröckelnden Korken war ebenfalls der Name des ungarischen Staates eingebrannt. Auf den Rotweinen war grünes Siegelwachs angebracht, damit man nicht lange suchen musste, wenn man unter den Bouteillen Stierenblut aus Eger oder Wein aus Villány oder Szekszárd suchte, die der Gesundheit äußerst zuträglich waren. Auf den schweren Braten-Weinen waren die Siegel so schön rot wie auf den Geldbriefen. Die Weine des ungarischen Staates waren diplomiert, beurkundet, beglaubigt. Aus diesen Bouteillen ließen sich die dreißig Tropfen, wie sie nach der Suppe vorgeschrieben waren, mit wahrer Andacht trinken, und wenn man die Flaschen gegen das Licht hielt, konnte man im Voraus jeden Schluck berechnen, den man für diese oder jene Gelegenheit vorbehielt. Kein Irrtum möglich. Man konnte berechnen, wie man die Bouteille einteilen sollte, damit nach dem fetten Braten die angemessene Menge übrig war, während man zum Braten selbst vergeblich Kartoffeln verzehrt hätte, denn die gebräuchlichen kleinwüchsigen Essiggurken mochte man noch mit einem einzigen Bissen erwischen und mit Zunge und Zähnen bearbeiten, desgleichen die heiße Suppe, doch der Geschmack des echten, fachgerecht gesäuerten, zu Schärfe gezüchteten Paprikas ließ sich weder mit einem Schluck Bratensaft aus dem Kartoffellöffel, noch mit Brotstükken, die zu Fidibusform geschnitten waren, ja auch nicht, wie es die Alten empfahlen, mit dem Kauen trockener Semmeln mildern. Zuweilen musste man gleich zwei Gläser nacheinander hinunterspülen (wenn man von dem rituellen Anstoßen dispensiert war), um das Feuer des knopfgroßen, irgendwie doch in den Magen gelangten Paprikas abzuschwächen. Aus diesem Grund war der Inhalt der Bouteille mit kluger Voraussicht einzuteilen, damit zum Braten (ob er mit Makkaroni oder mit falschen Teigwaren serviert wurde) genügend Wein in der Flasche verblieb ... Denn der ist verloren, der schon während des Essens seinen Wein mit Mineralwasser aus Parád, Szolyva oder Bikszád zu mischen beginnt, von den weiblichen Mineralwassern gar nicht zu reden. Beim Essen darf man reinen Wein trinken; die Mineralwasser dienen erst nach der Mahlzeit dem Zweck, um dessentwillen die Ärzte in seinen Konsum einwilligen.«

Der Präsident pausierte für eine Sekunde, um sich zu vergewissern, dass niemand etwas dagegen hatte, wenn er Vájsz, den auf der Schwelle lauschenden Wirt, zum Herbeischaffen der ballköniginnenhaft schlanken Bouteillen aufforderte.

Diese augenblickliche Stille war es, die der Barbier ausnützte, um aufzustehen und sich zu Wort zu melden:

»Wer einen Schnurrbart hat, trinkt zweimal. Das haben Sie vergessen, hochverehrter Herr Präsident.«

Würde man den Zwischenruf des Barbiers auf die Goldwaage legen, müsste man zur Feststellung gelangen, dass der Barbier eigentlich eine Lanze für das Friseurgewerbe brach: jeder Schnurrbärtige soll seinen Schnurrbart verschwinden, abschneiden, abrasieren lassen, damit von den Bouteillen mehr übrigbleibt. Doch es konnte einem nur schwerlich entgehen, dass der Barbier selber schnurrbärtig war, und zwar war das ein Schnurrbart, der bei jeder Schönheitskonkurrenz lobende Erwähnung gefunden hätte (allerdings ohne gleich den ersten Preis zu bekommen).

Obwohl die Worte des Barbiers »direktestens an ihn adressiert gewesen waren«, fand sie der Präsident nicht einmal eines Abwinkens würdig, einzelne aber ließen nach dem unerwarteten Zwischenruf ihren Blicken freien Lauf, nachdem sie dem Präsidenten bis dahin mit einer Andacht gefolgt waren wie die Rubin-Brosche, die an der Gardine steckt und stets zur auf- oder untergehenden Sonne blickt. So nahm sich auch Vilmas Blick für einen Moment (allerdings mit Befremden und einem Gefühl der Unsauberkeit) den Schnurrbart des Barbiers zum Ziel. Ein ländlicher Schnurrbart – von weitem hätte man ihn auch winterlich nennen können, als zeigten in weißerstarrtem Bratenfett schwarze Eberborsten an, dass der Schnurrbartbesitzer die guten Happen nicht verachtet. Gefärbt war dieser Schnurrbart nicht, er war bloß hart, fast zu etwas Gefrorenem gezwirbelt, gebürstet und auch mit der Brennschere bemüht, damit jedes Haar an seinem Platz bleibe. Nur Hausierer mit Schnurrbartbinden und Strumpfhaltern haben solche Schnurrbärte, zu Reklamezwekken. Ein Bocksschnurrbart, völlig unabhängig über dem Mund plaziert: weder Korkenreste konnten sich darin verfangen, noch hätte Wein, den man dann mit Zungenbewegungen zurückholen müsste, hineinsickern können. Der Barbier hatte seinen Schnurrbart mit erforderlicher Sachkenntnis so präpariert, dass dieser ihm in keine Suppen, Weine, Ragoutsäfte, Bierschäume, nicht einmal in die Siphon-Gläser hineinhängen konnte.

(Der Präsident hatte eine kleine Schnurrbartbürste in der Westentasche, und im Rücken der Bürste war ein Spiegelchen eingelassen, aber nichts hätte ihm in dem Augenblick mehr widerstrebt, als seinen locker buschigen, weißlichen Schnurrbart auch nur mit einer einzigen Bewegung zu zwirbeln. Obwohl er schon wusste, dass auch der ehrwürdigste Schnurrbart lächerlich wird, wenn an ihm die Reste bestimmter Speisen hängen.)

»Wenn man beim Käse angelangt war, konnte man also anhand der staatlich ungarischen Bouteillen – Flaschen mit der Aufschrift Magyaráder, Ermelléker oder Gellértberger Auslese oder mit der Aufschrift Csopak – leicht errechnen, wie viel von den sieben Dezilitern noch übrig war. Allerdings nahm der Kluge zum Käse sommers wie winters Äpfel oder Birnen zu sich, um die Verdauungsprozesse auch in dieser Form zu befördern; aber wie viele von uns waren so klug, nach dem Leeren der Bouteille, zum Kaffee, nur eine Flasche Mineralwasser aufmachen zu lassen? Bei meinen Aufenthalten im Ausland habe ich einmal gesehen, wie der Wiener Rothschild zu seinem Kaffee ein Glas »Gießhübler« bestellte. Natürlich hat man ihm die ganze Flasche aufgeschrieben, wie mir später der backenbärtige Kellner unter dem Siegel der Verschwiegenheit gestand. Aber das war eben der Wiener Rothschild ... Arme Leute wie unsereins konnten nicht bei einer einzigen Bouteille bleiben, und wenn sie aus der Dörgicser Ernte der Ordo scholarum piarum stammte. Und seit sich der ungarische Staat von den Wagons Lits hat niederwalzen und den Speisewagen zuliebe auch noch Dreideziliter-Bouteillen in Umlauf gebracht hat, ist auf dem Gebiet des Weinkonsums das Durcheinander perfekt. Natürlich haben sich gleich phantasievolle Geister gefunden, die das Gerücht verbreiteten, der ungarische Staat fülle die für den Fremden bestimmten Dreideziliter-Gefäße mit erlesenerem Wein. Im Parlament ist der Landwirtschaftsminister in dieser Angelegenheit interpelliert worden, und er hat sich eine einwöchige Frist ausbedungen, um die Frage nach bestem Wissen und Gewissen zu beantworten. Und nach Ablauf einer Woche, geschätzte Freunde, ›Lieberfräjnd‹ Plac, und du, alter Weinschenk, du, Mitbürger Vájsz: musste Szapáry, der Landwirtschaftsminister, beschämt gestehen, er habe sich persönlich davon überzeugt, dass die staatlich ungarischen Kellereien in den Dreideziliter-Bouteillen zugunsten des Auslands den besseren Wein exportieren, als er für den ungarischen Staatsbürger in die Siebendeziliter-Flaschen abgefüllt wird. ›Weiner als Wein‹, hat József Vidlicskay, der Abgeordnete aus Nyíregyháza, gesagt, nachdem er sich vom Saalwächter den Korkenzieher erbeten und während der Sitzung vom staatlichen Dreideziliter-Wein gekostet hatte. Im Wein die Wahrheit, am dritten Tag hat der Landwirtschaftsminister von Franz Joseph sein Dienstzeugnis erhalten, zusammen mit der huldvollen Entlassung ... Das aber hieß den Stall verriegeln, nachdem das Pferd gestohlen war. Das Publikum begann sich für den Wein in den kleinen Flaschen zu interessieren, gerade wegen der ministeriellen Erklärung. Und seither geschieht es, dass Ungarn verkommt. Aber ich würde ihn ganz gern trinken, Herr Vájsz, wenn sich in den Rängen im Keller so ein ministerstürzender Wein befände. Ein schlanker Dreideziliter-Backfisch, der frisch von der Tanzschule kommt. Internationale Schlafwagen Gesellschaft steht darauf, in Goldbuchstaben. Auf der Vignette.«

Der Wirtshausbesitzer warf einen ersterbenden Blick auf Herrn Pista, er hatte kaum mehr die Kraft, sich in einen Winkel zu schleppen, wobei er sich kränker fühlte als je in seinem Leben, obwohl er viele scheußliche Krankheiten durchgemacht hatte, sogar die Cholera hatte er »ausprobiert«, anno 1878. Das Gasthaus ging darauf für einige Zeit der Gegenwart seines Besitzers verlustig, nach Wirteprinzipien etwas Undenkbares, bei so vielen Gästen, unter denen »Ordnung zu halten« ist. (Das Verschwinden von Wirt Vájsz währte allerdings nur kurze Zeit, die Zeit, da er mit seinem Winzer aus Buda, der damals im Keller arbeitete, sich schwäbisch und nicht freundlich unterhielt.)

Der Barbier hingegen, der das Verschwinden des Wirts bemerkt hatte, roch Blut, wie man so sagt. Wieder erhob er sich von seinem Platz, und er räusperte sich:

»Wer den vom Herrn Präsidenten erwähnten Wein trinken will, muss mindestens bis Szabadka reisen. Denn dieser Wein wird dem Passagier nur noch in den internationalen Expresszügen verkauft. Ich weiß das. Ich habe es ausprobiert. Ich bin gereist. Zusammen mit dem Zigeunerorchester von Józsi Piros. Als ich mit Herrn Dungyerszky nach Szabadka zum Ball gefahren bin. Vor dem Ball nämlich benötigten sowohl die Musikanten als auch Herr Dungyerszky meine Mitarbeit, Mithilfe, Gegenwart. Auf dem Marktplatz haben wir am nächsten Tag Kolo getanzt und zum Frühstück Heringssalat gegessen.«

Der Barbier wollte ein paar Nummern singen, die er vom Ball in Szabadka noch wusste. Er war schon bei den Stimmproben, geriet dann aber unter dem schrecklichen Blick des Präsidenten ins Wanken, setzte sich wieder hin, wobei er in seine Hand hineinbrummte, er als nüchterner Mensch hätte gedacht, in einem Wirtshaus seien alle gleichberechtigt, wie etwa auch in der Straßenbahn.

»Gehen Sie auf die Straßenbahn«, meldete sich mit teuflischer Bosheit der bucklige, bärtige, infernalische Herr, von dem schon einmal die Rede war, damals, als wegen der Plazierung des Bierfasses mit dem Wirt gestritten werden musste. Bis jetzt hatte sich der Krakeeler still verhalten, weil ihm der Altkellner schon mehrmals drohend nahe gekommen war und ihn vielleicht sogar zu einer Bestellung bewegen wollte. Jetzt aber war er bei der Hand, um den frechen Barbier an die demokratische Straßenbahn zu verweisen, die zu besteigen, wie man weiß, einem Herrn nicht geziemt.

Der Präsident warf dem kleinen Krakeeler einen huldvollen Blick zu, wechselte dann seine Augenfarbe mit jongleurhafter Geschwindigkeit und ließ listig-verschworene Blicke in Vilmas Richtung los, als wollte er melden, der Clou der Geschichte komme erst jetzt, alles Vorangegangene sei nur die Einführung gewesen.

»Ich habe meine Worte nicht beenden können, weil ich in meinen Ausführungen, mit denen ich den mir am nächsten stehenden Kreis doch wahrlich nur selten langweile, von gewissen Leuten gestört worden bin. Das Geplapper überlasse ich denen, die stundenlang über die Frage disputieren mögen, ob man sich den Körper beim Zubettgehen oder beim Aufstehen mit Franzbranntwein einreiben soll. Oder ob es stimmt, dass in den Därmen jedes Menschen Bandwürmer leben und dass man aus diesem Grund monatlich die Kur anwenden muss, die der Volksliedddichter und Apotheker Jenö Fejér in der *Eintracht* annonciert. Sollen die Plapperer ruhig plappern, sie tun es meistens, um die Mittags- oder Abendessenszeit totzuschlagen, im Wirtshaus vor einem Glas Bier oder im Kaffeehaus vor einem Gläschen Likör. Ich persönlich habe das Leben, die Worte, die Menschen, die Aufgaben immer ernst genommen, und wenn ich es zu etwas gebracht habe, so verdanke ich es abgesehen von der gütigen, väterlichen Liebe unseres Königs Franz Joseph der Tatsache, dass ich mich nie mit Lappalien, Schnurrbärten, Schnurrbartzwirblern, Haarsalben abgegeben habe. Wie jedermann sehen kann, lasse ich mir den Bart mit der Schere schneiden, und zwar wöchentlich nur einmal, allerdings verlange ich vom Barbiergesellen, dass er in seiner Offizin auch einen Uhrschlüssel hat.«

Der waghalsige Barbier erhob sich wildentschlossen – wie jemand, der mit seinem vergangenen und gegenwärtigen Leben, ja auch mit seinem Seelenheil abgerechnet hat. Er sagte:

»Das kann ich nicht länger mit anhören. Der Uhrschlüssel ist nicht mehr Mode.«

»Ha, der Hase ist aus dem Busch geklopft!« Herrn Pistas mächtige Weste erdröhnte in einer Weise, dass nicht nur sein altmodischer Kragen (der einst gewiss im Hinblick auf den sogenannten »Kaiserbart« gefertigt worden war, um das zwischen den Bartflügeln plazierte Doppelkinn freizulassen) sondern auch seine langen, reithosenartigen Beinkleider erbebten.

Vielleicht wollte der Barbier noch etwas sagen, doch Herr Pista winkte bloß ab, als gäbe es auf der Welt einen erledigten Angeklagten mehr.

»Gib die Peitsche, Schanerl, *fahrma weita*«, wiederholte er mit Bombenstimme den Budapester Ausdruck, den die munteren Fiakerkutscher in Mode gebracht hatten.

Auch der bucklige Krakeeler pfiff dazwischen:

»Der Herr ist vielleicht ein Fremder?« Die Frage, mit der einst die Jurastudenten am Todestag von Lajos Kossuth die Theaterbesucher aus der Oper hinauskomplimentiert hatten.

»Dieser ›Spezi‹ hat mich rasiert«, murmelte der tierbändigende Husarenhauptmann; er hatte irgendwie nicht gemerkt, dass der Präsident den Barbier mit einer nicht zu parierenden Finte schon erledigt hatte.

»Schanerl, Schanerl«, rief der Präsident dem Kutscher auf dem unsichtbaren Bock freudig zu, als wäre es diesem imaginären Fiakerfahrer zu verdanken, dass der freche Barbier überfahren werden konnte. »Immer wird in Ungarn der Uhrschlüssel mit dem Loch Mode bleiben, solange in diesem Land feinere Herrschaften leben, die lieber die Taschenuhr ihrer Väter, ihrer Großväter tragen als die Uhren, die von den modernen Uhrmachern mit einem genauen Weckmechanismus versehen sind. Ein Herr von Geblüt braucht auch dann nicht auf die Sekunde genau zu erwachen, wenn man ihn eventuell wieder zum Blutgerüst bringt, wie zur Zeit der Großen Revolution. Fürs Pünktlichsein sind der Henker und seine Knechte da. Die mit dem Schlüssel aufzuziehenden Taschenuhren können höchstens eine Gavotte oder einen alten Walzer spielen, und mit dieser Musik fördern sie den süßen Schlummer, falls der Herr die Uhr auf den Marmor des Nachtkästchens legt, unter die Frauenfotografie mit dem Trauerflor, die aus dem Jenseits über ihn wacht ...«

(Vilma quollen plötzlich Tränen aus den Augen, und sie blickte auf Kacskovics, den an Schlaflosigkeit laborierenden Herrn. Und auch wenn dieser Vilmas Rührung nicht teilte, machte er doch mit dem Kopf eine zustimmende Bewegung, dann entschuldigte er sich für einen Moment. Wohin er ging und was er tat, werden Leser, Präsidenten-Gesellschaft und sogar der Barbier noch erfahren, letzterer allerdings nur, wenn er die Wechselfälle abwartet, die seiner harren.)

5

Den Uhrschlüssel aber braucht man zum Ausdrücken der Pickel, die sich auf dem Gesicht zeigen«, sagte Herr Pista, nachdem er eine Zeitlang in Erinnerung bei jener trauerflorverhängten Frauenphotographie verweilt hatte, wie sie die Wächterin über einsame Herren zu sein pflegt, die sich im übrigen nur mit Haushälterinnen herumschlagen; manchmal tut es auch eine Todesanzeige in schwarzem Rahmen, unter Glas, auf welcher Anzeige der unvergessliche Name gedruckt steht; aber das Wundermittel ist alles in allem doch die Photographie, welche die Frauen im Gedächtnis fixiert. (Und es ist nicht nötig, dass der »Hofphotograph« auch den Sternenkreuzorden glanzvoll verewige. Ein Sternenkreuz haben sie sowieso, die Frauen, deren Erinnerung dunkel über den Kissen der Männer schwebt – die Frauen, die einstmals den angebeteten Mann mit dem Uhrschlüssel verschönert haben.) Die Worte des Präsidenten:

»Wie sehr wir in Fragen der Reinlichkeit mit dem kultiviertesten Ausland Schritt zu halten versuchen, das in seinen Statistiken sogar auf Bildchen jene Lastzüge zeigt, die den Bewohnern des betreffenden Landes die erforderliche Menge Seife zuführen; was immer Pater Kneipp, der Herr Pfarrer aus Wörishofen, über das kalte Wasser, das barfüßige Herumlaufen im betauten Gras, das Herumklettern auf den Bäumen des Waldes, das Sich-Wälzen im frisch gefallenen Schnee sagen mag; was immer die Heilmittel von Anna Csillag versprechen mögen – Verjüngung, frische Gesichtsfarben, runzelfreie Antlitze, glatte Angesichter: immer wird der ungarische Herr den gelochten Uhrschlüssel gebrauchen, bevor er zum Ball, zum vergnüglichen Abend, zur Mädchencour oder zu anderen Festlichkeiten von zu Hause aufbricht. Die meisten Herrschaften haben nach Absolvieren gewisser Erfahrungen ein pockennarbiges Gesicht, genannte Erfahrungen hinterlassen unversehens und trotz Hilfe von Seife und der verschiedensten Medikamente auf dem Gesicht Spuren, deren einziges Heilmittel der Uhrschlüssel ist.«

(Der Präsident sagte das mit so gewaltiger Stimme, als diktierte er ein Kapitel seiner Memoiren, auf das er dann nicht mehr zurückzukommen wünschte.)

»Die meisten Herrschaften haben leider ein pockennarbiges Gesicht, auch wenn sie in ihrer Kindheit nicht von den Pocken befallen worden sind; und auch dann, wenn sie ihre Narben keinem explodierten Pulverfass zur Last legen können, wie es in meiner Jugend der selige Gyula Andrássy jeweils tat, bevor er sich zum echten Liebesgeständnis durchrang; ich habe mit eigenen Ohren gehört, wie er es im Schießstand von Buda zu einem weißbestrumpften Frauchen sagte, als die Damen nicht einmal ihre Schuhspitzen unter der Krinoline hervorzustrecken wagten. Und diese Pickel müssen in der Tat entfernt werden, bevor sie schwarz, hart und käsig und nie mehr wegzukriegen sind. Ein Vorgehen, wie wenn man sich die Spur von Frauenküssen vom Gesichte tilgt, obwohl man doch am liebsten mit der Erinnerung an diese Küsse durch das Leben liefe. Auf dem Mund, auf dem Schnurrbart, auf dem Bart, auf den Augenbrauen, auf den Ohren, ja auch auf den Augenwimpern fühlt man diese Spur; es wäre schrecklich, sich zu waschen; man schnüffelt an parfümierten Taschentüchern, man freut sich an fiebrigen Pickeln, an Frauenhaaren, die sich zwischen die Zähne verirrt haben, an weiblichen Schnurrbarthärchen, die einem an den Stockzähnen haften und unendlich wertvoll sind, solange sie blond, braun, schwarz, ungesehen und heimlich, gewissermaßen der Entdekkung harrend, über den Frauenlippen sprießen ... Der Uhrschlüssel jedoch ist unter allen Umständen zum Ausdrücken der Gesichtspickel nötig, sogar auch dann, wenn es porzellangesichtige, blauäugige, geradezu Sauerstoff ausatmende Herzoginnen sind, deren Kuss dem von Ryokó, dem Apotheker aus Tiszafüred, hergestellten Schnurrbartfestiger an den Schnurrbartspitzen gilt.«

»Das war anno eins Mode«, sagte jemand. Wahrscheinlich der verbitterte Barbier, der sein Gesicht auf beide Hände gestützt hatte, vielleicht aber auch der Häher in seinem schwarzen Käfig.

»Der Festiger war unbedingt aufzutragen, besonders bei solchem Wetter, wenn graues Gewölk am Himmel drohte und man nicht wissen konnte, ob einem beim Gang in der Stadt, eventuell in der Váci-Straße, vor dem Geschäft des Parfümiers Neruda (wo die Damen stets stehenblieben), ein Schneesturm oder dichter Regen die Form des Schnurrbarts ruinierte. Kein beklagenswerterer Schnurrbart auf der Welt als der Schnurrbart, der zum Beispiel in spanischer, althabsburgischer, in der von Kardinal Kolonics bevorzugten Schnurrbartform – bis zu den Mundwinkeln jedes Haar einzeln glattgebürstet, dann plötzlich wie ein Erpelschwanz zu zerzauster Form gezwirbelt – in Regen, in Schnee verwelkt, bevor er sein Ziel erreicht hat. Die Dame war bei ihrem täglichen Spaziergang erst beim Schaufenster von Optiker Calderoni angelangt, wo sie durch ihr Lorgnon hindurch David Ney in seiner neusten Rolle betrachtete. Und schon war der Kolonics-Schnurrbart im Gesicht des Betreffenden erschlafft, an Ort und Stelle vergessen. Wer hätte mit dem Opernfriseur zu konkurrieren vermocht. Gewisse Leute glaubten vielleicht, David Ney, der tiefstimmige Sänger unserer Oper, halte mit Hilfe seines im Schaufenster angebrachten Porträts die Dame unseres

Herzens täglich in Bann und deshalb würde die Dame niemals vor das Parfümgeschäft gelangen: ich aber wusste schon dazumal, dass man sich am besten ein ganz einfaches Fett kauft, mit welchem wir nachts das Gesicht einstreichen, und so sind wir die Narben der Liebe ein für allemal los.«

»Also doch nicht der Uhrschlüssel! ...«

Das hätte von jedem der vor sich hin träumenden, nickenden, schläfrig werdenden, immer bequemer dasitzenden, in sich versunkenen Mitglieder der Gesellschaft kommen können, der Präsident aber erhob plötzlich, wie Wilhelm Tell vor dem Loslassen des letzten Pfeils, seine Stimme zu einem Schwanengesang, dem die Welt aus der Nähe oder aus der Ferne (eventuell aus der Nebenstube) lauschen durfte oder sollte.

»Sehr wohl, der Uhrschlüssel. Denn die Pickel in meinem Gesicht, falls es überhaupt welche gab, hatte ich nicht zur Erinnerung an die Küsse der Damen erhalten, sondern ich trug sie zur Erinnerung an die gute Freundschaft, an das ewige Bündnis zwischen den Männern. Die Pickel, die mir ›zu seliger Jungherrenzeit‹ die Schläfen auszeichneten, stammten weitgehend von jenem Gläserheben, mit dem ich voll guten Willens meinen Freunden und ihren Angehörigen ein glückliches, zufriedenes, langes Leben wünschte – aus ganzem Herzen und ganzer Vernunft, denn ohne gute Freunde vermag man auf dieser Welt nicht zu bestehen. Ich habe mich immer geopfert, wenn mich im *Jagdhorn*, in der *Pfeife*, in der *Krone* ein Freund ansprach, so und so sei es, ich solle ihm doch bei der Erledigung einer gewissen Angelegenheit helfen, denn ohne mein Zutun könne er auf der Promenade des Lebens keinen Schritt mehr machen. Herr Pista ist immer zur Stelle gewesen. Herr Pista hat sich unverzüglich vom großen runden Tisch des Kaffeehauses *Jagdhorn* erhoben, hat sich den Überzieher umgelegt, hat seinen Schirm in die Hand genommen, hat die Galoschen angezogen und sich wortlos auf den Weg gemacht, um seinen Freunden zu helfen. Aus diesem selben Grund hat er sein Heim auch in der größten Sommerhitze niemals ohne Mantel verlassen (auch die größten Herren schämten sich nicht, ihren Überzieher vom Arm hängen zu haben, auch wenn sie nur in die Nachbarschaft gingen, ins *Jagdhorn* oder in den *Zugliget*). Herr Pista ...«

Der Barbier sagte mit munterer Todesverachtung:

»Welcher Verrückte wäre denn ohne Überzieher mit seiner Dame in den *Zugliget* ausgerückt?«

»Lassen wir's, lassen wir's.« Der Präsident war ziemlich nervös, da der Barbier unerträglich zu werden begann, während in der Nebenstube Herrn Kacskovics' verständnisvolles Gesicht nicht zu sehen war und Vilma irgendwie ermattet zu den großen Fenstern blickte, die bis auf Menschenhöhe aus Milchglas waren, damit nicht jeder Fußgänger hereinstarren konnte. Offensichtlich behielt der Präsident bis zu Kacskovics' Rückkehr »seine Trümpfe im Ärmel«, und er fuhr deshalb in einer Art Rezitativ fort, als spräche er über Dinge, die sowieso jeder wusste.

»Der genannte Herr Pista war also zur Stelle, als der Stern von Budapest, der mitternächtliche Komet: Cecília Karola im Séparée vom *Beliczay* den Schmuck nicht mehr fand, den sie nach der Vorstellung im *Orfeum* in ihrer Handtasche zu versorgen und Plac zur Aufbewahrung zu übergeben pflegte. Die Künstlerin ging verzweifelt ohne ihr Schmucktäschchen nach Hause, in ihr Appartement im Hotel *Hungaria,* und in dieser fatalen Lage fiel ihr gerade noch ein, Herrn Pista auf ihrem Visitenkärtchen ein paar Zeilen zukommen zu lassen, welche Zeilen der Hotel-›Tiger‹ sogleich Herrn Pista brachte, der zu jener Zeit in der Próféta-Straße wohnte, Erdgeschoß, Nummer Zwei, und der an seiner Tür eine Vorrichtung hatte, die nur er auf- und zumachen konnte. Der ›Tiger‹ aber landete auf der Straßenseite und kletterte mit Cecília Karolas Botschaft durch das Fenster zu Herrn Pista herein. Und Herr Pista entzifferte mit großer Mühe die Zeilen der Künstlerin, da ihre Schrift ihrer seelischen Verfassung entsprechend wahrlich nicht jene eines im Kloster erzogenen Fräuleins war. Eher die einer Wiener Wäscherin. Doch Herr Pista hat sogleich verstanden, worum es ging, hat seinen pelzgefütterten Umhang hervorgeholt, den er zur Zeit seiner Tätigkeit als Polizeianwalt zu tragen pflegte, und sich in das unweit der Próféta-Straße gelegene Séparée des *Beliczay* begeben, wo er Plac vorfand, der auf einem roten Plüschkanapee schnarchte, röchelte und fast ohnmächtig nach Luft rang. Im eisgefütterten Champagnerkübel stand noch eine ungeöffnete Flasche, aus französischen Reben im Besitz der Herren Pommery, welche Flasche aus einem unerfindlichen Grund weder die bis zum Morgen musizierenden Zigeuner noch die sowieso schon betrunkenen Kellner an sich genommen hatten. Herr Pista wusste, dass man den Champagnerkorken auch mit bloßer Hand herausziehen kann, wenn man den richtigen Handgriff anwendet. Aufgrund langjähriger Erfahrungen waren nämlich Herrn Pista die Champagnerflaschen suspekt, deren Korken brachen und mit Hilfe von Werkzeug entfernt werden mussten. Das ist so, wie wenn der Bräutigam seine Braut vor der Eheschließung durch einen Arzt untersuchen ließe. (Geschmacklose Angelegenheit; wie ich höre, ist sie bei den Deutschen Mode.) Im Séparée des *Beliczay* hingegen gehorchte der Korken des im Kübel vergessenen Champagners der Drehbewegung von Herrn Pistas Hand, die Flasche öffnete sich fast ohne Knall, wie die Flaschen, die in den Inkognito-Logen serviert werden, wo es die Herrschaften nicht soweit kommen lassen wollen, dass das Publikum über die Champagnermarken Wetten abschließt. Auch so wussten wir, wer in seiner Fracktasche die stählernen Büchsen trug, die man nur in der Sparkasse in der Andrássy-Allee öffnen konnte. Die im Umlauf befindlichen Goldmünzen, die Zehn- und Zwanzigkronenstücke wurden jeweils in diese Büchsen hineinchangiert, bevor sich die anwesenden Damen ernsthaft nach dem Alter erkundigen konnten, in dem Franz Joseph auf den Goldmünzen verewigt war. Um das festzustellen, hätte man die Goldstücke zur Hand und in Augenschein nehmen müssen, denn das K. B. und andere Jahrzahlen auf der Rückseite des Talers bedeuteten nicht viel. Sogar die leichtsinnig, liederlich, töricht zu nennenden Damen brauchten das Porträt unseres Herrn Franz Joseph auf den Goldstücken nur genau ins Auge zu fassen, um zu begreifen, dass sie im Mieder oder im Strumpf Porträts von den Herren aufbewahren mussten, die Franz Joseph glichen. Aber wie gesagt, genau wegen dieser weiblichen Neugier haben in Budapest die sogenannten Kavaliere Stahlsparstrümpfe in ihren Fracktaschen zu tragen begonnen, um jeden Goldtaler, den der gute König in Budapest verteilt hat, sogleich in die Büchse zu legen, die sie in der nächtlichen Hauptstadt weder mit der Axt noch mit dem Stemmeisen noch mit einem gefälschten Schlüssel aufmachen können, da dies erst am nächsten Tag, am Vormittag, in der Sparkasse, in der Gesellschaft alter Bankkassierer und anderer trocken gestimmter Menschen möglich ist. Zur Zeit der Stahlbüchsen begann es, dass sich zahlreiche Sternchen der ungarischen Damenwelt ans Studium des *Großen Europäischen Kondukteurs* machten, im Hinblick auf Zugverbindungen nach Moskau, Sankt-Petersburg und Warschau, wo die Sparkasse ihre Mädcheninternate noch nicht aufgestellt hatte.«

(Ich musste Herrn Pistas Vortrag in seiner ganzen Länge wiedergeben, nur schon, weil seine aufmerksamsten Zuhörer: der Barbier und sein Tischgenosse, der am Boden schlafende Hahn, die zum Fenster hinausblickende Vilma und Lajos Podolini, der einstmalige Hilfsstuhlrichter, mit Herrn Pistas Worten schweigend einverstanden waren. Draußen aber, in der Király-Straße, wirbelte Schnee in dichten und da und dort so großen Flocken, dass mit ihnen bestimmt eine Botschaft aus dem Jenseits kam. Durch das hofseitige Fenster das gleiche Schneegestöber, Schneetreiben auf jeder Seite – aber vielleicht macht gleich jemand leise fluchend die Wirtshaustür auf, worauf er zu dem Schankburschen sagt, in Budapest gebe es noch Stadtbezirke, wo so maßloser Schneefall nicht möglich ist, wo die Hausherren, Hauswarte und andere in verantwortliche Positionen vorgerückte Persönlichkeiten schon wissen, was man gegen Schneefall unternehmen kann. Adolf D. Dallosi, der Direktor der Folies Caprice, mag seine populären Weisen vom Schneefall singen, in der Innenstadt aber bedrohen die »Hausaufseher« dennoch die Fußgänger mit dem Besen, als wären die am Schneefall und anderen Gefährdungen schuld. Doch die Türen der *Stadt Wien* waren seit einer Viertelstunde weder zur Straßen- noch zur Hofseite hin aufgegangen; ein Zauber hatte sich über die Gäste des Wirtshauses gelegt, die Sprüchlein des Präsidenten waren mit einem Mal nicht hoch genug zu schätzen – wie wenn jemand noch immer den verlorenen Korkenzieher sucht, mit dem man bestimmte, spinnwebenüberzogene Flaschen öffnen kann. Der Hilfsstuhlrichter kaute an Zahnstochern herum, die Hände in den Hosentaschen, und er versuchte, die Stückchen von den Zahnstochern auf die Spitze seiner Bergschuhe zu spucken. »Im Krieg hat sich ein in Gefangenschaft geratener Russenoffizier deswegen eine Kugel in den Kopf gejagt.« Podolini machte mit seinem langen Arm eine Bewegung, als wollte er auf einer unsichtbaren Uhr den Zeiger vorwärts stellen.)

... Da der Barbier nach den bisherigen Misserfolgen nicht gleich, nicht in der Sekunde, da des Präsidenten Worte verklangen, etwas sagen konnte, meldete sich Plac, der dem Präsidenten den Rücken halb zugewandt hatte und durch das hofseitige Fenster nach draußen blickte.

»Das Problem ist vielmehr, dass der Schnee so spät kommt, nachdem er schon im November hätte kommen sollen. Aber sagen Sie doch, was Sie wieder mit diesen Goldstücken im Strumpf wollen. Ich habe Beinwickel getragen, trage sie auch heute noch, allerdings aus feinster Seide, denn meine frierenden

Füße würden nichts anderes vertragen. Das ist meine Sache. Was gehen mich Strümpfe mit Goldstücken an.«

Möglich, dass Plac, auf dessen Stirn und Schläfen Massen von Runzeln waren, was immer etwas bedeutet, bei jemandem, der sich angewöhnt hat, im Wirthaus nur einen Ellenbogen aufzustützen, um nicht bis zum »Gehtnichtmehr« am Tisch zu sitzen – möglich, dass Plac diese Äußerung zum Zweck des üblichen Irritiertseins tat. Sie hatte aber sofortige Wirkung, der Präsident geriet außer sich:

»Meine Brüderchen, Plac hat das Thema in unser aller Gegenwart, vor unser aller Augen aufgenommen. Ich habe es absichtlich vermieden, über einen zugegen seienden, halbwegs zu unserer Gesellschaft gehörenden Herrn Unannehmlichkeiten zu sagen. Ich habe also mit der Geschichte aufgehört, wo sie glitschig zu werden begann. Schließlich und endlich mögen es nur wenige, wenn in der Gesellschaft Herren vorkommen, die in der Zigarrentasche ihrer Jacke blaue Gerichtsvorladungen herumtragen. Denn zur selben Zeit, da Cecília Karola mich, ihren zuverlässigsten Freund, über den Verlust des Schmucktäschchens benachrichtigte, zur selben Zeit benachrichtigte sie auch die Polizei, wo eben Albert Szombathfalvy, mein Freund und Chef der Geheimpolizei, auf dem Inspektoren-Diwan schlief. Der ›Tiger‹ weckte den Detektivhauptmann, denn solche Portierjungen sind nicht auf den Kopf gefallen. Der Name Cecília Karola wirkte als Zauberwort: der Polizist sprang auf, der Fiakerkutscher sprang auf den Bock, der Juwelier von der Innenstadt, und zwar der alte Bachruch persönlich, machte auch zu nächtlicher Stunde sein Geschäft auf, wenn Cecília Karola der Sinn nach einem Schmuckstück stand. So also ist auch mein Freund Albert am Tatort erschienen, und dazu noch mit dem schnellsten Fiaker von Budapest, in welchem sich jeweils die Künstlerin befördern ließ, und nicht etwa mit dem uralten Schlachtschiff, mit dem die Geheimpolizei auf Recherchen ging. Aber so schnell der Fiakerkutscher auch fahren mochte: ich war schon da und in meiner Hand das Schmucktäschchen. ›Was ist passiert?‹ fragte Albert Szombathfalvy verblüfft, als er sich im Séparée des *Beliczay* umblickte. Da habe ich auf Plac gezeigt. ›Er hat die Tasche herausgegeben, nachdem ich ihn aus seinem Schlaf geweckt und ihm gewaltsam eine Flasche Champagner eingeflößt hatte!‹ antwortete ich. ›Wo war die Tasche?‹ fragte mein Freund Albert. ›Die Tasche war unter dem Plüschkissen‹, sagte ich. ›Müssen wir dieses Subjekt verhaften?‹ fragte mein Freund Albert und zeigte auf den schon wieder schnarchenden, röchelnden Plac. ›Ich glaube, es genügt, wenn wir ihm die Tasche wegnehmen‹, sagte ich. ›Soviel ich weiß, hat er in Budapest einen festen Wohnsitz.‹ Ich habe doch wirklich mein ganzes Ansehen in die Waagschale werfen müssen, damit der Budapester Detektivhauptmann Plac laufen ließ.«

Als der Präsident bei diesem Teil der Geschichte angelangt war, brüllte jemand:

»Kruzitürken noch einmal, das lasse ich von mir nicht sagen, dass ich ein Schmuckdieb bin. Gerade deshalb hat mir die Künstlerin nach jeder Vorstellung ihren Schmuck anvertraut, weil ich in der Stadt der einzige anständige Mensch war.«

Plac war mit blau verfärbtem Geicht schon in die Zimmermitte gesprungen, und zwar mit einem Poltern, als wollte auch er sich am Durchbiegen des Fußbodens beteiligen, wie schon so viele Herrschaften vor ihm. Er packte mit der rechten Hand einen Stuhl, der es gerade wegen seiner Beträchtlichkeit nicht gewöhnt war, hochgestemmt zu werden; ein rechter Eichenholzstuhl, gewiss zu dem Zweck gezimmert, dass er mindestens zwei bis drei Generationen trage, bei ihrem Schoppen Wein oder Bier. Dass die Enkel noch bequem saßen, wo der Großvater gesessen hatte … Plac schwenkte den Stuhl in der Luft und wollte ihn gerade in Richtung des Präsidenten sausen lassen, als der Husarenhauptmann grazil von seinem Platz aufsprang, die Sporen zusammenklingen ließ und Plac zum Tanz aufforderte, worauf er mit ihm in die äußere Stube hinaustanzte, denn unter Herren war das damals so Brauch. Der Präsident bewahrte in bewundernswerter Weise ruhig Blut und sagte zum Wirt, der plötzlich herbeigerannt kam:

»Stellt den Stuhl ins Museum.« Er zeigte in eine Ecke, wo schon mehrere zusammengekrachte Stühle übereinanderlagen, zur Erinnerung daran, dass der ausgezeichnete Baron Burg und sonstige Gäste das eine oder andere Mal nach ihnen gegriffen hatten. Der Präsident fuhr fort: »Zum Glück ist damals nichts Schlimmes passiert, als mein Freund Albert und ich nach Auffinden der Schmucktasche Champagner tranken. Ich war nüchternen Magens, und vom Champagner bekam ich nur gerade ein paar Pickel im Gesicht. Pusteln. ›Pusserl-Pusterln!‹, wie Cecília Karola mit ihrem unvergesslichen Wiener Humor sagte, und sie empfahl mir zum Heilen der Pickel ihr eigenes Medikament. Ich aber blieb nunmehr beim gelochten Uhrschlüssel, der sich auch seither bewährt hat, wenn ich mich von den Schwächen meines Gesichts befreien will.«

»Ausschläge können auch andere Gründe haben«, sagte der Barbier zänkisch, als wollte auch er mit einer Aufforderung zum Tanz ausgezeichnet werden. (Plac saß unbeschädigt beim Ausschank und bediente sich des saftigsten Wiener Dialekts, um mit Vájsz eine Frage zu erörtern, während er, beleidigt wie er war, demonstrativ einen Stiefel aus Glas vor sich hinstellte, aus dem man an Festtagen seine anderthalb Liter Bier zu trinken pflegt.)

Der Barbier in der inneren Stube:

»Pickel können auch von Barthaaren verursacht werden, die nach innen wachsen. Dieselben Barthaare können auch mit dem Rasieren gegen den Strich nicht entfernt werden, nur schon deswegen nicht, weil nicht jeder Herr das Rasieren gegen den Strich erträgt. Hat der Herr Präsident vielleicht solche Barthaare?«

»Untersuchen Sie ihn doch, Meister!« schmetterte Plac, ein

unerwarteter Verbündeter, von der Galerie in die Vorstellung hinein.

Der Barbier war dabei, sein Wachstuchpaket aufzunesteln, worauf er ein glänzendes Zwickgerät herausnahm, das er der Gesellschaft vorführen wollte. Um eventuell auch in der Praxis vorzuführen, wie die Pickel verursachenden Barthaare mit Stumpf und Stiel auszurotten sind. »Auch gegen die Augenbrauenhaare ist es gut.« Der Barbier wurde vorlaut, da sich jemand in der Gesellschaft gefunden hatte, der das Instrument in die Hand nahm: Jenöchen, der sich seit Jahrzehnten jede Ware genau besah, betastete, um sie feilschte – jene Ware, die von den nächtlichen Hausierern angeboten wird. Er feilschte um Hemdknöpfe, Schnurrbartbürsten, Strumpfbänder ... Am Schluss fiel ihm seine Schwester Fruzsin ein, die gewiss billiger einzukaufen wusste. Und damit hatte das Feilschen ein Ende.

6

Der Barbier kannte Jenöchen offensichtlich, denn er nannte nicht einmal den Preis, den letzten Preis des Haarausrupf-Apparats, sondern ließ sich von dem ablenken, was danach geschah. Er blieb beim Tisch stehen, sich hinzusetzen wagte er allerdings nicht.

Ein bemützter Lastenträger mit Hotte und grüner Schürze trat ein, einer von denen, die man auf den Budapester Straßen zu Hunderten sieht, ohne sie je zu beachten. Nur der Präsident machte ein interessiertes Gesicht. Zog die Augenbrauen in die Höhe, als der Huckenträger in die innere Stube trat, seine Mütze abnahm und auf die Schwelle warf.

»Nennt mich Schmitz, wenn ich diesen Rotschnurrbärtigen nicht von irgendwoher kenne. Ich hab's! Szerviták-Platz. Dort dient er dem Haustor der alten Witwe Kacskovics als Stütze«, sagte der Präsident, aber zufällig hörte ihm niemand zu.

»Den ehrwürdigen Herrn suche ich.«

»Sind Sie es, Löffelmann?«

»Ich danke, dass Sie meinen Namen nicht vergessen haben, ehrwürdiger Herr Präsident, auch wenn ich wiederum nichts anderes sagen kann als bei unserer letzten Begegnung, nämlich dass ich kein Verwandter bin von Herrn Löffelmann, dem berühmten Budapester Wirt, der das beste Besteck neben die besten Teller legt.«

»Schade«, sagte der Präsident. »Sehr schade, Brüderchen, denn Löffelmann ist vielleicht der letzte ernsthafte Wirt in Budapest, bei dem sich in der Meerrettichwurst keine von menschlichen Fingern stammenden Nägel finden.« (Natürlich galt das Vájsz, der sich daraufhin von der Schwelle zurückzog.) Der getreue Bote Löffelmann begann aus der Hotte, die jetzt auf dem Boden stand, die Sendung auszupacken. Gelbe, grüne, blaue und rote Seidenpapiere waren um die Sieben- und Dreideziliter-Bouteillen gewickelt, deren sich der Präsident in einem seiner Vorträge (vielleicht vor einer Viertelstunde) erinnert hatte.

»Unsere verwitwete gnädige Frau hat Kenntnis davon erhalten, dass der ehrwürdige Herr Präsident diese Fläschchen in Budapest vergeblich sucht. In unserem Keller sind noch welche vorhanden, und so hat mir die gnädige Frau den Befehl erteilt, die Bouteillen hierher zu befördern.«

Der Hauswart schlug die Hacken zusammen, worauf er sich, wie es einem Bediensteten aus altem Herrschaftshaus geziemt, nach ordnungsgemäßem Gruß entfernte. Vergeblich versuchte der Präsident, ein Geschenk für den Hauswart aus seiner Börse zu klauben. Der war verschwunden. So war der Präsident gezwungen, die blau emaillierte Sammelbüchse der Budapester Freiwilligen Rettungsgesellschaft heranzuziehen. Er schüttelte sie, um die Hosenknöpfe darin rasseln zu hören, und behielt sie dann in Griffnähe, im Hinblick auf weitere Dispositionen.

»Alte Hosenknöpfe für die wackeren Retter«, brummte er, als wollte er die »Bouteillenbatterie« (wie später die Tradition der Sendung gedachte) noch immer nicht bemerken.

Doch auch die unnützesten Menschen sind mitunter nützlich: der Barbier, der offenbar doch irgendwo gelernt hatte, was Ordnung ist, begann, die Weinflaschen in Gruppen einzuteilen.

»So waren sie im Speisewagen angeordnet, als ich an den Ball von Szabadka eingeladen war«, sagte er zu der entsetzten Gesellschaft, und er stellte neben jedes Gedeck eine kleinere und eine größere Bouteille. Er griff in seine Tasche, nahm ein Taschenmesser hervor und bot dessen Korkenzieher Jenöchen an.

»Wissen Sie was?« sagte Jenöchen mit jener herrschaftlichen Hochnäsigkeit, die seine Zeitgenossen an dem trägen Mann so oft bewunderten. »Wenn Sie schon da sind, rasieren Sie mich doch. Die Weinflaschen überlassen Sie dem Kellner, Herrn Tót.«

Der Barbier war ein bisschen verblüfft, aber er wollte die Position nicht mehr aufgeben, die er sich in der Nähe der Herrengesellschaft ergattert hatte.

»Wenn es beliebt, rasiert zu werden, auch das sehr gern«, antwortete er beleidigt zwischen den Zähnen.

»Auch hier können Sie rasieren«, höhnte der vertriebene Plac aus der Nebenstube, nachdem er vom Wirt definitiv erfahren hatte, welches die wahre Beschäftigung des Gastes in den Pepitahosen war und dass nur Fremde glaubten, er sei ein »Mann des Turfs«, der irgendwelche Pferde auf irgendwelchen Bahnen laufen hatte.

Fast schon war der Barbier bereit, sich in seine Ecke neben den eingeschläferten Hahn zurückzuziehen, als die stille *Stadt Wien* erneut in Bewegung geriet. Der Ausläufer traf ein, an seinen Stiefeln die Ladung Schnee, die das Trampeln rechtfertigt, durch die geöffnete Tür ein Glockengeläut (Mittag in der Terézstadt), in den Taschen seines alten Wintermantels verschiedene Päckchen: die Erscheinung, wie sie in den winterlichen Budapester Straßen auf nette Art umgeht.

»Eine Sendung nach der anderen, es könnte Weihnachten sein«, flüsterte der Barbier Jenöchen ins Ohr.

»Rasiere mich!« sagte Jenöchen gelassen. »Und halt den Mund.«

Der Ausläufer stand eine Zeitlang verlegen auf der Stelle, da alle Blicke auf ihm ruhten. Menschen dieses Berufs verhandeln mit ihren Geschäftspartnern lieber in dämmrigen Tordurchgängen als vor großem Publikum. Der Dechant musste ihm das Ohr fast an den Schnurrbart drücken:

»Er kennt den hochwürdigen Herrn, er hält den hochwürdigen Herrn in hohen Würden, er glaubt, der hochwürdige Herr könne Hebräisch. Da ist der Schnaps.«

Der Ausläufer wollte die Flasche heimlich unter dem Tisch weiterreichen, doch der Dechant schrie ihn plötzlich an:

»Ich rieche, dass Sie ihn probiert haben, Schurke!« (Er warf einen raschen Blick auf die Flasche, die voll schien.) »Nicht nur haben Sie ihn probiert, sondern Sie haben die fehlende Menge aus einem Wasserhahn nachgefüllt.«

Das Gesicht des Dechanten begann lila anzulaufen, doch der Ausläufer stand ruhig an seinem Platz.

»Er hat mir davon angeboten, aber nicht aus dieser Flasche; er hat gesagt, bevor mich der Engel des Todes hole, soll ich ein Glas Schnaps auf den Weg trinken; er ...« (Der Ausläufer machte die ganze Zeit Handbewegungen nach hinten, in Richtung jener gewissen Person.)

Der Dechant achtete nicht auf ihn, sondern drehte die Flasche hin und her; der Korken war ordnungsgemäß versiegelt. Und etwas Handgeschriebenes Hebräisches war auch auf der Flasche, irgendein Zeichen, damit sie nicht mit anderen verwechselt wurde. Der Dechant stellte den Ausläufer auf eine weitere Probe: er verlangte von ihm seinen Korkenzieher, worauf der Ausläufer sagte, er habe keinen.

»Ausgekochter Schurke«, brummte der Dechant und griff mit der bekannten Handbewegung durch seine Jackentasche hindurch in die Hosentasche, der er ein vergilbtes elfenbeinernes Federmesser im Hirschlederetui entnahm. Er blies auf das Messer und ließ den Korkenzieher herausschnappen.

»Er hat aber noch etwas geschickt. Er hat eine Dose Fisch geschickt. Dieser Fisch ist ein gestohlener, geschmuggelter Fisch, deshalb ist weder auf der Dose noch auf dem Papier eine Fabrikaufschrift. Das ist außerhalb des Zolls, heimlich gekommen, denn man müsste eine hohe Steuer darauf zahlen.«

»Geschmuggelte Sardinen!« rief der Dechant freudig, während er die Blechdose von allen Seiten betrachtete.

»Na, sowas habe ich auch noch nie gesehen«, sagte der Präsident und streckte die Hand nach der geheimnisvollen Ware aus.

Er tastete mit seinen Fingern, an denen Goldsiegelringe steckten, an der Blechbüchse herum wie an einer Rarität. Der Dechant sagte:

»Ich aber habe von diesen Sardinen schon gehört. Die Portugiesen stellen sie her, denn eine solche Schelmerei kommt nur einem Portugiesen in den Sinn. Das für die Sardinen erforderliche Öl wird nämlich in den Gebieten, wo man Sardinen fischt, hoch besteuert. Um einen größeren Gewinn zu erzielen, stehlen also die Portugiesen das Öl, und sie stehlen auch die Sardinen. Deshalb ist auf der Dose keine Aufschrift, weil ja niemand so verrückt ist, sich zu verraten.«

Herr Pista nickte verständnisvoll und zustimmend, als könne es ihm nur recht sein, dass es gelungen war, den portugiesischen Fiskus übers Ohr zu hauen.

Unterdessen überreichte der Ausläufer dem Redakteur seine Päckchen, die Blechdosen, deren Aufschrift in kyrillischen Buchstaben garantierte, dass die Ware tatsächlich aus Russland kam.

Auch diese Dose wurde von den Goldsiegelringfingern des Präsidenten beklopft.

»Gewiss«, sagte er, »hat auch der Kaviar seine Diebe und Schmuggler, denn gestohlene Ware – ›Geklautes‹, wie man in der Diebssprache sagt – pflegt von besserer Qualität zu sein. Leider sieht man dieser Dose nicht an, ob sie irgendwo gestohlen oder geschmuggelt wurde.«

Der Dechant hatte unterdessen leise, wie in einem einzigen Pfiff, den Korken vom Schnapsfläschchen entfernt. Die Haare in seiner stattlichen Nase sträubten sich beim Riechen an dem Schnaps, so dass es keiner Fachkenntnis bedurfte, um festzustellen, dass der Dechant bei der Gesichtspflege selber Hand an sich legte, denn nicht einmal ein Dorfbarbier hätte diese struppigen Haare an ihrem Platz gelassen. Nachdem er fertiggeschnüffelt hatte, hob er mit einer abrupten Bewegung den kleinen Mund des Fläschchens an seine breiten Lippen.

»Ich glaube ... ich denke ... Auch wenn ich noch kein eindeutiges Ja oder Nein zu sagen vermöchte ... Aber doch eher Ja als Nein ...«

»Ich sage es dann schon«, sagte der Präsident.

Und er streckte seinen respektgebietenden Zeigefinger, den mächtigen Finger der Weisheit, Unbestechlichkeit, Nüchternheit diesmal gegen die als Angeklagte fungierende Zwetschgenschnapsflasche aus. Der Dechant übergab die Flasche dem Zeigefinger des Präsidenten und wartete das Urteil nicht ohne eine gewisse Beklemmung ab. Der Präsident pickte mit seiner Rechten die Flasche auf, mit der Linken hob er ein Gläschen (ein Weingläschen) in die Höhe, um sich von dessen Sauberkeit und Geruchlosigkeit zu überzeugen. »Ich war zwar noch nie ein Schnapstrinker, ja, ich bin ein erklärter Feind des Schnapskonsums, denn dieser hinterläßt auf dem Gesicht Farben, Flecken und Verbrennungen, die auch Shakespeare nicht anders erklären kann als mit der Feststellung, sie hingen mit dem Funktionieren der Galle zusammen, doch meiner bescheidenen Meinung nach ist der gute Schnaps etwas für die alten Leute, die in ihrem Kummer das Pfeifen von ihm lernen, das melodische Brummen, das an einsamen Orten erfolgende unwillkürliche Summen ... Wie gesagt, obwohl ich ein Gegner des Schnapstrinkens bin, weil einem davon das Gesicht weiß werden kann wie das Gesicht des Schneemanns im Hof: so verstehe ich vielleicht doch etwas von Schnaps.« Der Präsident schenkte sich ein paar Tropfen ein, sicher nicht mehr als hundert, und dann betrachtete er das Glas eine Weile mit der gebührenden Feierlichkeit. Er ließ sich ein paar Tropfen Schnaps auf die Handflächen fallen und verrieb sie dann, als wollte er Feuer machen. Dann roch er an seinen Händen, je Hand je ein Nasenloch; er bot auch seinen Sitznachbarn die Hände zum Riechen dar.

»Was?« fragte er nach links und rechts, bevor er den Schnaps hinunterkippte.

»Da ist irgendwie eine Judenmelodie drin. Was will man, Gedächtnis ist Gedächtnis. Mir ist eine jüdische Hochzeit eingefallen, unter dem Zeltdach haben wir getanzt, dass es eine Freude war. Schade, dass der Hochzeitsschmaus nicht mehr Mode ist! Ich werde kaum mehr dazu eingeladen, obwohl ich früher immer Brautführer war, einmal in der Kirche der Heiligen Theresa, einmal in der Synagoge von der Rombach-Straße: nur schon aus Ehrerbietung für Franz Joseph. Damit die Person seiner Majestät, solange er weise Ratgeber hat, keine Unbill erleide. Wir haben immer einen Trinkspruch auf Franz Joseph ausgebracht, bevor das Fest so richtig losging ...«

Während der Präsident seine Worte an eine unsichtbare Galerie richtete (als müsste man sich noch immer vor den Spitzeln hüten, die aufschrieben, was Männer in offizieller Funktion sagten), bekam der Dechant seine Flasche zurück und kostete noch einmal von ihr:

»Ja, Számi Goldsteins Lied ist auch drin ... Aber auch die Operetten des bärtigen Kapellmeisters, der im Népszínház dirigiert hat ... Ich habe seinen Namen vergessen, aber ich erinnere mich noch gut an den *Burschen* und den *Königsfang,* obwohl ich damals nur ganz oben im Olymp saß.«

Der Dechant summte ein paar Noten, was man gar nicht zu denken gewagt hätte: »Ein blondes Pärchen, ach, wie süß, ach, wie schön – der Himmel selbst ebnet den Liebenden den Weg ...«

»Das ist in der *Großherzogin von Gerolstein*«, sagte der Präsident feierlich. Er zeigte gern, dass er auch in Sachen Operette bewandert war (er war ein »höfischer Mensch«).

... Nun aber gelang es dem Barbier, bis dahin dank Jenöchens Grobheiten vom Tisch ferngehalten, endlich einen Platz zu erkämpfen (den des Ausläufers, nachdem dieser von Hauptmann Burg mit einer zerstreuten Handbewegung neben den schlafenden Hahn kommandiert worden war), der Barbier drängte sich an den Tisch und begann zu singen: »Ein schöner Mann war der Grenadier, und von Nürnberg kam er geritten ...«

»Brüderchen«, sagte der Präsident, als der Barbier fertiggesungen hatte. (Wer Herrn Pista kannte, konnte dem Barbier für seine weiteren Auftritte keinen guten Brief schreiben. Eine durchaus gefühllose, trockene Stimme, mit welcher der Präsident sprach.)

Der Barbier machte die Bewegungen eines Ertrinkenden.

»Ich wollte Eurer Exzellenz nur eben die *Großherzogin von Gerolstein* in Erinnerung rufen«, sagte er. »Ich war nämlich eine Zeitlang auch Parteigänger der heimischen Theaterkunst, man versucht ja alles, wenn man keine verwitwete Mutter, kein verwaistes Schwesterchen hat, die einen an den rechten Weg, an die Sparsamkeit, an Brennholz für den Winter, an die Aussteuer erinnern. Da lebt man wie seine Hoheit, der Herzog von Wales.«

»Brüderchen«, sagte der Präsident diesmal mit so sanfter Stimme, als hätte er schon das Todesurteil des Barbiers in der Tasche, nachdem es ihm von einem unsichtbaren Kurier überreicht worden war. (Vielleicht gerade vom braven Ausläufer, der sich neben der Tür niederließ, um den »fremden Gast« im Auge zu behalten.)

»Brüderchen«, wiederholte der Präsident, nachdem der Dechant sein Federmesser zwischen den verschiedenen Gegenständen auf dem Tisch dienstfertig vor ihn hin manövriert hatte, was der Präsident mit Kopfnicken quittierte.

»Brüderchen«, fuhr der Präsident fort, während er das Messer im Hirschlederetui in Augenschein nahm, indem er mit seinen beringten Fingern an den verschiedenen in dem Messer verborgenen Instrumenten herumprobierte, angefangen vom Nagelreiniger bis hin zum Ohrenputzer, wie nur das Taschenmesser eines Missionars ausgerüstet sein kann. »Brüderchen, wenn Sie den gnädigen Herrn, unseren Freund Jenöchen, nicht innerhalb von zwei Minuten rasieren, dann wird ihr hiesiges Gastspiel üble Folgen haben.«

Der Ausläufer, an die Sitten des edlen Kreises offensichtlich schon gewöhnt, verließ den schlafenden Hahn, setzte sich die Mütze auf und stand plötzlich auf der Schwelle, als wollte er eine eventuelle Flucht des Barbiers verhindern.

»Recht so, Huber«, sagte der Präsident, dessen Aufmerksamkeit nichts entging.

»Ich heiße Kóric«, sagte der Ausläufer, »der ergebenste altgediente Diener der alteingesessenen Herrschaften.«

»Verstehen Sie sich aufs Hängen? Auf das Festschnüren von Hälsen? Oder wie man in Budapest sagt: auf das Strangulieren?«

Den Ausläufer überraschte die Frage. Er antwortete nicht gleich.

»Ich frage, mein lieber Junge, denn falls Sie sich aufs Hängen nicht verstehen, gibt es hier in der Nähe einen älteren Fachmann, der sich neuerdings damit durchschlagen muss, dass er den Musikantenzigeunern die Bassgeige nachschleppt, oder die Zimbeln, er befindet sich nicht weit von hier, in der Vasvári-Pál-Straße in Fritz' Kneipe. Dieser Betreffende hat einst im Bosnischen Kriegszug Hängungen vorgenommen. Er hat auch Paschas gehängt, nicht nur ihre Barbiere. Seien Sie, mein lieber Junge, zur Hand, wenn wir Sie brauchen sollten. Es ist nämlich ein alter Plan von mir, diesen Barbier aufzuhängen.«

Der Präsident verkündete das Urteil mit der größten Ruhe, und er richtete den Blick auf einen Haken, der schwarz und spinnwebenbeladen aus der Wand der Gaststube ragte, übriggeblieben aus der Zeit, da jemand den daran hängenden Spiegel heruntergeschlagen hatte.

Der großbezahnte Ausläufer war kein Spielverderber, er zog sein auf breites Lächeln dressiertes Gesicht noch freundlicher auseinander. Aus den Taschen seines zerschlissenen Ausläufermantels begann er die Kordeln und Zuckerpaketschnüre hervorzuholen, die von den verschiedenen Aufträgen übriggeblieben waren. »Auch der wird im Frühling von unten an den Veilchen riechen«, sagte der Ausläufer, als er in seinen Taschen auf eine Kordel der richtigen Stärke gestoßen war. Vielleicht waren damit die letzten Kleidungsstücke eines Unglücklichen verschnürt gewesen.

Der Barbier sprach:

»Was immer mit mir geschehen mag, ich kann nichts anderes sagen, als was ich schon mehrmals betont habe, nämlich dass ich ein Opfer der Liebe bin, gestatten Sie mir, meine lehrreiche Geschichte zu erzählen, dann können Sie mich meinetwegen auch hängen.«

»Nichtsnutz von Barbier, der wird uns noch die Ohren mit Schweinereien vollügen, aber dann hängen wir ihn mit den Füßen zuerst«, sagte der Präsident, und er versicherte Vilma mit einem Blick, dass er Wort halten würde.

»Eines Abends spazierte ich, genauso wie an anderen Abenden, auf der Stefánia-Straße, wo die vornehmen, sorglosen Herrschaften zu spazieren pflegen, denn niemand mag den Geruch der Armut, der in den anderen Teilen der Stadt unbestreitbar zu spüren ist. Mit Ausnahme von ein, zwei Passagieren haben in Budapest alle nur einen Drittklassfahrschein in der Tasche, aber sie steigen doch gern in die erste Klasse ein, unter dem Vorwand, es gebe in der dritten keinen Platz mehr.«

»Ich sage ja, dass dieser Barbier ein heruntergekommener Schaffner ist«, sagte der Kleinwüchsige, der schon mehrmals giftige Bemerkungen losgelassen hatte.

»Es geschah also auf der Stefánia-Straße, dass eine vornehme Dame so zu mir sprach: ›Sagen Sie, lieber Freund, wann werden wir wieder mit jenen ausgezeichneten Braunen ausfahren, mit denen wir letzthin im Kamara-Wald spazierengefahren sind?‹ ›Wann immer Sie es befehlen, gnädige Frau‹, antwortete ich. Worauf sie so sprach: ›Nennen Sie mich ruhig Szibill, ich habe keine Spione auf den Fersen, es ist mir gelungen, das Palais unbemerkt zu verlassen.‹ Ich fragte: ›Und Sie sind direkt hierher gekommen, liebe Szibill?‹ Die Dame blickte erstaunt: ›Aber gewiss doch, teurer Baron, so haben wir es ja besprochen.‹ Darauf bog die Dame in eine Nebenstraße ein, ich folgte ihr, denn der soll den ersten Stuhl werfen, der nicht dasselbe getan hätte. In der Nebenstraße, genau dort, wo wir jeweils zum Trabrennen fuhren und wo die weggeworfenen Programme und Tickets auf der Fahrbahn liegen (unter den genannten Tickets habe ich auch schon gute gefunden, besonders wenn nach dem letzten Rennen Berufung eingelegt worden war, jetzt aber hatte ich wegen der Dame keine Zeit, sie genauer anzuschauen), hängte sich die Gnädige an meinen Arm: ›Ich sehe, teurer Baron, dass Sie über mein Kleid, meinen Hut, meine Strümpfe, meine Handschuhe erstaunt sind. Nun, ich muss gestehen, dass mich heute die Gärtnersfrau angezogen hat, mit ihren eigenen Kleidern, nachdem das französische Fräulein mit meinen Geschwisterchen zu Großmama, der Herzogin Hortenzia, auf Visite gefahren war.‹ Jetzt besah ich mir die Kleidung der unbekannten Dame genauer. Was für ein Haus mochte das sein, wo auch die Gärtnersfrau eine so prächtige Toilette besaß! Doch die Dame ließ es nicht lange zu, dass ich mit ihren Schuhbändern spielte; während wir unter der Statue von Dániel Irányi saßen, warf sie die Frage auf: ›Sagen Sie, teurer Baron, haben Sie mitgebracht, was Sie das letzte Mal versprochen haben?‹ Na, dachte ich, der Teufel soll diesen Baron holen, der in meinem Namen Versprechungen macht. Jetzt hat die zauberhafte Begegnung gleich ein Ende. Doch meine Geistesgegenwart verließ mich nicht. ›Ich habe es mitgebracht, aber ich wage es Ihnen nicht zu geben, kleine Szibill‹, antwortete ich.

›Warum nicht?‹ fragte sie erstaunt. Unterdessen zerbrach ich mir den Kopf darüber, was jener an den Galgen gehörende Baron der kleinen Herzogin wohl versprochen hatte.«

»Der Herzogin? Brüderchen, achte auf deine Worte!«

Der Barbier sagte gelassen:

»In ihr Taschentüchlein war eine elfzackige Krone gestickt. Ich habe es gestohlen, sobald ich konnte.«

»Auf diese Frage werden wir noch zurückkommen«, sagte der Präsident schon ziemlich ungeduldig, da der Barbier mit seinen fortgesetzten Lügen minutenlang niemanden zu Wort kommen ließ. »Meines Wissens pflegt man in Taschentücher keine elfzackigen Kronen zu sticken; so etwas kommt nur in der Phantasie der Friseure vor. Schon die neun- und siebenzackigen Kronen sind nicht mehr Mode, höchstens auf den alten Aristokratenkutschen und Pferdegeschirren. In Taschentücher werden unmissverständliche sogenannte englische Buchstaben gestickt.«

»Es handelt sich um ein Frauentaschentuch«, sagte der Barbier und begann an seinem linken Bein herumzudrücken, als langweilten ihn die Bockigkeiten des Präsidenten. Jenöchen, der in der Nähe des Barbiers saß, bemerkte das Beingeschlenker, und er gab dem Pepitabehosten unter dem Tisch einen Tritt. Der Barbier schoss einen wildgewordenen Blick auf den Angreifer ab.

»Rasiere mich!« sagte Jenöchen, und er drapierte sich seine üppige, bis in den Nacken gescheitelte Mähne wieder in eine Hand, um weiterzuschlafen.

Unterdessen blickte der Präsident ratsuchend in die Runde, nur um zwischendurch einen heimlichen Blick (»eine Feuerwerksrakete« wie er später jeweils sagte) auf Vilma abfeuern zu können, da sie als Frau die Frage der Sieben-, Neun- oder Elfzackigkeit als einzige entscheiden konnte, doch die Frau war eben dabei, sich mit der Wirtin immer freundlicher anzulächeln, der Wirtin am spaltbreit geöffneten Schiebefenster, wo sie die Lügengeschichte des Barbiers auf sich einwirken ließ.

Der Fensterspalt, durch den in diesem Augenblick ein feiner, frühlingshafter Gemüseduft in die Stube strömte.

Der Präsident tat dann doch seine Äußerung:

»Leider ist in unserer Gesellschaft Alfréd Nagy nicht zugegen, der einst so sehr für die Budapester Frauen geschwärmt hat, dass er sich in einem Weißwarengeschäft der Váci-Straße unter falschem Namen als Hilfskraft anstellen ließ, um wenigstens die Hände der Damen berühren zu können. Alfréd Nagy könnte uns sagen, was für Kronen und Wappen in die Taschentücher der Herzoginnen gestickt werden. Jetzt eben studiert Alfréd die amerikanischen Verhältnisse. War kein Frauenname in das Taschentuch gestickt?«

»Nein, und wenn man mich auf der Stelle vierteilt«, rief der Barbier. Er wusste schon, worauf der Präsident aus war, als dieser einen Punkt am Zimmergewölbe fixierte, um »den Hasen aus dem Busch zu klopfen«.

»Ich weiß, dass es sehr leicht wäre, vor den Herren einen Frauennamen zu nennen, um dann auf ewig abgestempelt zu sein: als einer, der Frauengeheimnisse ausplaudert. Die Geheimnisse der Frauen sind für mich ebenso heilig wie für einen mittelalterlichen Ritter. Die Geheimnisse der Frauen ...«

Der Barbier wollte seine Worte in Richtung des Schiebefensters noch einige Male wiederholen, doch die Wirtin knallte das Fenster zu. Und der Präsident brummte mürrisch:

»Fahrma weita.«

»Könnte Dániel Irányi sprechen: er könnte berichten, auf welch geniale Art ich aus der Herzogin herausholte, was mein Doppelgänger, der Baron, ihr versprochen hatte. Statuen können aber nicht sprechen, und so deckt ewiges Geheimnis den Augenblick, da sie unter unglaublichen Schwierigkeiten gestand, das teuflische Alter Ego habe ein besonderes Gerät versprochen, mit dessen Hilfe die Herzogin nicht nur die eingebildeten Schnurrbarthaare, nicht nur das Bärtchen loswerden konnte, sondern auch die Härchen an ihren Armen und an anderen verdeckten Körperteilen. Bevor ich fortfahre, geehrte Exzellenzen, die ihr mir die Strafe sowieso nicht erlassen werdet, was immer ich sagen mag – nicht einmal dann, wenn ich auf sämtliche Heiligen des Himmels schwöre, nie mehr einen Fuß in die *Stadt Wien* zu setzen, um die Lustbarkeiten meiner gütigen Herrschaften nicht durch meine unruhigen Gedankengänge zu stören – bevor ich fortfahre: erkläre ich feierlich auf meine Mannesehre, dass die Herzogin weder ein Schnurrbärtchen noch ein Bärtchen hatte, und mit den anderen unliebsamen Härchen wird es sich ebenso verhalten haben.«

»Diese Einbildung kommt bei nervösen jungen Frauen oft vor«, sagte am Tisch eine Stimme, die bis dahin praktisch keiner gehört hatte – wegen ihrer gelangweilten, gleichgültigen Müdigkeit (als würde der Stimmenbesitzer den Schlüssel, der zum Spannen der Saiten an der Stimme-Geige nötig ist, immer zu Hause vergessen), und dann war sie auch nicht zu hören, weil ihr Besitzer die fast wolfsschrotgroßen Kaviarperlen kaffeelöffelweise verschlang und nie von der Dose aufblickte. Bestimmt war diese Fischrogenliebe die einzige Leidenschaft des fahlgesichtigen Herrn mit den abgewetzten Kleidern (von dem man später in der *Stadt Wien* teuflische Dinge erzählte).

»Oft ... Ich habe noch nie davon gehört«, schnappte der Präsident dem »Redakteur« das Wort weg.

»Es gibt viele Dinge zwischen Himmel und Erde, von denen nicht einmal Shakespeare gesprochen hat, obwohl er vielleicht der einzige Mensch auf der Welt war, der ungefähr alles wusste«, sagte der Redakteur und setzte der geleerten Rogendose den Deckel wieder auf, als wollte er sie jemandem mitbringen. Gleichzeitig klopfte er mit dem blauen Stein eines dünnen Goldrings auf den Deckel; eines Rings, wie ihn die katholischen Mädchen zur Firmung oder zur Ersten Kommunion bekommen. Der Redakteur trug das unschuldige Schmuckstück am Ringfinger. (Später dann, »wenn wir nicht mehr sind«, wird in der *Stadt Wien* auch das Geheimnis dieses Rings gelüftet werden. Der übellaunige Redakteur hatte den Ring vom Finger seines toten Töchterchens gezogen, bevor der Sargdeckel zugenagelt wurde.)

Auf das Klopfen hin kam der Altkellner mit seinen wippenden Tanzschritten gelaufen (als tänzle er dienstbar vor einem unsichtbaren Meister oder vor einer in der Phantasie existierenden Wirtin, bis er dann doch noch einen Schritt vorwärtskommt. Das Leben geht vorbei, die Etikette wird eingehalten.)

»Warum stehen diese Flaschen ungeöffnet hier?« fragte der Redakteur und zeigte auf die Bouteillen auf dem Tisch.

(Die Flaschen standen ungeöffnet, weil der Präsident den Befehl zum Öffnen noch nicht erteilt hatte.)

Der Altkellner flüsterte dem Redakteur etwas ins Ohr, das dieser offensichtlich nicht verstand, denn er sagte noch trockener:

»Im übrigen könnte ich gar keinen Wein trinken. Hingegen würde ich gern ein Fläschchen – Sie wissen schon, so ein ›Halbzylinder‹-Fläschchen – französischen Champagner trinken, wie er ebenfalls im Speisewagen der Internationalen Schlafwagen Gesellschaft serviert wurde, als der Orient Express durch Ungarn zu fahren begann. Die klugen Franzosen haben herausgefunden, dass man Champagner trinken kann, ohne dass sich einem gleich ein Zigeunerprimas auf den Schoß setzt.«

»Warum haben Sie diese Champagnerflasche ›Halbzylinder‹-Fläschchen genannt, Herr Redakteur?« fragte der Präsident.

»Ich hätte sie auch Toni Titterig nennen können«, sagte der Redakteur. »Wir sind in Ungarn, jeder fälscht Geschichte, wie er kann. Nach meiner Meinung hat in Ungarn das Lumpenpack in dem Augenblick Oberhand gewonnen, da die edlen, schlanken Londoner Zylinderhüte aus der Mode kamen und Priester, Kuratoren und Kantoren die sogenannten Halbzylinder zu tragen begannen. Da wurden auch die Billigheini-Fläschchen Mode. Das konnte unter Franz Joseph gar nicht anders sein, da er in Ungarn Calvinisten und Lutheraner zu Ministern ernannte. In Österreich allerdings, da hat er aufgepasst, da konnte kein Schusterssohn Erzbischof werden. Na, Kellner, gehen Sie nur und bringen Sie von dem demokratischen Champagner.«

»Unter welchem Namen schreiben Sie, Herr Redakteur?«

»Ich schreibe unter dem Namen Edit Polkási-Nagy«, sagte der Redakteur und entnahm aus seiner oberen Westentasche einen Zahnstocher aus Fischbein. »Denn ich will keinen Rechtsstreit mit Franz Joseph.«

Der Barbier, der jetzt schon beide Hosenbeine schüttelte, so dass Jenöchen mit den Tritten gar nicht nachkam, schien in diesem Leben nicht mehr an die Reihe zu kommen, denn die Worte des Redakteurs hatten die seltsamste Wirkung auf den Präsidenten, was ihm auch anzusehen war.

»Was ist das? Majestätsbeleidigung? ...«

»Nein, Herr Beirat. Franz Joseph hatte keinen größeren Verehrer als mich, der ich noch immer an ihn denke wie an meinen verstorbenen Vater. Auch mein Vater hatte einen Kaiserbart, obwohl er nur Flickschneider in Kispest war. An Franz Josephs Stelle hätte ich es nicht gestattet, dass ein Kispester Flickschneider einen Kaiserbart trägt. Da haben in Ungarn die Probleme angefangen .«

Der Präsident brachte eine Weile kein Wort heraus ... (»Als wäre ihm der Schnurrbart plötzlich nach innen gewachsen, wegen der Atemzüge, mit denen er seine Selbstbeherrschung regulierte«, hieß es Jahre später in der *Stadt Wien* unter dem schwarz und stumm gewordenen Vogelkäfig, aus dem nicht einmal dann eine Antwort kam, wenn der Kunstblumenhersteller seine schneeflockenbehaftete Hausmütze gegen den Käfig warf, bevor er sich zu seinem gewohnten Einer niederließ.)

... Der Barbier stand verwelkt an seinem Platz, er wusste nicht, wohin mit seiner angefangenen Geschichte, die das Verhängnis von ihm abwenden sollte. Kein ermunterndes Wort, auf dass er seinen Vortrag fortsetze, sämtliche Mitglieder der Tischgesellschaft verhielten sich, als hätten sie zusammen mit Frau Vájsz das Schiebefenster zugeworfen. Keiner staunte, dass der Barbier noch immer dort stand – als hätte er beineschlenkernd schon immer dort gestanden. Nur Jenöchen gab im Halbschlaf Tritte in seine Richtung. »Rasiere mich!« Er schnarchte schon ziemlich hörbar. Der Schlaf am Wirtshaustisch, bei dem einem spezielle Engel erscheinen: die dicke Wirtin, auf deren Schulter man den schweren Kopf legen möchte; der weißbärtige, rotwangige, pantoffelweich schreitende alte Herr, welcher in der Andrássy-Allee Weinhändler geworden war und die Weine des Herrn Jálics ausschenkte, während er selber nur hin und wieder einen Gespritzten trank. »Obwohl er einst in der Innenstadt ein großes Kolonialwarengeschäft besaß ...« schnarchte Jenöchen. »Nein, er war nur der Geschäftsführer, das ist ein großer Unterschied«, berichtigte der Präsident. Dank seinem umfassenden Verstand wusste er, was seine Freunde nach durchzechter Nacht am Wirtshaustisch träumten. In dem Moment warf er auch einen Blick auf den Barbier, wie auf einen Umstände machenden Steuerzahler, dessen Fall doch schon lange erledigt war.

Fast hätte er zum Barbier gesagt, seine Akten seien bereits an entsprechender Stelle abgelegt, er solle also aufhören herumzumaulen, die Kommission habe keine Zeit, längst abgeschlossene Fälle einer neuen Prüfung zu unterziehen, im Vorzimmer drängten sich tausend Barbiere, um ihre Anliegen vorzutragen ...

»Und doch hat der Herr Redakteur unrecht. Die Herzogin hatte wirklich ein anderthalb Meter langes Haar, das ich herausoperiert habe«, sagte der Barbier und warf einen niederschmetternden Blick auf den gleichmütigen Redakteur.

Der Präsident akzeptierte wohlwollend die Parteinahme des Barbiers, vielleicht ließ sie sich irgendwie gegen den zynischen Redakteur verwenden. Das Leben ist hoffnungslos lang.

»Fahren Sie fort, mein Freund«, sagte der Präsident, aber es muss auch gesagt sein, dass er den Barbier keines Blickes würdigte; er studierte die Aufschrift auf einer Magyarádi-Bouteille, die er degustieren wollte. Wortlos reichte er die Flasche dem Altkellner, der sie in eine saubere Serviette wickelte, worauf er einen neu aussehenden Stahl-Korkenzieher aus seiner Tasche nahm (es hat sich dann herausgestellt, dass der Korkenzieher ein Werbegeschenk war, einer Weingroßhandlung an die Kellner), er klemmte sich die Bouteille zwischen die Knie, schraubte den Korkenzieher in den Flaschenhals, und als er sich bückte, wurde sein kahler Schädel sichtbar, ein gelber, schrumpeliger, früh gealterter Schädel, wie er einst der Stolz der Budapester Kellner war. Viele Nächte mussten durchwacht werden, bis ein sonst gesunder Mensch (im Kellnerdienst) zu einer solchen grandseigneurhaften Kahlheit kam. Der Herzog von Wales hatte eine solche Glatze, als er Budapest besuchte.

»Imperial. Romadur«, sagte der Präsident anerkennend, nachdem der Altkellner den Korken fast geräuschlos gezogen hatte. »Das war keine Pfuscharbeit. Eine Kerkápoly-Gellértberger Auslese hätte man nicht schöner öffnen können.«

Der Barbier war doch wieder bei seiner Geschichte:

»Diese schicksalhafte Begegnung fügte es, dass ich die Barbierkunst erlernen musste, um meiner Dame zu Diensten zu sein. Es ist nämlich so, dass ich am bestimmten Tag zur festgesetzten Stunde die Herzogin im Stadtwäldchen unter der Statue von Miklós Bartha erwartete, schon fast von Sinnen. Möglich, dass ich vorhin Dániel Irányi erwähnt habe, aber das ist meiner Verwirrtheit zuzuschreiben, denn ich hatte mich leidenschaftlich in die Herzogin verliebt –, und auch sonst verstehe ich mich nicht auf Politik. Während ich auf die Herzogin wartete, schwor ich mir Hunderte von Malen, dass ich ihr gestehen würde, dass ich nicht ihr teurer Baron war, dass ich nicht mein Doppelgänger war, dem sie ihre Geheimnisse anvertraute ... Doch die Herzogin kam immer erst beim Eindunkeln, allerdings nicht selten in einem Wagen, dessen Lichter die ganze Stefánia-Straße ausleuchteten. ›Wie waghalsig die Herzogin wegen ein paar eingebildeter Härchen doch ist!‹ dachte ich, und es fiel mir nicht im Traum ein, mich im Licht der Lampen zu zeigen. In der Zwischenzeit hatte ich mir nämlich anhand der Zeitschrift *Mondäne Welt* in einem Lokal in Buda, dem die Redakteurin des Blattes ein Gratisexemplar zukommen ließ, wichtige Kenntnisse angeeignet. Ich wusste immer, wo die Verwandten, Bekannten, Freundinnen der Herzogin auf der Jagd waren, auch ich nannte den regierenden Herzog, mit dem meine Angebetete verwandt war, den ›alten Lipi‹. So zögerte sich meine Beichte hinaus, ich hatte die Seelenstärke nicht, die Herzogin aufzuklären, manchmal war ich so verblendet zu glauben, wir würden bis an unser Lebensende an Sommerabenden um die Statue von Dániel Irányi herumspazieren.«

Der Präsident:

»Ich habe von Barbieren und Hühneraugenschneidern, wenn sie mich in den Bädern von Buda zwischen die Klauen bekommen hatten, schon viel törichtes Geschwätz gehört, aber zu so viel Blödsinn verstieg sich nicht einmal Leó Svábi, der berühmte Hühneraugenschneider des Rudas-Bads, obwohl er den Dezsö Szilágyi und den Géza Polónyi auch immer zuerst zum Lachen brachte, bevor er ihre eingewachsenen Zehennägel zu schneiden begann. Die waren härter als Marmor. Wie lange noch wollen Sie Ihre Verteidigungsrede führen?«

Der Barbier:

»Nur noch darüber möchte ich Eure Exzellenz ins Bild setzen, dass die Barbierkunst zu den Kenntnissen gehört, die nicht aus den Büchern zu erlernen sind, ebensowenig wie das Schwimmen oder das Fahrradfahren. Ich aber, in meiner verliebten Verblendung, schwor mir, der Herzogin Genüge zu tun und sie von ihren eingebildeten Härchen zu befreien, von denen sie manchmal so nervös war, dass sie ganze Nächte kein Auge zutat. Umsonst hielt sie ein strenges Fasten ein, umsonst besuchte sie die Kirchen, noch während des inbrünstigsten Gebets fiel ihr ein, dass sie an den Armen Haare hatte wie ein Affe. Sie verbarg ihre Weinkrämpfe in ihrem Zimmer, in ihrem Kissen und an all den Orten, wo man sie nicht sehen konnte. Es war also meine Kavalierspflicht, die Barbierkunst gründlich zu erlernen, wenn das blinde Schicksal schon in dieser Weise über mich verfügt hatte. Als Lehrling konnte ich mich nicht verpflichten, denn zu oft hatte ich gesehen, wie grob die Gehilfen zu den Handlangern waren. Gehilfe konnte ich auch nicht werden, und wenn ich mich auf den Kopf stellte; es hat seinen hohen Preis, bis man in Budapest unter dem Namen Louis ein französischer oder unter dem Namen Fritzl ein österreichischer Friseurgehilfe wird. Der berühmte Frohner war Hotelier in Wien, er hielt sich einen Rennstall, hatte sich das beste ›Vollblutmaterial‹ zusammengesucht, und doch wusste in Sachen Renntips der blonde Vili, der kraushaarige Friseurgehilfe, besser Bescheid, während er auf den Stockwerken des Hotels *Frohner* pfeifend auf und ab ging, denn er wusste, auf welche Pferde der Friseur im Auftrag der gnädigen Frau Frohner bei den Nachmittagsrennen setzen musste. Aus diesem Grund ließ auch der Turf-Papst, der hochmütige Szemere, Vili zuweilen in sein Zimmer kommen, um sich den Bart ausdünnen zu lassen und zwischendurch zu fragen: ›Was würden Sie im heutigen Kisbér-Rennen auf mein Pferd setzen?‹ Vili antwortete lächelnd: ›Wie immer Sie die Odds wünschen, gnädiger Herr.‹ Und da wusste der Turf-Papst, dass sein Ross am Nachmittag das Rennen, dessen Preis neben dem Pokal des Jockey-Clubs aus dreihundert k.u.k. Goldstücken bestand, nicht gewinnen konnte ... Da habe ich halt anhand von Toten rasieren gelernt, mit Verlaub, Exzellenz.«

... In den Worten des Barbiers war etwas Überhebliches, Freches, Spöttisches, das bei anderer Gelegenheit den Präsidenten vielleicht veranlasst hätte, ein Fass Spülwasser bringen und den provokanten Gast hineintunken zu lassen, wie das einmal im Wirtshaus *Druskau* beim Stadtwäldchen (im sechsten Bezirk) passiert war, und zwar gerade einem Wanderschauspieler, am ersten Mai, also an einem offiziellen Zechtag. Seit jenem Maitag wurden die Steuern des *Druskau* im ganzen Stadtbezirk am gnädigsten behandelt.

Der Präsident schien aber gar nicht hinzuhören, er hielt den Wein, der perlend und geradezu von Jugenderinnerungen gefärbt aus der Bouteille sprudelte, gegen das Licht des hofseitigen Fensters, er schaute freudig in den Wein wie auf einen lange nicht mehr gesehenen Freund, in dessen Gesellschaft nie etwas Unangenehmes geschehen war, so dass man sogar im Schlaf lächeln muss, wenn einem jener witzige Kerl einfällt. Dann nahm der Präsident ein paar Schlückchen aus dem Glas, quittierte mit keinem Kopfschütteln, dass der Geruch des zuvor darin enthaltenen Zwetschgenschnapses das Aroma des Weins störte, blickte höchst befriedigt auf seine Tischnachbarn, Herrn Kriptai und Herrn Nikodémi, während er sich mit einem der Siegelringfinger den Nasenrücken streichelte und rieb, als spürte er auf diesem eine Veränderung.

»Sagt, Freunde, rötet sich mir nicht die Nase, hier, um das Nasenbein, wo die Röte nichts mit Blutarmut, nichts mit dem Magen, mit der Kälte, mit den Lungen zu tun hat? Nicht auf die Nasenspitze sollt ihr mir blicken, denn ihre Röte ist ungesund, abstoßend, verdächtig, an Übles gemahnend, so dass die Komiker genau aus diesem Grund ihre Nasenspitzen mit Zinnober färben. Hierher blickt, Freunde, wo sich das Nasenbein zwischen den zwei Augenhöhlen, den zwei Tränenrinnen erhebt und wo sich der gute Wein, seltenes Selbstvergessen, edle Lebenslust, entzückende Weisheit rot zeigen wie die Sonne … Ich fühle, dass mit dem Genuss dieses Weins in meinem Leben wieder ein siebtes Jahr eingetreten ist, denn jeder anständige Mensch wandelt sich alle sieben Jahre innen wie aussen. Das sind die besten Jahre, die durch sieben teilbar sind. Ich nun kann in der Zahl meiner Jahre die Sieben gar neunmal wenden. Ist mir das Gesicht nicht erheitert?«

Die Herren Nikodémi und Kriptai erhoben sich von ihren Plätzen, um die Farbe des Nasenbeins des Präsidenten einer genauen Prüfung zu unterziehen. Der mürrische Herr Nikodémi sah nichts, der unter Vormundschaft leidende Herr Kriptai sagte mit gewohnt liebenswürdiger Dienstfertigkeit, er meine, auf dem rechten Nasenflügel einen kleineren, in Entwicklung befindlichen Pickel entdeckt zu haben, und es wäre nicht schlecht, den Uhrschlüssel in Bereitschaft zu halten. »Ist da«, sagte der Präsident und schlug mit der flachen Hand auf seine weite, fast bis zum Oberschenkel reichende Weste.

Als er das hörte, wurde es dem Barbier mit einem Mal anders: jetzt wollte er dem Präsidenten zu Hilfe eilen. Als hätte der Präsident nur darauf gewartet:

»Zurück, auf drei Schritte Entfernung von meinem Leib. Bleiben wir beim Rasieren von Toten.«

»Na ja, viele schöne Bärte habe ich abrasiert, sowohl im Rókus-Krankenhaus als auch in der Szvetenay-Straße, in der Sezierhalle, wo ich dank einem befreundeten Arzt, der im Staatsexamen stand, Zugang hatte. Viele schöne Bärte und Schnurrbärte, die von ihren Besitzern zu Lebzeiten hochgezüchtet worden waren, doch auf dem Seziertisch oder in der Kühlkammer konnten sie nicht mehr dagegen protestieren, dass ich mit Hilfe ihres Barts oder Schnurrbarts das Handhaben des Rasiermessers erlernte. Besonders mochte ich die Kundschaft mit den Warzen, denn so konnte ich die Natur der in Warzen wachsenden Haare studieren. Heute entsinne ich mich gar nicht mehr all der langwierigen Reisen, die ich um der vielen schönen Bärte willen unternahm. In den Matrosenkneipen des Donau-Ufers rasierte ich die Schiffer umsonst, um auch das Barthaar kennenzulernen, an dem das Messer des städtischen Barbiers seine Schärfe verliert. Sah ich einen Menschen mit vielen Haaren in den Ohren, verfolgte ich ihn tagelang, bis ich ihn erwischte. Was täte man nicht um der Liebsten willen? Und wirklich entdeckte ich eines Tages auf dem Gesicht der Herzogin eine linsengroße Hautverhärtung, an der ich bei der Statue von Miklós Bartha während langer Sommerabende zu arbeiten begann. Ich schnitt und bohrte, bis die Verhärtung nachgab und auf Fingerdruck plötzlich ein Haar zum Vorschein kam, das sich, wie eine Schlange geringelt, unter der Haut verborgen hatte. Anderthalb Meter war es lang, als ich es maß, nachdem ich es mit der Pinzette ans Tageslicht gebracht hatte, und wonach ich die Wunde reinigte. Das Haar aber habe ich in einem herzförmigen Medaillon verwahrt und mir an einem Kettchen um den Hals gehängt. Hier ist das Haar zu ewigem Gedenken. Die Herzogin aber erwartete ich bei der Statue im Stadtwäldchen umsonst. Sie ist nicht mehr zu mir gekommen, obwohl ich ihretwillen Barbier geworden war.«

Gemischte Gefühle beim Publikum, nicht jeder vermochte das Opfer zu würdigen, das der Barbier seiner Liebsten gebracht hatte; hier saßen noch romantische Herren, die der Meinung waren, sie hätten auch auf andere Art um die unglückliche Liebe zu leiden gewusst. Jenöchen zum Beispiel, der weiterhin mit seinen breiten, niedrigen sogenannten Kavalierschuhen nach dem Barbier trat und »Rasiere mich!« wiederholte.

Nur einer, der zwar mit gleichgültiger Miene zugehört hatte, sagte am Schluss dann doch:

»Man gestatte mir, dem Barbier in der Angelegenheit der Herzogin Genoveva Recht zu geben.« (»Nicht Genoveva«, sagte der Barbier. »Egal«, sagte der Redakteur.) »Die moderne Medizin, insbesondere die Nervenheilkunde, kennt solche Symptome. Es geschah kein Wunder mit Genoveva, als unter ihrer Gesichtshaut ein anderthalb Meter langes Haar wuchs. Schon Krafft-Ebing weiß von solchen Fällen, obwohl er von der modernen Nervenheilkunde noch weit entfernt ist, denken wir etwa an die Fälle des Professors Freud. Dieser an den Füßen schwitzende Österreicher hat noch ganz anderes herausgefunden – im Vergleich zum Fall der Herzogin Genoveva.«

Der Präsident saß mit gesenkten Lidern, scheinbar nur mit seinen Phantasien beschäftigt, und es kam unerwartet, dass er sprach:

»Sagen Sie, Herr Redakteur, wie war schon wieder ihr Schriftstellername?«

»Jeanett Sonett.«

»Mir ist, als hätten Sie vorhin einen anderen Namen gesagt.«

»Natürlich. Ich kann mir mein tägliches Brot nur mit Hilfe von sechs, sieben Decknamen verdienen. Ich schreibe zumeist unter Frauennamen, denn wenn es ein gelungener Name ist, lassen sogar die bei ihren Bienenstöcken dösenden ländlichen Herrschaften die Zeitung mit dem Gedanken aus der Hand gleiten, dass sie Lenke Zlotényi einen Leserbrief schreiben werden, nachdem sich diese darüber ausgelassen hat, auf welche Art die Frauen erobert werden wollen. Ich benütze je einen anderen Namen, wenn ich ein Kochbuch oder wenn ich ein Traumbuch schreibe, wenn ich den Seelenbriefkasten führe, wenn ich Gedichte verfasse, wenn ich die Fächersprache unterrichte, wenn ich meiner Zeitung einen Bericht über die neueste Pariser Mode schicke, wenn ich Politisches erörtere, wenn ich für die Gleichberechtigung der Frau kämpfe, wenn ich die Nützlichkeit der weiblichen Handarbeit preise. Ich wäre nicht erstaunt, wenn mich der Herr Dechant nachts im Kaffeehaus einmal mit Gräfin Villeroy anspräche, denn auch das ist ein Deckname von mir, nämlich wenn ich die Damen der Provinz in ihren Liebesverwicklungen berate. Meinen richtigen Namen habe ich längst vergessen, obwohl ich drei Diplome erworben habe, um meinen Namen in dieser unserer Heimat unsterblich zu machen. Ich bin Doktor der Theologie, der Technik und der Philosophie. Geben sie mir noch eine Flasche von diesem Champagner, wenigstens meint man dann, man reise mit den hundert Goldstücken des Akademie-Stipendiums in Richtung der französischen Grenze, rosa Veilchen winken von den Schweizer Alpen, und wenn die hundert Goldstücke aufgebraucht sind, kehrt man in seine Heimat zurück: wenigstens hat man die Erfahrung gemacht, dass auf den Bahnstationen alle mit polierten Schuhen herumlaufen, nachdem die Schuhwichse-Dosen größer geworden sind.«

»Ja«, sagte Jenöchen unerwartet (dieser letzte Karnevalstag war voller Überraschungen), »ich verbringe den Sommer seit dreißig Jahren in Pörtschau, Österreich, denn das Bier ist dort billiger, die Würste sind besser, die Straßen sauberer, außerdem pflegt meine Schwester dort Urlaub zu machen. Wenn ich aus der Sommerfrische zurückkehre, erfahre ich immer in Pozsony das Neueste. Wenn der Stationsvorstand von Pozsony mit hochglanzpolierten Schuhen und nach Hajdukenart gezwirbeltem Schnurrbart auf dem Bahnsteig umherspaziert, dann weiß ich, dass dem Tisza das Wasser bis zum Hals steht, denn im Urlaub habe ich zum Zeitunglesen wirklich keine Zeit.«

Jenöchen vergrub den Kopf wieder in den Händen, der missbilligende Blick des Präsidenten erreichte ihn nicht mehr, was jenen in vollem Umfang auf den Zyniker zurückwarf:

»Und jetzt sagen Sie uns doch, Herr Redakteur, wie Ihr Deckname, Ihr Pseu-do-nym lautet, das die Leser am besten kennen.«

»Großherzogin von Gerolstein.«

»Warum?«

»Weil ich in einem meiner Blätter unter diesem Namen mit den Hauswart-Fräuleins korrespondiere, die von mir Rat haben wollen, ob sie es zuerst mit einer Schauspielerinnenkarriere versuchen oder gleich in die Donau springen sollen.«

Der Präsident nahm aus seiner Westentasche eine Wirtshausrechnung hervor, die er irgendwann irgendwo eingesteckt hatte, um später noch einmal auf die dort figurierenden Preise zurückzukommen. Er schrieb darauf: Großherzogin von Gerolstein.

7

Diese Großherzogin von Gerolstein will mir überhaupt nicht gefallen. Trinkt französischen Champagner und raucht Stinkadores dazu.«

Nikodémi, der Tischnachbar des Präsidenten, sagte:

»Raucht die billigsten, stinkendsten Zigaretten, die es in diesem Land zu kaufen gibt. Vielleicht die Magyarka oder die Dráma, oder vielleicht die Jenige-Zigaretten.«

»Ach geh. Diese Trafikwaren sind doch längst aus der Mode.«

»Du täuschst dich, Herr Präsident«, erwiderte Nikodémi, »in der Andrássy-Allee gibt es einen Trafikbesitzer mit Brille und Bart, den die Nachtschwärmer gut kennen. Dieser kann seinen Kunden die alten Hölgy, Szultán, Sport und ähnliche Zigaretten noch immer beschaffen. Die Szultán mit der blauen Aufschrift, ohne Band. Dieser bärtige Trafikbesitzer, den man wegen seiner Beliebtheit bei der nächtlichen Damenwelt unter dem Namen Irma kennt, ist auch dafür berühmt, dass er aus seinem Laden stammende Britanika-Zigarren raucht, ohne die Asche je zu verlieren. Irma hat sich im Wintergarten des Orfeums schon mehrmals produziert, sogar die Musiker hörten zu spielen auf, wenn die Asche der Britanika in eine kritsche Lage geriet. Das Kunststück hat er auch mit der Virginia-Zigarre gemacht, aber nur nach dem Mittagessen, im alten Petánovics-Wirtshaus, in der

Andrássy-Allee, am Fenstertisch. Aber es ist nicht wahr, dass der Trafikbesitzer für Geld raucht.«

Herr Nikodémi verfiel (wie es im Lauf der Geschichte ersichtlich wird) manchmal viertelstundenlang in zwanghaftes Schweigen, hängte seinem Mund den schlossförmigen Schnurrbart vor, wie man in der Gesellschaft sagte; jetzt aber trennte er sich ungern von einem Thema, bei dem er mit Sachkenntnis glänzen konnte. (Vom Marmorschliff war in der Gesellschaft leider kaum die Rede, obwohl das Herrn Nikodémis Lieblingsthema war, nachdem er mit seinem beim Kerepesi-Friedhof befindlichen Grabsteinatelier sein Vermögen weitgehend verloren hatte.)

»Es schadet nichts, in der Stadt ein, zwei Trafikbesitzer zu kennen; deshalb bin auch ich mit Irma bekannt. Diese Trafikbesitzer wissen so gut wie alles. Wie viele Marken man auf die verschiedenen Briefe, Dokumente, Anträge und Eingaben kleben muss, die einem Herrn wie mir das Leben sauer machen. Ich könnte Senator in Rom sein, und hier muss ich mich erkundigen, welches Formular ich zu wie viel Kreuzern kaufen, wohin ich meinen Namen, den meiner Mutter, den meines Schwagers schreiben muss, denn die sind zu bequem, um im Trafik etwas anderes als Postkarten zu kaufen. Aber da kommt ja Irma gerade. Was macht denn der hier?« Herr Nikodémi war so verblüfft, als wäre er dem Trafikbesitzer am Ende der Welt begegnet. (Dabei kam der in den Wirtshäusern bei der Andrássy-Allee immer wieder vor.) Der Trafikbesitzer war vom Ausschank her zu vernehmen:

»Die Herren sind hier in Budapest fremd, und sie möchten ein gutes Mahl haben, gut essen, gut trinken, von allem das Beste, das Feinste, das Gediegenste … Davon sprachen sie, als sie in meinen Laden kamen. Ich solle ihnen ein gutes Lokal empfehlen. Da habe ich gleich nach dem Mantel, dem Hut, dem Stock gegriffen und die geschätzten Fremden zu Ihnen geführt, Herr Vájsz.«

Der Besitzer des *Stadt Wien* genannten Wirtshauses blickte gerührt auf den freiwilligen Fremdenführer.

»Sie waren mir immer wohlgesinnt, Herr Irma.«

»Die guten Nachbarn müssen zusammenhalten, dazu sind wir Alteingesessenen verpflichtet.« Der Trafikbesitzer schaute sich in der Gaststube nach einem geeigneten Tisch um, an dem er sich mit seinen Fremden niederlassen konnte. Als er den Präsidenten, Herrn Nikodémi und die Gesellschaft erblickte, steuerte er auf die innere Stube los; auch er schätzte die erlesene Gesellschaft.

»In welchen Geschäften ist der Herr Doktor wohl wieder unterwegs?« sagte Plac, als der Trafikbesitzer ohne zu grüßen an seinem Exilanten-Tisch vorbeiging. »Spekuliert er vielleicht wieder mit den Goldgruben von Nagybánya?«

Der Trafikbesitzer war von der Bemerkung offensichtlich unangenehm berührt. Einige Jahre zuvor war sein Name tatsächlich in eine merkwürdige Geschichte, die von den Zeitungen »ventiliert« wurde, verwickelt gewesen. Mehrere Budapester Herrschaften hatten sich zusammengetan, zu dem Zweck, gutgläubigen Ausländern die eine oder andere Goldgrube von Nagybánya zu verkaufen. Solche Spekulationen waren in Budapest damals noch neu, und neben Parlamentsabgeordneten waren auch Trafikbesitzer und Besitzer von Weißwarengeschäften mit von der Partie, im Hinblick auf den zu erwartenden Gewinn. In den verkauften Goldgruben aber fand sich kein Gold, ein englischer Unternehmer schlug Krach, wollte seine Sterling zurückhaben, worauf auch die Budapester Hermandad in Bewegung geriet. Es konnte dem Trafikbesitzer nicht gerade angenehm sein, wenn jemand dieses halbwegs schon vergessene Unternehmen heraufbeschwor; er hatte die Fremden doch bestimmt in unschuldigster Absicht hierhergebracht. Er rannte schon fast zur inneren Stube, wo der Ecktisch tatsächlich freigeworden war: der Barbier hatte seinen Stuhl hinter das schlafende Jenöchen gezogen, um der Gesellschaft näher zu sein, und jetzt war er schon gefügiger. »Kratz mich zwischen den Schulterblättern«, murmelte Jenöchen im Halbschlaf, und der Barbier erfüllte den Wunsch, höchstens, dass er seinem mächtigen Beschützer ins Ohr flüsterte: »Ich weiß, weil ich Kosmetik gelernt habe, dass nicht nur Schwangeren der Rücken juckt, sondern auch den Herren, die sich den Rücken täglich mit einem rauhen Frottéetuch abtrocknen. Diese heutigen Modekrägen, diese gestärkten ›Prince of Wales‹, ›Lord Derby‹, ›Exotique‹, ›Takova‹ und andere Krägen solchen Namens reiben bloß an den Bärten, ohne dafür zu sorgen, dass der Hals völlig umschlossen ist, so dass durch den Spalt sämtliche Bazillen, der ganze Staub, der Schmutz, die Fliegen, Spinnen und Flöhe unters Hemd kriechen können.« (Jenöchen trug zu jener Zeit einen »Girardi«-Kragen Größe vierundvierzig und hielt es nicht für nötig, dem Barbier zu antworten.) Der Ausläufer, der bis dahin am Ecktisch herumgesessen hatte, nahm nun ebenfalls hinter seinem persönlichen Wohltäter, dem »Dechanten«, Platz und beobachtete, wie dieser ungeheuer geschickt, ja fast schon unbemerkt das besagte Fläschchen aus der Innentasche seines Anzugs herauszog, wenn er das Bedürfnis hatte, seinen Zustand um ein paar Schlucke zu verbessern. Bei jedem Mal beugte sich der Ausläufer auf seinem Stuhl vor, worauf der »Dechant« distanziert abwinkte. »Geh Er ein bisschen auf den Hof sich auslüften, Träger, wir sind nicht beim Skaten.« Und so besetzte der Trafikbesitzer gleich den Ecktisch, als bemerkte er den eingeschläferten Hahn gar nicht, der noch immer reglos in der Ecke lag.

Das Äußere des Trafikbesitzers: bebrillt und bärtig, war Irma ein ernsthafter Mann, er glich Professor Jäger, dessen Baumwollunterhosen damals von den Zeitungen mit Hilfe seines Porträts angepriesen wurden. Ein raffinierteres Budapester Auge hätte beim Anblick des Trafikbesitzers auch so etwas wie einen Gerichtsvollstrecker gesehen, der tagsüber in seinem alten, nummernlosen Gefährt die Gemeinden und Dörfer um Budapest herum abfährt und auch einen Wirtshausbesuch nicht verachtet. Nur eines konnte man der Erscheinung, dem Äußeren, dem

Verwandeltsein des Trafikbesitzers nicht ansehen, nämlich dass dieser geputzte, gezwirbelte, korrekte kleinwüchsige Herr vor nicht langer Zeit, zur Zeit der Kleinen Lotterie, die Lottozahlen an die schwarze Tafel vor seinem Laden geschrieben hatte, Zahlen, von Waisenkindern aus der sich drehenden Trommel gezogen, in der Lotterie von Linz, Buda, Zagreb, Temesvár ... Man konnte sich wirklich nicht vorstellen, dass er den neuerdings in Mode gekommenen Füllfederhalter deshalb in der Tasche trug, um Herrn Nikodémi (der wahrscheinlich seine ganze italienische Verwandtschaft auf das Formular geschrieben hätte, wäre er vom Trafikbesitzer dazu angehalten worden) das Ausfüllen der Wechsel zu lehren. »Schade, dass solche Leute nicht vermehrt werden«, sagte die Großherzogin von Gerolstein, die sich hinter ihrem fürchterlich knisternden, mit Knaster gefüllten Zigärrchen hervor den Trafikbesitzer besah.

Mehr Interesse als der weitherum bekannte Trafikbesitzer verdienen die fremden Gäste, die der freiwillige Cicerone hiermit in der besten Bierstube von Pest einführte. (Und man soll sie kennenlernen. Damit man weiß, was es mit den Legenden auf sich hat, die Fräulein Hermin oder Fräulein Alisz den Damen erzählten, wenn diese mit ihren alten Hüten kamen, um sie von Hermin oder Alisz auffrischen zu lassen. Aber eins ums andere. Johanna März, die nur das »Märzbier« des alten Dreher trank, nur das Bier, das von den Fuhrwerken langsam und feierlich durch die Stadt gefahren wurde – Johanna März kam schließlich in der Küche auch gemessen ihrer Pflicht nach und machte dabei das Schiebefenster keinen Zoll weiter auf, was immer das für Gäste sein mochten, mit welchen der Falschspieler von der Andrássy-Allee da anrückte, dieser Irma, der einmal in der *Stadt Wien* Karten gespielt und eine Karte, gerade das Eichel-As, unter dem Tisch vergessen hatte.) Also mochte der Trafikbesitzer (der sich mit größter Feierlichkeit vor der Tischgesellschaft verneigte, worauf die Fremden das ebenfalls taten. »Sind das vielleicht die

Schneider vom Tiller, dem Militärschneider?« brummte der Präsident zur Einführung eines später eintretenden Ereignisses) – also mochte der Trafikbesitzer beim Altkellner auch die Hochzeit von Kanaan bestellen, seit dem Eichel-As war sein Kurs hinter dem Schiebefenster ziemlich gefallen.

Dieser Trafikbesitzer hatte eine schmetternde Trompetenstimme, eine Sachverständigen-Stimme, wie sie sich jene zulegten, die von den Kaffeehäusern des sechsten Bezirks aus die Welt regierten. Pál Tänzer mochte eine solche Stimme gehabt haben, als er an seinem Kaffeehaustisch für die Interessen des Kleinbürgertums plädierte. Außerdem entfernte der Trafikbesitzer die Brille von seinem Gesicht, als wolle er sich im Hinblick auf das Kommende verwandeln – so wie auch die mittelalterlichen Ritter je nach Gelegenheit die Helme wechselten. Er entnahm seiner Brusttasche ein auf Hochglanz, ja geradezu provokant scharf geschliffenes Einglas (Monokel), das nur schon, was seine Ausstattung betrifft, vollste Aufmerksamkeit verdient: golden scheinende Federn hielten das Monokel in der Augenhöhle fest, im Sinn einer Schutzvorrichtung. (Wir lebten in der Epoche der Apparaturen, die Monokelträger sahen besser als die Gesundäugigen, die Hinkenden kamen auf ihren Stahlfedern schneller vorwärts als die Gesundbeinigen, die schiefhüftigen Frauen waren schlanker als Venus, wenn sie ihre Korsette in den richtigen Salons bestellten. Ein Schuster gewann die große Goldmedaille, nachdem er einen Schuh angefertigt hatte, für den es nicht einmal mehr einen Fuß brauchte. Man könnte sagen, dass das zu Wohltätigkeit, Freimaurertum und Liberalität gezähmte Budapest seine ganze Erfindungsgabe zum Trost des »körperlich verminderten« Bürgertums einsetzte. Es war große Mode, sich in einem Rollstuhl auf der Andrássy-Allee zu ergehen, welchen Rollstuhl an sonnigen Mittagen »Schang« oder »Schérome«, in steifem Zylinder, von hinten schob.)

Der Trafikbesitzer setzte also sein Monokel ein und buchte

mit dieser Verwandlung einen neuerlichen Erfolg. Die zusammengezogenen Muskeln seines Gesichts glichen denen eines zeitgenössischen Magnaten; man hätte ihn ohne weiteres mit »Graf von Pejacsovics« oder mit »Graf von Bombeles« anreden können, was der Trafikbesitzer aber nicht wollte. Er nahm die Speisekarte zur Hand, die ihm der Altkellner gereicht hatte, nachdem er die von Ausläufer und Barbier auf dem Ecktisch zurückgelassenen Erinnerungsstücke: die zerbrochenen Zahnstocher, die Aschehäufchen und die Falten im Tischtuch mit der Serviette weggeklopft hatte.

»Wünschen die Herrschaften zu Mittag zu speisen?« fragte der Altkellner die neuen Gäste mit dem Ernst, mit dem man in den bürgerlichen Gasthäusern die richtig zu Mittag essenden von den scherzhaft gabelfrühstückenden Gästen zu unterscheiden pflegte. Das Auftreten des Altkellners wurde wenn möglich noch feierlicher, solider und anständiger: nach endgültigem Aufgeben der Tanzschritte stellte er einen mit nasser Bürste glattfrisierten, fast schon erfrischt aussehenden Menschen vor, der mit dem gebotenen Ernst an seinem Platz stand und von Wein und Bier kein Wort sagte. Er war also höchst überrascht, als der Trafikbesitzer während der Lektüre der Speisekarte mit dem damaligen Andrássy-Allee-Humor sagte:

»*Señor, Sie sind ein Halunke.* Sie haben vergessen, auf der Speisekarte die roten Rüben zu notieren, obwohl ich wegen der roten Rüben hier schon so viel Rindfleisch gegessen habe, als hätte man auf dem Schlachtfeld von Buda ›eigens speziell‹ für mich einen Ochsen gebraten. Was für ein ›Speisezettel‹ ist das, auf dem die genaue Aufzählung der Rindfleisch-Beilagen fehlt? Ich möchte weder die gnädige Frau Vájsz noch den Herrn Vájsz, meinen hochgeschätzten Freund, in ihrem friedlichen, stillen, familiären Beisammensein am Tisch stören, da sie mit ihren Gabeln, Messern und Löffeln aus der Familien-Suppenschüssel, aus dem tiefen Gemüseteller, aus dem mit Markknochen garnierten

Suppenklein die ihnen zusagenden Bissen herausholen – auch wenn ich überhaupt nicht verstehe, was der Börsenbeamte namens Plac an ihrem Tisch zu suchen hat, der Plac, der den alten Doktor Davidovics an den Rand des Ruins brachte, als er im Kartenzimmer des Kaffeehauses *Japan* an seiner Statt die Bank machte und und die Karten abräumte. Vor allem aber sehe ich auf dem Tisch keine Extraportion, und ich bin mit meinen Bekannten nicht hergekommen, um Augenzeuge zu werden, wie sich Plac während des Kiebitzens den Bauch mit dem Mittagessen des ehrwürdigen Ehepaars vollschlägt. Ich höre sehr wohl, wie er sagt: ›Ach, gnädige Frau, gerade den besten Teil des Markknochens belieben sein zu lassen?‹ Und Plac saugt, nagt und knackt auch noch an den größten Markknochen herum, vergisst sogar seine dringendsten geschäftlichen Erledigungen, wenn er irgendwo in der Stadt auf einem gedeckten Tisch einen Markknochen entdeckt. Er rührt sich nicht von der Stelle, bis er mit dem Messer, mit den Zähnen, mit den Fingern, mit Pfeffer und Paprika noch die kleinsten sehnigen Fetzchen des Knochens zu sich genommen hat, und wenn ihn auch der alte Adolf Kohner mit einem geschäftlichen Auftrag erwarten sollte.«

»Ich kann den Herrn Doktor beruhigen«, antwortete der Altkellner mittäglich-feierlich, »der Herr ›Baron von Kohner‹ erwartet in diesem Moment den gnädigen Herrn Plac nicht.«

»Des nehm i an«, sagte der Trafikbesitzer von der Andrássy-Allee mit altem Budapester Humor. »Wie ich sehe, hat Plac auch Zeit, im Gemüseteller herumzusuchen, ich glaube kaum, dass in der Küche noch Petersilie, junge Zwiebeln oder andere solche Winterende-Delikatessen übrig sind, auch wenn Plac nur schräg am Tisch sitzt; zum Glück hat er sich die Serviette noch nicht umgebunden, um auch die in der Kammer hängenden Cervelatgirlanden aus der Wirtin herauszulocken, ich nämlich habe ihn in ›seliger Jungherrenzeit‹ am Donau-Ufer gesehen, in Brauns Wirtshaus, wo er zum Ärger der Börsianer von der Mária-Valéria-Straße die ganze Tomatentunke aufaß, die Frau Braun an dem Tag zum gesottenen Rindfleisch hatte kochen lassen. Auch der alte Sándor Deutsch bekam zu seinem Siedfleisch keine Tomatentunke mehr, nachdem gerade an dem Tag das Telegramm aus Wien, das die Kurse an der Weizenbörse meldete, zu spät gekommen war ... Der schöne Sándor Deutsch mit dem Kaiserbart saß ohne Tomatentunke auf seinem Stuhl, während Plac am Nebentisch unter den Zahnstochern herumsuchte und schließlich bestellte, man solle ihm den Kaffee aus dem ›Redout‹ bringen, denn dort mache man antisemitischen Kaffee. ›Der Kaffee vom Hangli ist nicht mehr gut‹, hat Plac gesagt. Von wegen Tomatentunke hatte er sämtliche Knöpfe seines Anzugs aufgemacht, und er quälte den alten, ehrwürdigen Wirt damit, dass er die Flecken an seiner Kleidung auf dessen Kosten würde reinigen lassen. Worauf dann Frau Braun mit einem großen Küchenmesser gekommen ist ... Kurz und gut, ich will nicht lange um den Brei herumreden: es gab ein solches Theater, dass Sándor Deutsch den ehrwürdigen Wirt zu sich gerufen und ihm mitgeteilt hat, er sei bereit, Plac ein Jahr lang kleinere und größere Börsenaufträge zu geben, sofern er den Kaffee nicht aus dem ›Redout‹ kommen lasse. Oberbürgermeister Márkus saß dort an einem großen runden Tisch und schimpfte auf die Juden ... ›Nur schon‹, sagte der Gründer der Firma Hatvany, eben dieser Sándor Deutsch, ›weil ich nicht der Grund sein will, wenn sich dieser verrückte Jude taufen läßt.‹ Das ist Plac«, sagte der Trafikbesitzer. Eine Sekunde lang hatte er durch sein Monokel hindurch weder nach links noch nach rechts geschaut, sondern nur auf die Speisekarte, wie es Leute tun, die gern auch zwecks Appetitanregung mit dem Altkellner plaudern.

(In der Nebenstube hatte Plac mit seinen großen feisten Ohren einiges vom Vortrag des Trafikbesitzers mitbekommen, worauf er von seinen Tischgenossen – von der gnädigen Frau Vájsz und von Herrn Vájsz – die Erlaubnis erbat, rein der »Kommodität« halber die Jacke ausziehen und an den Haken hängen zu dürfen, während er sein in der Innentasche der Jacke befindliches, seriös aussehendes Portefeuille Frau Vájsz zur Aufbewahrung überreichte, da man doch nie wisse, »was sich alles ergeben kann«, worauf er die Hemdsärmel an seinen mächtigen Armen bis zu den Ellenbogen hochzog, so dass sich die Manschettenknöpfe spannten. »Ich habe die größte Mühe mit diesen Knöpfen, manchmal muss ich eine ganze halbe Stunde auf allen vieren im Zimmer umherkriechen, bis ich sie finde.« Darauf Frau Vájsz: »Am besten sind die vierlöcherigen Perlmuttknöpfe, die ich Vájsz an die Hemden nähe; sieben Monate können vergehen, bis sie lose werden.« Nach diesem Dialog verschränkte Plac die Arme sehr ernsthaft auf der Brust, als harrte er der nächsten Ereignisse.)

Der Trafikbesitzer legte die Speisekarte hin:

»Bringen Sie uns ›für alle Fälle‹ Fleischbrühe.«

»Jawohl, Consommé in der Porzellantasse«, antwortete der Altkellner, weltgewandt, wie man sieht.

»Wir möchten die Suppe nicht in Tassen, sondern im richtigen Familien-Porzellanteller, es sollen auch Frittaten darin sein, und mir wäre es recht, da und dort einen Hähnchenkopf oder einen Hühnerhals, eventuell auch ein Herz, aber nicht ›das Herzchen der Wirtin‹, sondern das vom Federvieh in der Suppe zu finden.«

(In diesem Augenblick erhob sich Plac in der Nebenstube von seinem Stuhl und nahm vom vorspringenden Teil der Wandverkleidung eine kleine Tafel und eine Kreide herunter, wie man sie zu dem Kartenspiel braucht, das Tártli oder Dárdli heißt und zu zweit gespielt wird. Plac machte auf der Tafel einen Strich. »Dreiblatt vom roten As«, sagte er und blickte zur gnädigen Frau Vájsz, deren Herzchen nebenan erwähnt worden war.)

... Der Herr mittleren Alters, der in der Zwischenzeit irgendwie ein bisschen ins Vergessen geraten war, sagte zu seiner eigenen Gesellschaft, zum Hilfsstuhlrichter Podolini und zu der staatlichen Lehrerin V. Vilmosi, mit leiser Stimme: »Langsam glaube ich auch, dass es eine Schlägerei geben wird.« Der Hilfsstuhlrichter hatte einen Zahnstocher zwischen den Zähnen, den er wie ein Pfeilschütze genau auf seine Schuhspitze spuckte. »Knüppel sehe ich aber nirgends.« Vilma warf dem älteren Herrn einen unerwartet schmeichelnden Blick zu: »Ich habe in Budapest noch keine Schlägerei gesehen.« Was doch wohl nichts anderes bedeutete, als dass sie dableiben wollte. Gleichzeitig hörte man die Stimme des Präsidenten: »Man mag mir die Haut über die Ohren ziehen, wenn diese Leute nicht Vertreter von Meyers Lexikon sind. Kann aber auch sein, dass sie mit Panama-Hüten handeln.« (Warum der Präsident das sagte, müsste sich im Folgenden klären. Präsidenten pflegen für jedes ihrer Worte gutzustehen – wenn nicht hienieden, so doch im Jenseits.)

Vorläufig geschah, dass sich Wirtin Vájsz am »Familientisch« noch weiter, an einen fast unsichtbaren Platz zurückzog; Vájsz seinerseits blickte, wie es einem gehorsamen Lebenspartner gebührt, abwesend auf das Tischtuch, wo er eine winzige Brotrinde verfolgte, die seinen dicken Fingern immer wieder entschlüpfte; der Altkellner ging nachdenklich über das mittlere Brett des Fußbodens, wie jemand, der vergessen hat, welche Tanzschritte jetzt folgten. »Frittatensuppe, Hähnchenköpfe, Herzen ...« die Melodie, die seine Beine in Schwung gebracht hätte, wollte ihm nicht kommen. Das Schiebefenster wurde von Kati, dem Mädchen für alles, aufgemacht, was der Trafikbesitzer von der Andrássy-Allee sofort bemerkte. Eine Sekunde genügte, um ihn zur Weißglut zu bringen:

»*Hunde, wollt ihr ewig leben?* Was würde die gnädige Frau Wirtin sagen, wenn es mir einfiele, zu Ehren meiner ausländischen Gäste gefüllten Keilerkopf oder Bärentatzenbraten zu bestellen? Das muss eine Budapester Wirtin, die in dieser Stadt reich werden will, ebenso können wie etwa den Székelygulyás. Wir können nicht jedem in unsere Weltstadt verirrten Fremden sagen, er solle von morgens bis abends immer nur ›Sekeli Gulasch‹ essen. Hol's der Kuckuck, wenn sich der Fremde damit zufriedengibt, nachdem er gekommen ist, um in unserer Weltstadt für sein Geld wenigstens anständig bedient zu werden. Ich, der arme, verachtete kleine Trafikbesitzer, das Schindluder der gesamten Andrássy-Allee, ich bin zur Stelle, wenn es darum geht, den Fremden die Sehenswürdigkeiten der Stadt zu zeigen, obwohl ich ihnen außer schlechten Trafikzigarren nichts verkaufen kann – weder eine schöne Aussicht noch Donauluft noch Margareteninseln noch Schwabenhügel noch Tänzerinnen noch die ungarischen Lieder der Frau Blaha noch den Pali Szápáry noch ein Glas Bier ... höchstens ein Dutzend Portorico-, Milares-, Regalitas- oder Londres-Zigarren ... ich bin zur Stelle, bin in meiner Küche ... ›Doch es zittert der Baron‹. Es wird auch noch unter den Herren Budapester Großwirten ›vollste Hosen‹ geben.«

Man musste den damaligen Budapester Sprachgebrauch kennen, um zu verstehen, was der Trafikbesitzer von der Andrássy-Allee meinte; er sprach so, als hätte er auf dem Jahrmarkt in der Terézstadt eine Trompete gekauft.

»Hängen soll man mich, wenn das nicht Mitglieder einer internationalen Einbrecherbande sind«, sagte der Präsident – allerdings mit einer Schnurrbartstimme, die nur seine Tischnachbarn hören konnten. Er hatte sich Vorsicht geboten, als er bemerkt hatte, dass Plac draußen am Familientisch die »Drei-« und »Vierblätter« notierte; mit ihm »unter eine Decke geraten« wollte er nicht. In diesem Augenblick wandte sich, wie vorauszusehen, der Trafikbesitzer um moralische Unterstützung an Herrn Pista, der nun endgültig alleiniger Herrscher des *Stadt Wien* genannten Wirtshauses war, nachdem auch Frau Vájsz »das Handtuch geworfen« hatte und sich nach Ablegen ihrer weißen Schürze als einfacher Gast zeigte, und das vor all den Leuten, die von ihr Wunder erwarteten. »Da ist dieser verrückte, nervöse Trafikbesitzer vollends durchgedreht«, sagte der Präsident später, allerdings erst einige Viertelstunden nach Eintreten der Ereignisse. »Eine rechte Wirtin sollte man nie außerhalb der Küche sehen, sonst verliert man seine Illusionen. Priester und Soldaten in Zivil ... Aus demselben Grund hat sich auch Franz Joseph nicht gern in Zivil gezeigt.« Den außer Acht geratenen Barbier juckte es erneut. »Doch, er hat Zivil getragen, als er einmal in Frack und Zylinder seiner Frau nach Nizza nachgereist ist. Und um den Hals hat er einen gestärkten Zivilkragen getragen, welchen die Kragenhändler später unter dem Namen ›Félix Faure‹ verkauften, wenn auch nicht mit großem Erfolg«, sagte er, worauf ihn Jenöchen auf schlichte Art zurechtwies, indem er ein Wort gebrauchte, das man sonst zu den Schweinen sagt.

Auch das vermochte den Präsidenten noch nicht zu erschüttern, es war wie immer, wenn er die steuerzahlenden Bürger um sich herum zappeln sah, denn er glaubte denen, die über etwas klagten, prinzipiell kein Wort.

»Macht mit mir, was ihr wollt, wenn das nicht ›Abschneider‹ sind«, sagte er zu seinem Nachbarn. »Schau doch nur ihre Schuhe, diese gründlichen Schuhe, Leder und Sohlen von den Besitzern persönlich ausgesucht und in Papier gewickelt zum Schuster gebracht. Eigenhändig auf dem Leisten daran herumgebohrt und herumgeschnitzt. Ich würde wetten, dass diese Schuhe gegen die Nässe Korkeinlagen haben, sowie auch Magnesium. Nur ein ›Abschneider‹ hat solche Schuhe.«

Die Tischgesellschaft wusste schon, wen der Präsident »Abschneider« zu nennen pflegte. Meistens jene merkwürdigen Leute, die zu zweit über Ungarns Landstraßen ziehen und an den Hundeledertaschen Messingringe, Drähte und Messer klimpern lassen, um ihrem Beruf gemäß die Tiere ihres Geschlechts zu berauben. Erzfeinde der Fohlen und Stierkälber ... So nannte der Präsident die undefinierbaren Fremden.

»Nein, bitte sehr«, sagte der Trafikbesitzer. »Seit frühester Jugend gehöre ich der Nationalpartei an, zu der auch Apponyi,

Horánszky und die ganze ungarische Herrschaftsklasse gehören. Und wenn ich meine Gäste zum Mittagessen nicht auf die andere Seite der Király-Straße führe, so nur aus dem Grund, dass ich im Stadtbezirk des Herrn Präsidenten bleiben möchte, da ich sehr wohl weiß, dass die andere Seite der Király-Straße, die mit den ungeraden Nummern, schon zur Erzsébetstadt gehört. Mich mag das Schicksal noch weitere sechsundsechzigmal zu Boden schmettern, ich mag noch sechsundsechzigmal ›aus der Mode kommen‹, man mag mir sechsundsechzigmal in die Ohren trompeten, dass die Zukunft der Demokratie, dem Radikalismus und dem Vilmos Vászonyi-Weiszfeld gehört: ich bleibe bei der Nationalpartei, und in den *Glocken von Corneville* bin ich eher auf der Seite des armen Marquis als auf der Seite von Brief, der nicht weit von meinem Trafik die reichen Budapester Bürger mit Gänsebraten versorgt. Ich kaufe mir mein Abendessen in der Metzgerei Bessenyei, wenn ich keine Gäste habe.«

»Viel gereist und nie gezögert ...«, begann unten am Tisch der schweigsame Barbier zu singen, und zwar aus den *Glocken von Corneville*, ohne die Stellungnahme des Präsidenten abzuwarten.

Als erster knurrte ihn Jenöchen an:

»Wenn du etwas Lautes machen willst, geh samt dem Ausläufer auf den Hof hinaus, und kratz an der Tür wie ein Hund.«

Das war nun allerdings ziemlich stark, aber noch niederschmetternder war das jetzt folgende Benehmen des Präsidenten, der mit seinem bereits mehrfach erwähnten Siegelring-Zeigefinger kapellmeisterhaft zum Barbier hin fuchtelte, als hätte er einen falschen Ton vernommen, worauf er mit dem Zeigefinger in Richtung des Trafikbesitzers stach, als käme dessen Solo an die Reihe.

Der Trafikbesitzer »machte von der Erlaubnis Gebrauch« und erhob sich halb von seinem Sitz:

»Bevor ich meine Ausführungen beginne, möchte ich die Herrschaften, die sowohl in diesem Festsaal als auch in der äußeren Lokalität schon bereit sind, meinen Vortrag mit kräftigen Zwischenrufen zu stören, wie das heutzutage in unseren Versammlungen der Brauch ist, ohne dass Elek Thaisz, an der Spitze seiner Konstabeln, auf Pferderücken gegen die Demonstranten ausrückt ...« (Der Präsident steckte eine Hand tief in die Westentasche, als würde er einige dieser Wörter zur Erinnerung dort versorgen). »Ich möchte die Herren sehr bitten, mir nicht ›gut gebrüllt, Löwy‹ zu sagen. Warum nicht? Weil ich nicht zum ehrenwerten Stamm der Löwy gehöre, mein Vater war Musiker im Orchester des königlich-ungarischen Opernhauses, oft hat er David Ney begleitet, wo jetzt mein Trafik steht, und Wissendorf, der jetzt bekannteste Musiker unseres Opernhauses, hat meinen Vater oft in eine nahegelegene Bierstube begleitet, wo abends eine Biergesellschaft zu Ehren Pfarrer Kneipps zusammenkam; sie warteten das Ende der Vorführung ab, so auch das Ende der Wagner-Aufführung, und versprachen einander jeden Tag, sie würden sich zu früher Morgenstunde im Stadtwäldchen barfuß auf dem betauten Rasen vor dem Wasserturm treffen, wie es der Pfarrer von Wörishofen, Hochwürden Kneipp, allen verschrieben hat, die dank seiner Heilmethode sich eines langen Lebens erfreuen, Bandwürmer loswerden und auch im hohen Alter noch die erste von den acht Bassgeigen spielen wollen, die zur Zeit des Intendanten Baron Nopcsa die eigentliche Elite des Orchesters darstellten, hält doch der Bassgeiger die Bande zusammen, wie wir, wenn wir auch nur einen kleinen Dunst von Musik haben, alle wissen.«

Das war der Augenblick, in welchem der Präsident eine übermenschliche Tat beging: er brachte mit seiner Zunge, die er zwischen zusammengepressten Lippen herausgestreckt hatte, den Ton einer Bassgeige heraus, so vollkommen, wie wenn man mit einem Bogen aus Pferdehaar über die Saiten streicht. Der Trafikbesitzer rief freudig:

»Toller Streich, lieber Meister! Hier also habe ich in der Gesellschaft der großen Musiker meine glückliche Jugendzeit verbracht, da ich täglich unter den Statuen des Opernhauses vorbeispazierte, die alle Ferenc Liszt in verschiedenen Aufmachungen darstellen, so wie er sich an den verschiedenen Maskenbällen präsentierte. Denn die Musik bleibt immer gleich, nur gerade das Schnittmuster ist jeweils anders – hat Intendant Nopcsa, den ich in meinem Trafik mit Operas-Zigaretten bediente, selber gesagt. Nur dass man dem Gasttenor einen größeren Spucknapf hinter den Kulissen bereitstellen muss als dem heimischen Tenor. Mein armer Vater war da allerdings anderer Meinung, und die hat er auf seinem Flugblatt auch festgehalten. Er hat auf dem Flugblatt geschrieben, das Honvéd-Orchester im *Wampetics* erfreue sich unter der Leitung des Kapellmeisters Bachó nur deshalb solcher Beliebtheit, weil es dem Kapellmeister gelungen sei, seinen Schnurrbart nach dem Geschmack des Budapester Publikums zu gestalten.«

»Er hatte einen Kaiser-Wilhelm-Bart«, sagte der Barbier.

»Die Philharmoniker konnten aber Griegs Romanze doch schöner als Bachós Orchester, auch wenn der seine Hörner noch so sehr an den richtigen Stellen blasen ließ, um das Publikum aus der ganzen Umgebung des Stadtwäldchens ins Wirtshaus des Tiergartens zu locken – die Obersten in die Nähe des Podiums, wo sie dem Kesselpauker anerkennend zunickten, an die entfernteren Tische die anderen Budapester Herrschaften, die während des Verzehrs von heuriger Gans mit Kopfsalat ihre Damen damit unterhielten, dass sie den Kontrapunkt besser verstünden als der Wampetics. Mein Vater, in der Tasche das nie zum Vortrag gelangte Flugblatt, spazierte währenddessen mit mir beim See des Stadtwäldchens umher. Und später, als ich von Sándor Wekerle die Trafikkonzession bekommen hatte, spielte er für mich abends nach Ladenschluss, hinter den Rolläden und hinter den grünen Vorhängen, die im Hintergrund des Trafiks hingen, den Walzer auf der Geige.«

»Aber sagen Sie doch, geschätzter Freund, wie war der Name des geschätzten Vaters; vielleicht nehme ich seinen Walzer hervor, sollte ich nachts in einem der verschiedenen Séparées Lust bekommen, mich ans Klavier zu setzen, selbstverständlich nur zur Unterhaltung der Damen und der Freunde«, sagte der Dechant gütig und väterlich, als fühlte er mit dem Trafikbesitzer, der während seines Vortrags immer leidender dreinschaute.

Der Trafikbesitzer antwortete dumpf:

»Mein Vater hieß entweder Hévvizi oder Balatoni oder Badacsonyi, je nach seinen Kompositionen, denn er hat sich auf dem Gebiet der Komposition unter verschiedenen Decknamen versucht. Seinen Walzer nannte er *Träume vom Balaton*, und es heißt, Lajos Serly habe ihn in den Großstädten Amerikas verschiedentlich aufgeführt, wo die braunhäutigen Musiker in Fransenhose und roter Weste musizieren.«

»Und ihre gegenwärtigen Freunde?« fragte der Dechant noch gütiger. »Auch Musiker?«

In seiner Eigenschaft als Trafikbesitzer von der Andrássy-Allee verstand der Vortragende die patriarchalische Anspielung des Dechanten sofort. Bei der Frage »Auch Musiker?« dachten die Budapester, die noch Franz Josephs Untertanen gewesen waren, etwas Grobes. Damals verbreiteten sich die Schlagwörter rasch, Pest war eine selbstbezogene Stadt, man meinte, besonders im sechsten Bezirk meinte man, so geistreich zu sein wie sonst niemand auf der Welt. (Tiller, der Militärschneider, der seinen bis auf die Brust hinunterreichenden roten Bart nur hin und wieder zur Seite zog, um bei fälligen Feierlichkeiten dem Publikum die Orden an seinem Franz-Joseph-Mantel zu zeigen, lüftete jeweils, wenn er von der Fürdö-Straße in die Andrássy-Allee einbog, mit einer ausladenden Bewegung seinen steifen Hut vor der ganzen Allee, ob er Bekannte sah oder nicht. Er grüßte die Firmenschilder, die Paläste, die gute Luft, die vom Stadtwäldchen kam. Franz Joseph grüßte auch immer, wenn sein Wagen in die

Andrássy-Allee einbog.) Genauso grüßte jetzt der vom Präsidenten mit guter Behandlung verwöhnte Trafikbesitzer, den die Bemerkung des Dechanten in seinem Vortrag gestört hatte. Zu diesem Zweck, zum Zweck des Grüßens, nahm er seinen grauen, schwarzbändigen, zylinderartigen Hut vom Haken, setzte sich den Hut auf, lüftete ihn dann und sagte:

»Nun aber habe ich die Ehre, meine Herren Tischgenossen vorzustellen, nachdem ich ermächtigt worden bin, ihr Inkognito aufzudecken. Der ältere Herr hat das Glück, dass er unter dem Namen Esterházy im Register figuriert, in welchem die Namen der Herren glänzen, die in der Garde ihrer Majestät den Dienst versehen. Neben dem Namen unseres Herrn Gastes besagt ein kleines Zeichen, dass er einer der Gardeoffiziere ist, die in der allerhöchsten Hofhaltung ›zum Fremdenempfang‹ ausersehen sind. Den Namen des anderen hier weilenden Herrn nenne ich nicht, auch wenn mich seine Hoheit dazu ermächtigen würde. Ich bin zwar nur ein zerlumpter Trafikbesitzer von der Andrássy-Allee, und man hat mich auch schon verdächtigt, die lustige Gesellschaft nur zu suchen, damit ich morgens meinen Magen von Resten französischen Champagners befreien kann, dabei ist in der Hauptstadt noch keine einzige Champagnerflasche auf mein Geheiß aufgemacht worden: und doch sage ich den Namen des fremden Herrn Herzogs nicht, der zufällig in die ungarische Haupt- und Residenzstadt gekommen ist, um die hiesigen Verhältnisse zu studieren, und der zufällig mein Geschäft aufgesucht hat . . .«

»Um sich mit Stinkadores-Zigarren einzudecken«, sagte Plac in der Nebenstube. Er spürte, dass er in einem Augenblick, da solche Herrschaften ins Spiel kamen, endgültig den kürzeren gezogen hatte. Es hatte keinen Wert mehr, auf dem schwarzen Täfelchen noch weitere Kringel und Striche zu machen.

8

Das Leben wiederholt zuweilen die Überraschungen mit verkleideten Herzögen und ihren Begleitern, die doch eigentlich nur in sehr alten Theaterstücken vorkommen, wenn es überhaupt noch Theater gäbe, die solche Stücke spielten – und doch nahm das alte Stück, das sich im Wirtshaus wiederholte, in diesem Augenblick eine noch ernstere Wendung. Im Tordurchgang des Hauses hallte das Dröhnen von Rädern und das Stampfen von Hufen wider, als wäre ein Wagen angekommen, obwohl Herr Vájsz zu dieser Stunde keine Bier- oder Weinlieferung erwartete, denn Weinlieferungen und Bierfuhren haben ihre speziellen Tage, an denen die Wirte alten Zuschnitts festhalten. Und doch fuhr ein Wagen in den Hof ein, einer von denen, die »Omnibus« hießen, mit zitternden, ratternden Scheiben, wegen des Hundskopf-Pflasters. Auf der Seite des Omnibusses stand in großen Lettern zu lesen, dass er vom Erzsébet-Mineralbad des Henrik Mattoni kam; er kam leer, ohne Fahrgäste. Und doch stieg jemand von den Kissen des Omnibusses, nämlich ein Herr mit goldbetresstem Hut, Gehrock und Zwicker, der mit jeder seiner Bewegungen verriet, dass er das Hotelportierfach gründlich erlernt hatte, bevor er »auf den Wagen stieg«. Seine Beine steckten in ofenrohrähnlichen Hosen. Er presste die Beine aneinander, während er sprach, er war wie der leibhaftige Anstand, als er die

Mütze von seiner ergrauten Kakadu-Frisur hob, um Herrn Vájsz, der auf den Hof herausgekommen war, zu fragen, ob das wohl das berühmte Gasthaus sei, das sich *Stadt Wien* nenne. Herr Vájsz sagte Ja, worauf das Muster allen Anstands, der alte Hotelportier, mit sachlichen Worten erklärte, er habe es für zweckdienlich gehalten, mit seinem Omnibus in den Hof einzufahren, da die Gäste, der Prinz und der General, lange zu essen pflegten und sich auch nach dem Essen nicht gern auf der Straße unter den Menschen zeigten. »Aus diesem Grund hat die Direktion veranlasst, dass der Hotelomnibus mit einem zuverlässigen ›Personal‹ den vornehmen Gästen überall zur Verfügung stehe, wenn sich diese irgendwo zum Mittagessen niederlassen.« Mit der Zuvorkommenheit des Hausherrn fragte Vájsz den Herrn Portier, ob er schon Zeit gefunden habe, an sein eigenes leibliches Wohl zu denken, worauf der Portier erwiderte, noch nicht, aber »sie« lebten sowieso nach Schweizer Zeitrechnung, dergestalt dass Vájsz eine abweisende Handbewegung machte und sagte, er kenne seine Itel Redings und Wilhelm Tells, aber seines Wissens seien auch die keine Verächter von frischgezapftem Bier, und der Augenblick des Zapfens sei gekommen, sobald der Herr Portier den Familientisch mit seiner Gegenwart beehre. Der Portier legte diesbezüglich ein Versprechen ab, worauf er zusammen mit dem Fahrer im Hinblick auf die richtige Plazierung des Omnibusses einige Vorkehrungen traf, so dass die Gäste sogleich einsteigen konnten, wenn ihnen der Sinn nach Weiterfahren stand. Unterdessen ging Vájsz ohne sichtliche Zeichen der Erregung in seine Gaststube zurück, und nur dem Zittern seiner Stimme war anzuhören, dass die an seine Gattin gerichteten Worte nicht alltäglich waren: »Du, Hansi, du gehst jetzt schön in deine Küche zurück, und wenn du bis zum Tag der goldenen Hochzeit deine Nase auch nur einmal herausstreckst, nehme ich ein Schälmesser und schneide sie dir ab.«

(Nachträglich, Jahre später, gaben natürlich all die Leute, die von mündlichen Überlieferungen, Geschichten erzählen und anderen leichtfertigen Beschäftigungen leben, ihren Senf zu den Ereignissen, die an jenem Tag in der *Stadt Wien* geschehen waren. Jedes Gasthaus hat seine Legende: in den meisten Wirtshäusern horchen eingemauerte Menschen, Reisende, Pferdehändler und Geschäftsleute auf die Lügen der Gäste, in die sie doch nicht dreinreden können. Es ist also wohl gleichgültig, was der schwarze Gürtelmacher mit den harten Fäusten, der hier sonntags mit seinen Gesellen Bier trank und vor lauter Hochstimmung auf dem Fußboden herumtrampelte, um auch dort nach den alten Gästen zu forschen, von jenem Tag zwischen Karneval und Fasten erzählte. Bleiben wir bei den Tatsachen.)

»Demnächst wird zur Vesper geläutet werden, wie in Verdis unvergesslichem Werk, das den Titel *Sizilianische Vesper* trägt, und noch immer wird in unserem Interesse nichts vorgekehrt«, sagte der Trafikbesitzer, denn nur er »verfügte« über so viel Frechheit, nach dem Geschehenen, nach dem Eintreffen des Mattoni-Omnibusses und nach der an Wirtin Vájsz gerichteten Bemerkung ihres Gatten, seine eigene Weise dort weiterzuspielen, wo er sie unterbrochen hatte.

Doch jetzt klirrte, sich öffnend, das Fenster zur Küche, erschien das Gesicht von Frau Vájsz. Bei ruhiger Überlegung müsste einen dieses Gesicht eigentlich an die roten Rüben erinnern, die man zu den verschiedenen Braten dann doch nicht konsumiert hat, was man später im Leben einigermaßen bereut.

Die schweigsame Wirtin hielt ihre Zunge nicht im Zaum.

»Wir wissen zwar schon sehr lange, wieviel sechs mal sieben und sieben mal sechs ist, aber auf der ganzen runden Welt weiß noch keiner, was der gnädige Herr von der Andrássy-Allee bestellt hat. Ohne Bestellung kann die Küche nichts machen.«

Nur eine Frau ist so mutig, in der Gegenwart von inkognito reisenden regierenden Herzögen und Generälen »das Maul aufzumachen«. Sogar der unerschrockene Präsident, der »seiner Lebtag« auf der Seite von Frau Vájsz war, wagte ihren Worten nicht zuzustimmen, ja er versteckte seinen Siegelring-Zeigefinger so tief in der Westentasche, dass man (der Legende gemäß) ihn erst fand, als die ganze Vorstellung zu Ende war und die Logenaufschließerinnen wieder ihren Auftritt hatten, als tanzten sie im Stück noch immer in den »vorderen Vier«. Auch Frau Vájsz konnte den Siegelring-Finger des Präsidenten nicht mehr sehen, obwohl sie mit ihrer großen, aber gleichmäßigen Nase (wie sie zu jener Zeit das Gesicht einer weltbekannten Opernsängerin zierte) zuweilen zum Präsidenten hinüberblickte. Der Trafikbesitzer hatte die Situation natürlich sofort im Griff, denn von seinem Laden aus betrachtete er die Welt nie, ohne etwas zu lernen. Er stellte sich mitten in die Stube und sprach zu der Wirtin, die tränenden Auges hinter dem Schiebefenster hervorblickte:

»Ich habe keinen Eberkopf bestellt, obwohl ich soeben im Kochbuch der gegenwärtigen gnädigen Frau Palkonyai gelesen habe, dass jetzt die Zeit dafür ist.«

(Bei der Erwähnung der Frau Palkonyai verriet der Redakteur, der neben dem Dechanten saß, einige Nervosität – Palkonyai, das war der Name, unter dem er in einer Familienzeitschrift seine Rezepte schrieb. In seiner Nervosität sagte er zum Ausläufer: »Ich bin zwar ein demokratisch gesinnter Mensch, aber wenn sie auch weiterhin hier Platz nehmen wollen, gehen Sie doch eine Weile auf den Hof hinaus, damit ich Ihnen verzeihen kann, dass Sie zum Frühstück Röstbrot mit Knoblauch gegessen haben.« Der Ausläufer berief sich auf seine Armut, aber es achtete niemand mehr auf ihn, höchstens dass starre Augen verständnislos auf sein seltsames Gezappel blickten.)

»Wie gesagt, ich habe keinen Eberkopf bestellt, obwohl die gnädige Frau Palkonyai, die ich vom ›Nachtleben‹ her zu kennen die Ehre habe, und auch Shakespeare, den ich ebenso verehre wie Frau Palkonyai, sich ohne Eberkopf kein Mittagessen vorstellen können, das von verkleideten Königen, Fürsten und Herzögen eingenommen wird. Und zwar habe ich aus dem einfachen Grund keinen Eberkopf bestellt, weil ich die von mir hochverehrte Wirtsfamilie nicht in Verlegenheit bringen wollte. Vielleicht fehlt ja gerade eben, momentan, der Quendel, ohne den sich die Zubereitung von Eberkopf nicht lohnt. Ich habe aber auch keinen Bärenschinken bestellt, obwohl Frau Palkonyai in einem ihrer Rezepte diesen Leckerbissen für den Empfang vornehmer Gäste besonders empfiehlt. ›Erwarten wir vornehme Gäste, muss das Mittagessen geräucherten Bärenschinken enthalten‹, schreibt Frau Palkonyai im Februar 19** an die Apothekersfrau von Bácska.«

Sagte der Trafikbesitzer von der Andrássy-Allee und entnahm seiner Innentasche einen Streifen Zeitungspapier, den er vor den überraschten Präsidenten legte.

»Nur der liebe Gott im Himmel weiß, wie oft ich im Leben, hinter dem Vorhang meines Ladens, auf meinem schmalen Bett, an die Apothekersfrau von Bácska gedacht habe! Warum muss ich in der Andrássy-Allee Trabukko-Zigarren verkaufen, statt bei der Apothekersfrau von Bácska geladen zu sein, hätte ich zum Beispiel Postmeister gelernt und würde mir den Schnurrbart in dem Dorf zwirbeln, wo sie ihre Gäste mit Bärenschinken erwartet.«

(Der Redakteur, der den Vortrag des Trafikbesitzers ungoutierbar fand und dem Ausläufer den Auftrag gab, sich eine Weile an den breiten Rücken des Dechanten zu lehnen, ging selber auf den Hof hinaus, um ein bisschen zu spazieren und soweit wie möglich zu vergessen. Auch für gleichmütige Menschen gibt es Dinge, die sie vergessen wollen. Die »Apothekersfrau von Bácska« war eine blonde Frau »wie aus einem Roman«, und sie sang gefühlvolle ungarische Lieder. Doch jetzt schlägt es vom Kirchturm der Terézstadt drei Uhr, weiß der Teufel, wie die Zeit vergangen ist. Kann man wohl jedem Glöckner glauben, der das Vergehen der Zeit anzeigt? fragte sich der Redakteur, beziehungsweise die in der Gaststube erwähnte Frau Palkonyai; er stieg in den Omnibus ein, und nachdem er schon länger nicht mehr geschlafen hatte, machte er in einer Ecke des Gefährts seinen Mittagsschlaf.)

Der Trafikbesitzer hielt in seinem Vortrag kurz inne, doch nachdem er sich überzeugt hatte, dass er mit der »gnädigen Frau Palkonyai« nicht mehr »die Ehre haben« würde, fuhr er fort (obwohl ein Trafikbesitzer nicht einmal zu der Zeit so viel reden durfte, da Vilmos Vászonyi Bürgermeister von Budapest war und man an jeder Straßenecke Volksversammlungen abhalten durfte, sagten Jahre später die Gäste der *Stadt Wien*.)

»Nein, in Bezug auf das Mittagessen hatte ich keinerlei Sonderwünsche, höchstens, dass ich gewünscht habe, man möge den Donau-Zander zusammen mit Zander vom Balaton kochen«, sagte der teuflische Trafikbesitzer, mitten in der Stube stehend; er zog aus seiner Jackentasche eine Speisekarte hervor, die er aus irgendeinem Grund dort versteckt hatte. In der Tat figurierte auf der Speisekarte neben den Bildchen von Blumenkörben, Fischtellern und Schweineköpfen der Name *Stadt Wien*, zusammen mit dem im Hintergrund bläulich aufscheinenden Turm des Stefansdoms, so wie sich der Speisekartenmaler zu seiner Zeit das Leben vorgestellt hatte. Der Trafikbesitzer hielt sich die Speisekarte ungefähr einen halben Meter vor die Augen, als läse er seinen Text dort ab. »Das weiß ich auch, dass es in Pest bestimmte Fischstuben gibt, wo man sich im Sommer Fische zubereiten lassen kann, die vor den Augen der Gäste aus der Donau gezogen werden. Und ich bin auch so klug zu wissen, dass jetzt Winter ist und die Fischstuben geschlossen sind oder zumindest der ›Desiderate‹ entbehren, derentwegen man ja eigentlich hinzugehen pflegt. Der Fischliebhaber ist gezwungen, mit Fischen unsicherer Herkunft vorlieb zu nehmen, da eine Eisdecke den großen Strom deckt, der an unserem Pest vorbeifließt. Doch auch jetzt kann man hier guten Fisch bekommen, an Orten, wo man sich darin auskennt. Es gibt nichts Aufregenderes, als mit vollen Händen aus den giftigen Gewürzen zu schöpfen, denen man sich sonst nicht einmal mit dem Mokkalöffel zu nähern wagt. Es paprizieren sich einem Augen, Kopfhaut und Stirn, wenn man einen richtig zubereiteten Fisch nur schon ansieht. Und erst recht, wenn man davon kostet! Es gibt da einen alten Gauner, einen Kneipenbesitzer in der Richtung von Újpest, der kocht den besten Fisch. Er sagt, er werde das Geheimnis mit ins Grab nehmen, weil er noch keinem Menschen begegnet sei, dem er das Rezept mitteilen möchte. Mir hat er einmal verraten, dass es auf der Welt zweierlei Menschen gibt. Die eine Sorte steckt sich nach dem Fischgenuss einen Zahnstocher in den Mund. Also, mit so einem läßt sich nur ein Verrückter ein. Die andere Sorte steckt sich den Finger in den Mund und reinigt damit Zähne, Gaumen und manchmal auch die Kehle, falls dort etwas steckengeblieben ist. Einen solchen Menschen erkennt man auch daran, dass er sich die Nägel mit den Nägeln putzt, denn schließlich ist es einem selbst überlassen, was man mit seinen Fingernägeln tut. Es gibt dann noch eine Sorte Menschen, aber die sind schon eine Seltenheit, die können ihre Zunge so geschickt drehen, dass sie aus Mund, Zähnen und Rachen einfach alles herausputzen, obwohl einem doch manchmal Knöchelchen im Mund steckenbleiben, an denen man dann bis zum Morgen saugen und nagen und die man auf diese Art ganz angenehm verzehren kann. Zu diesem dritten Orden, zu diesen Seltenheiten, gehören unsere liebenswürdigen ausländischen Gäste.«

Jetzt hatten dem Trafikbesitzer alle zugehört, und doch stieß sich niemand an seinen Worten, denn die Fremden, die in seiner Begleitung gekommen waren, verdienten es, dass man um ihretwillen auch einen großmäuligen Zigarrenverkäufer ertrug.

Der »General« (den man unter dem Namen Esterházy erwähnt hatte, denn damals kannten die Budapester die Namen des in Wien residierenden Hofadels noch nicht auswendig, und jeder, der bei der Garde diente, mochte ein Esterházy sein), der »General« war ein Mann mit rundem Kopf und rasiertem Gesicht, der zu anderen Zeiten wohl einen sehr harten Blick hatte, jetzt aber in Zivil war, mit einer bunten, fertig gekauften Krawatte unter dem Kinn; zu seinem schwarzen Anzug trug er gelbe Schuhe mit Gummizug, und im handbreiten Band seines Jägerhuts steckte ein Gamsbart. In diesem Augenblick tastete er mit seiner rundlichen Hand an dem kurzgeschnittenen rötlichen Haar auf seinem rundlichen Kopf herum, als dächte er daran, dass er sich während seiner Budapester Lustreise die Haare schneiden lassen könnte. Man sagt, es zeuge von einem nervösen Naturell, wenn sich einer den Kopf betastet, streichelt, beruhigend tätschelt. Wobei der »General« nach dem ruhigsten, erprobtesten, besonnensten Menschen aussah, der je in der *Stadt Wien* vorgekommen war. Gewiss dachte er, in Budapest sei es so, dass die Trafikbesitzer das loseste Mundwerk hatten – er ließ ihn also reden, da er sowieso nicht viel von seinen Ausführungen verstand. Der »General« hatte sich die unerschütterliche Ruhe der inkognito reisenden Herzöge und Hoheiten, die er im Lauf seines Lebens durch Österreich-Ungarn lotste, glorios zu eigen gemacht.

Der »General« war damals ein zwischen fünfzig und sechzig »laborierender« Herr, wie die alten, dem Ruhestand nahen Offiziere zu sagen pflegten, die zu den militärischen Fachausdrücken nunmehr auch die im bürgerlichen Leben benötigten Ausdrücke zu lernen versuchten. Es wäre nicht erstaunlich gewesen, wenn der General seinen ersten Satz so begonnen hätte:

»Vom praktischen Gesichtspunkt gesehen ...«

Doch er sprach nicht, und es sprach auch nicht sein Vorgesetzter, der »Herzog«, der »Prinz«, die »Hoheit« (in der *Stadt Wien* wissen die Gäste bis zum heutigen Tag nicht, wie sie den fremden Herrn angesprochen hätten, wären sie, die Gäste, damals hier zugegen gewesen). Der »Prinz« war kein junger Mann, sein einfach nach oben gekämmtes Haar, das zwar noch dicht schien, war in Schwarz und Weiß gehalten, wie ein Wald, in dem es gleichzeitig Frühling und Winter ist. Genauso sah der ziemlich langgezwirbelte Schnurrbart aus, den er vielleicht nur morgens bürstete; es war eindeutig, dass er nicht anhand seines Schnurrbarts zu gefallen oder nicht zu gefallen suchte. Diese männlich-selbstvergessene Nachlässigkeit zeigte sich auch in seinem ebenfalls weißdurchzogenen schwarzen Bart. Wäre er in seinem Land nicht »Fürst« gewesen, hätte er dort ebensogut Bezirksrichter sein können, der mit seinem nussbraunen, gleichmütigen, nie veränderten Blick ruhig die Urteile verkündet und gleichzeitig zwischen Daumen und Zeigefinger Papierkügelchen dreht, wie das auch schon bei den phlegmatischsten Menschen beobachtet worden ist. Der »Herzog« trug im übrigen einen mit »Halbseide« gefütterten, sehr einfach geschnittenen dunkelblauen »Sakko«, wie sie der Kunde in den Berliner Warenhäusern, wo auch Konfektionskleidung verkauft wird, zu Tausenden bekommen kann, falls er sich in den Fahrstuhl setzen mag. An seinem Anzug war nichts Auffälliges, nicht einmal die Spur des Bügeleisens. Bestimmt ließ er sich die Kleider mit dem kalten Eisen bügeln. Seine Schuhe (ebenfalls »deutschen« Schnitts) schienen so bequem, als hätte er sie vor Gebrauch durch einen bayrischen Studienrat austreten lassen.

Und er war fürstlich. »Ausländisch fürstlich.« Nicht einmal in dunkelster Nacht hätte man ihn mit den Budapester Messingkreuzern verwechseln können, die ungarisch oder deutsch angeschrieben waren. Obwohl er einfach wortlos an seinem Platz saß, so gelassen, als atmete er nicht einmal.

Die »Inkognito-Gäste« des Wirtshauses waren also beide in einem Mannesalter, da der Geschmack, der Magen und die Gestimmtheit sich zu der Reife wandeln, die zum sachverständigen Genuss von Fisch unerlässlich ist. Es waren ernste Menschen, was wahrscheinlich die erste Vorbedingung für den Fischgenuss ist (sagte später der Präsident, als er an diesen Februartag zurückdachte und die Ereignisse Revue passieren ließ). »Fisch darf man nur in bestimmten Abschnitten des Lebens essen, so wie auch die katholische Kirche in ihrem Kalender bestimmte Tage und Monate bezeichnet, da Fisch zu verzehren ist.« (Worte des Präsidenten.)

Jetzt aber wurde es in der Gaststube totenstill, Frau Vájsz hatte das Fenster aufgeschoben und gesagt:

»Da ist der Fisch.«

Auch das, auch Frau Vájsz' Wundertat, ist der Nachwelt zu überlassen: soll sie etwas zu reden haben über das Wirtinnen-Kunststück, mit dem Frau Vájsz in ihrer Küche den Fisch herbeizauberte, obwohl dieser bis dahin nicht auf der Speisekarte figuriert hatte. Und sogleich servierte sie, in Tellern – in tiefen, blaugeränderten Porzellantellern, wie man sie am Familientisch zu gebrauchen pflegt –, servierte sie, ich wiederhole, in tiefen Tellern: den Fisch, den man je nach Geschmack Fischpaprika, Paprikafisch oder auch Fischersuppe nennt. In tiefen Tellern trug der Altkellner den Fisch zum fürstlichen Tisch.

»Für den König«, sagte Frau Vájsz, während sie durch das Schiebefenster hindurch dem Kellner Mátyás den ersten Teller in die Hand gab. »Hansi«, rosarot angelaufen und vor Geschäftigkeit, vom Herdfeuer und vom Ehrgeiz verjüngt, sagte nicht mehr als das; es war aber sogleich klar, dass das Wespennest aus Fischrogen nicht für alltägliche Gäste angeordnet worden war, Rogen, wie er sich in den gut und gern fünf Kilo wiegenden Fischen findet. Der Altkellner schaute mit einer Andacht auf das Gebilde, als hätte er noch nie ein solches Wunder gesehen.

»Für den Adjutanten«, sagte Frau Vájsz, und sie legte die Stücke in den Teller, die ihrer Ansicht nach die besten waren, so auch die Schwanzflosse des Karpfens, die am schmackhaftesten ist, weil beim Schwimmen der Fischschwanz ja am meisten arbeitet und also kräftig wird.

»Für den Trafikbesitzer«, sagte die Wirtin und servierte die dritte Portion.

(Auch das muss gesagt sein: der so leicht beleidigte Trafikbesitzer rief nach einem Blick auf den Teller freudig: »Ich sehe, geschätzte Frau Johanna, dass Sie mich nicht vergessen haben. Da ist ja auch Hecht.« Tatsächlich mochte der Trafikbesitzer Hecht am liebsten, was man nicht von jedem fischverzehrenden Gast sagen kann. »Ich hoffe, es gibt draußen noch welchen.«)

Am fürstlichen Tisch trat dann eine feierliche Stille ein, während des Fischgenusses pflegen sich auch die mit dem losesten Mundwerk einigermaßen zurückzuhalten. Und gerade diese wunderbare Wirtshausstille benützte Herr Vájsz draußen beim Ausschank, um betreffend das Anzapfen eines neuen Bierfasses Anordnungen zu treffen. Der Schankbursche ließ es knallen ... Manche Leute gehen nicht gern in Wirtshäuser, wo der Wirt und seine Kellner aufdringlich höflich sind. »Wir gehen nicht ins *Zander*, in die *Blaue Donau* oder ins *Adriaschiff*, um uns so lange vom Wirt löchern zu lassen, bis uns eine Gräte glücklich im Hals steckenbleibt.« Solche Gäste mögen es auch nicht, wenn die unbeschäftigten Kellner wie wild umherschießen, um ihre Nützlichkeit zu beweisen. Einen Gast aber, der sich enerviert beschwert hätte, weil nebenan das Bierfass plötzlich laut knallte, hat es noch nicht gegeben. Der Wirt beging also keine Dummheit, als er seine nunmehr vornehm schweigenden Gäste auf so angenehme Art aufschreckte: »Bei mir gibt es keine musizierende Uhr, so dass ich den Radetzky-Marsch spielen könnte«, sagte er, ebenfalls Jahre später.

Auf dem ernsten Gesicht des »Königs« ging zwar keine Veränderung vor sich, aber er trank den Bierrest in seinem Glas aus.

*

»Auf der ganzen Welt wird jetzt angezapft«, sagte Plac draußen beim Ausschank, nachdem er auf das Knallen hin die gleiche Gelassenheit vorgetäuscht hatte wie der König. »Auf der ganzen Welt«, wiederholte er nachdrücklich. »In meiner seligen Jungherrenzeit wurde in Wien der ›Restoratör‹ bestraft, der nicht anzapfte, wenn es im Turm des Stefansdoms zu Mittag läutete; eine solche Kneipe wurde polizeilich geschlossen, denn wozu sollte eine Kneipe offen sein, wenn man dort nicht einmal zum Mittagsgeläut anzapft? Ein solcher Wirt soll gehen – am besten als Schnitzel.«

Der ehrwürdige Portier des Omnibusses, vor einiger Zeit schon erwähnt und inzwischen am Familientisch plaziert, gab dem Pleite gegangenen Händler unerwartet recht. Des Händlers Stimme, über der (täglich tagsüber) erlittenen unwürdigen Behandlung tiefgeworden, war jetzt schon so tief, dass man ihn kaum mehr verstehen konnte. (Der Trafikbesitzer hätte von diesem Bass gesagt, dass es eine der »Stimmen« war, die man auf der Bühne am nächsten zu den Kulissen stellte, damit sie den Spucknapf so rasch wie möglich erreichten. Der Portier aber kannte sich in der Theaterwelt nicht aus, sondern nur in seiner eigenen, dienstlichen. Das »unwürdig« verletzte »Personal«, das grundlos gescholtene »Personal« pflegte eine solche Stimme zu haben, und der Portier rechnete den am Familientisch sitzenden Plac irgendwie zum »Personal«, weshalb er Vertrauen zu ihm hatte. Wie das aus seinen Worten hervorgehen wird.)

»Ja«, sagte also der Portier wichtig, »der Herr hat vollkommen recht: in Wien fällt es niemandem ein, über das frische Anzapfen zu staunen, schon deshalb nicht, weil jedes Wiener Kind weiß, dass man zur selben Zeit auch für ihre Majestät, den Kaiser Franz Joseph, ein Fünfzig-Liter-Fäßchen anzapft, in dem kleinen Gasthaus, das sich der Kaiser zu seinem persönlichen Gebrauch hält. Nur sonntags dürfen in diesem Gasthaus auch die Wiener Bürger bedient werden, denn sonntags ist der Kaiser sowieso nicht in der

Burg, um im Büro aufzuhorchen, wenn in seinem Gasthaus angezapft wird. Denn um diese Zeit, um die Zeit des Anzapfens, beginnt die Mittagspause, die Adjutanten und Zeremonienmeister werfen Herrn von Wekerle und die anderen ungarischen Minister hinaus, die mit allerlei Anliegen betreffend die Lizenzierung von Spritfabriken oder die Aufhebung der Kleinen Lotterie im Vorzimmer des Kaisers warten. Die mit ihrem nutzlosen Zeug. Sogar die Mutter, die Tante und die Schwägerin ihrer Majestät setzen in der Kleinen Lotterie, wenn sie etwas geträumt haben. Die Großherzogin Maria Josepha hat einmal mit einem Ambo hundert Forint gewonnen, denn natürlich zahlen diese Damen nicht nur Sechserchen ein, sondern riskieren auch einmal fünfundzwanzig Kreuzer. Lasst uns also mit euren Vorstößen zur Aufhebung der Kleinen Lotterie in Ruhe, viel eher sollte Herr von Wekerle darauf achten, dass die ungarischen Tabakfabriken ihrer Majestät bessere Zigarren schicken – mit eigenen Ohren habe ich von einem zur allerhöchsten Hofhaltung gehörenden ›Personal‹ gehört, dass mit den letzten Wekerle-Zigarren niemand zufrieden war. Lasst dem Kaiser wenigstens das Viertelstündchen, da er an seinem Schreibtisch, nur mit einer Serviette über dem grünen Filz, sein ›Gabel‹ verzehrt, sein Glas Bier, seine Meerrettichwurst, die auch dem ärmsten ›Wiener Knaben‹ zusteht, wenn es im Stefansdom zu Mittag läutet.«

Herr Vájsz, der sich das alles angehört hatte, schien ein bisschen betrübt, soweit ein fleißiger Bürger seines Schlags die Betrübnis, die ja nichts einbringt, für lohnenswert hält.

»Aber ich habe jetzt wirklich Ihnen zuliebe angezapft, Herr Portier.«

»Ede Holcwart ist mein Name, ein sehr entfernter Verwandter der Familie Holcwart, die hier in Pest das Hotel *Continental* geriert«, sagte der Portier und erhob sich von seinem Sitz. »Doch das Geschäftsleben ist etwas anderes als das Privatleben. Wir vom

Hotelfach sprechen so oft geschäftlich mit den Herrschaften und mit ihren Damen, dass wir am weißen Tisch ganz gern manchmal ein, zwei Worte über unser Privatleben verlieren. Genau das ist letzthin Béla Brunyovszky passiert, der seit vierzig Jahren Chefportier des *Pannonia* ist und sich erst am weißen Tisch verraten hat. Ich habe die Sache in die Hand genommen, das Jubiläum wird stattfinden. Ich danke Ihnen, Herr Vájsz, dass Sie mir zuliebe angezapft haben, denn tatsächlich ist die Stunde schon vorbei, da man für Franz Joseph anzapfte.«

»Man läutet in der Teréz-Kirche schon zu den Begräbnissen.«

»Stimmt«, sagte Ede Holcwart, nachdem er aus seinem an der Hose angebrachten Uhrenetui seine exakt gehende Uhr hervorgezogen hatte. »Und ich sitze noch immer da und weiß nicht, wo der echte Herzog steckt, zu dessen Dienst ich hierher beordert worden bin.«

Das sagte der Portier völlig leise, doch der sonst eisern ruhige Wirt geriet ins Wanken. Die Hand von Plac zitterte, als er eine Käserinde vom Tischtuch aufnahm. Immerhin sagte er:

»Wer ist denn das dort mit dem Trafikbesitzer?«

»Das ist nur das ›Personal‹. Die Begleitung«, sagte Ede Holcwart, und seine ruhigen Gesichtszüge drückten in diesem Augenblick Sorge aus.

*

Da aber. Da aber ging die Tür des *Stadt Wien* genannten Wirtshauses auf, wie schon und noch so oft im Lauf der Geschichte: ein »Erzengel« trat ein. So haben in späteren Jahren Frauen und Männer, die sich über die Leiden der Gegenwart mit den Freuden vergangener Zeiten hinwegtrösten, es gesagt.

»Die Tür ging auf«, sagte an einem Tag in der Fastenzeit des Jahres 19** Spatz, der kaminfegerleiterlange Handschuhmacher; von den benachbarten Händlern vielleicht der einzige, der seinen Betrieb nicht gemäß den Erfordernissen der modernen Zeit hatte umgestalten müssen. Er konnte die ganze Zeit Damenhandschuhe nähen, ohne sich um den Zuschnitt von Männerhänden zu kümmern. »Die Tür ging auf, und auf der Klinke ruhte eine behandschuhte Hand, für die es in unserem Handwerk keine Nummer mehr gibt. Auch in der Damenkonfektion nicht. Es war ein ausländischer Handschuh, das sah man gleich, obwohl es meiner Meinung nach in Pest die besten Handschuhmacher gibt, in der Párisi Straße. Pest durfte auf seine Handschuh- und Schuhmacher immer stolz sein, auch dann, wenn man in der ganzen Párisi Straße unfähig war, eine Fünfzig-Forint-Note zu wechseln, mit welcher der ausländische Kunde bezahlen wollte. Manchmal musste ich als junger Gehilfe von der Hauptpost bis zur Ersten Ungarischen Sparkasse laufen, bis man sie irgendwo zu wechseln wagte ...«

Ich glaube, ich kann den Bericht von Spatz' Erinnerungen ruhig unterbrechen, denn auch er war ein Mensch, der nicht einmal sonntags etwas vortragen konnte – nicht einmal über das allerwichtigste Ereignis –, ohne die eigenen Erlebnisse einzuflechten. Ganz bestimmt wären Spatz' Reminiszenzen in einer anderen Geschichte sehr spannend, nämlich in der Geschichte des weltberühmten Budapester Handschuhs. Wir aber sollten doch irgendwie den Geschehnissen folgen.

Der Herzog betrat das Wirtshaus.

Der echte Herzog, wie man sich ihn wahrscheinlich überall vorstellen kann.

Ein ungefähr hundertneunzig Zentimeter großer Jüngling – falls solche Ausnahmejünglinge je militärisch vermessen werden –, ihre Körpergestalt mag aufgrund eines Zaubers hie und da ein paar Zentimeter größer oder kleiner sein, wie die von Palmen, die zu bestimmten Zeiten ihr Aussehen verändern. Nach Ansicht der Gärtner »wächst die Palme unter Last«, doch diese Regel gilt nicht für jeden Baum. Die meisten Bäume wachsen nur im Frühling, die alltäglichen, uns allen bekannten Bäume knirschen, knacken und strecken sich nach dem Erwachen aus der Winterstarre, wie zum Beispiel all die Akazien an den Straßenrändern. Doch es gibt auch seltene Bäume, die ohne das Zutun der Jahreszeiten, nur aus edlem inneren, seelischen Antrieb wachsen. So wachsen auch die aus königlichem Geblüt stammenden Nachkommen, dass die mit den gelehrtesten und gottlosesten Studien befassten Doktoren nicht recht wissen, was sie denken sollen, genauso wie sie eigentlich noch immer nicht sagen können, warum die Menschen nicht auf der ganzen Erde gleich sind.

Der Herzog, in bürgerlicher Kleidung, betrat das Wirthaus zwar mit der größten Gelassenheit. Und doch ging von ihm (wie man früher sagte) ein unwiderstehlicher Zauber aus, seine Augen strahlten braun, gutgelaunt, gewissermaßen von Enttäuschung nicht wissend, gewissermaßen mit übermenschlichem Vertrauen, als müsste er exemplifizieren, dass alle, die es in diesem Leben »zu etwas bringen« wollten, solche Augen haben sollten. Der junge Herzog trat ein, wie ein junger Mann, der im Voraus um sein Schicksal weiß: im Alter ein Prophet, der seine Schritte nicht mehr vor die Schaufenster, die Sehenswürdigkeiten unserer Hauptstadt wird lenken können – anderer Lebensrhythmus; aus diesem Grund freute er sich zur gegenwärtigen Stunde offenen Blickes darüber, dass er die drei Steinstufen, die zum straßenseitigen Eingang des Wirtshauses führten (und von wo die Schankburschen und Wirte schon viele Betrunkene hinuntergerollt haben), mit Schwung nehmen konnte.

Hinter dem Herzog kam Dallosi, der bekannte Nachtkellner.

Dieser Dallosi war in Budapest dafür bekannt, der amüsanteste Mensch der Hauptstadt zu sein. Er war, wie man so sagt, seiner Zeit voraus: hatte sich als Kellner eine solche Kultiviertheit, Belesenheit und Intelligenz angeeignet, dass die Nachtjournalisten, die in ihrer Not und in ihrem Geldmangel groteske Einfälle mögen, schon öfter die Frage aufgeworfen hatten, warum Adolf D. Dallosi nicht in eine der literarischen Gesellschaften gewählt wurde.

Schon damals galten unter Fachleuten die Budapester Kellner als die besten Europas. Sie lernen leicht Fremdsprachen, bereisen die ganze Welt; in den großen Vergnügungsstätten von Paris oder an Deck der Ozeandampfer finden sich immer wieder Kellner ungarischer Herkunft, die von ihrer Herrschaft für ihre Umgangsformen, Zuvorkommenheit und Ehrlichkeit hoch geschätzt werden. Solange es im Ausland ungarische Kellner gibt, deren Lebensunterhalt eigentlich das »Alagér« genannte Billardspiel oder das ebenfalls Fingerspitzengefühl erfordernde Macao wäre, sind sie an Orten, wo sie ihr Brot mit ehrlicher Arbeit verdienen können, gern gesehen. Dallosi, der bekannte Nachtkellner, hatte die ganze Welt bereist, bevor er sich endgültig in Budapest niederließ ... Es war fast natürlich, dass er zur Budapester Begleitung des Herzogs gehörte.

»Na, sieh einer an: der Haupttanzmeister!« Der Präsident, der länger geschwiegen hatte, zeigte mit dem Finger auf den flink hinter dem Herzog herschreitenden Adolf D. Dallosi, den bekannten Nachtkellner, der mit gewohnter Liebenswürdigkeit nach links und rechts grüßte, als wäre er in der *Stadt Wien* ebenso zu Hause wie in den Restaurants und Kaffeehäusern, die einst in seinem Besitz gewesen waren.

»Frieden, Segen!« grüßte Adolf D. Dallosi nach allen Seiten. »Gott sei's gedankt, sind wir alle wieder beisammen, wir guten alten Budapester, denn wir verlassen einander nie. Die guten Geschwister halten zusammen. Frieden, Segen.« So der »bekannte Nachtkellner«, mit solcher Demut, mit solch biblischer Demut und fast übermenschlicher Liebenswürdigkeit, als hätte er ein paar Minuten zuvor Herrn Vájsz das Wirtshaus abgekauft, um die allmählich schläfrig werdenden Gäste fortan selber zu administrieren.

Eine Sekunde lang beachtete fast niemand den Herzog neben dem munteren Mann, der ihm nicht einmal bis zur Achselhöhle reichte. Eine Frauenstimme seufzte dann doch:

»Als hätte er einen Glorienschein um den Kopf: so sprüht sein Haar Funken.«

Vilma natürlich. Sie seufzte, als hätte sie auf einmal von fern den Glockenton vernommen, der ihrem Herzen, ihrer Seele bedeutete, dass jetzt ihre Stunde gekommen war.

Der »König« und der Adjutant hatten sich von ihren Sitzen erhoben, als der Herzog in die Stube getreten war. Hinter dem Schiebefenster betrachtete Frau Vájsz die Szene mit aufgerissenen Augen und fühlte sich jetzt schon ernstlich in der Klemme; sie verfluchte innerlich den »Falschspieler«, diesen Trafikbesitzer, der ihr mit solchen Überraschungen aufwartete. »Ich erlebe es noch, dass sich auch vom Trafikbesitzer herausstellt, dass er ein verkleideter Baron ist!«

Der Herzog mochte um die Dreißig sein, also in einem Alter, da in seiner fernen Heimat die Linden am schönsten, belaubtesten und die Villen im Wiesengrunde am gemütlichsten sind, nachdem schon eine frühere Generation Gelegenheit gehabt hatte auszuprobieren, wo im Garten die Lusthäuschen, Lauben und Pavillons aufgestellt werden müssen, damit man sämtliche Linden im Blick hat, auch die in der Entfernung, wo sich die Landstraße pfeilbogengleich biegt. Er war dreißig, wie die ländlichen Häuser, die auf Bequemlichkeit, Geborgenheit, auf ein ruhiges, glückliches Leben hin gebaut sind und deren Bewohner die Geheimnisse eines jeden Zimmers kennen: wann das Rasseln von Nüssen zu hören ist und wann der Nordwestwind zwischen seinen Wänden weht. Und es gibt bestimmte Zimmer im Haus, in denen der Aufenthalt winters wie sommers angenehm ist, wo das Kanapee nie krank wird, der Ofen von eiserner Gesundheit und das Fenster freundlich ist. In einem solchen Zimmer mochte der Herzog wohnen, wenn er nicht in der *Stadt Wien* genannten

Bierstube saß. Er war dreißig und zog wegen einer unglücklichen Liebe durch die Welt ...

(»Seine Papiere lauten auf Graf Antonius von Padua«, sagte in diesem Augenblick Ede Holcwart, der Altmeister aller Hotelportiere, zu seiner eigenen Gesellschaft. Plac nahm das Stichwort auf: »Meines Wissens war Antonius von Padua ein Heiliger.« Der Portier blickte aus zusammengekniffenen Augen auf Plac: »Ich würde nicht in Dinge dreinreden, von denen ich nichts verstehe, und wenn man mir sämtliche Schätze der Welt gibt. Von diesen Dingen aber weiß ich zufällig ein bisschen etwas, denn ich hatte die Ehre, Graf Takova zu persönlichen Diensten zu stehen, und der Graf war niemand anderer als der Exkönig von Serbien; ich hatte auch die Ehre mit Graf Herberstein, dem späteren König von Dänemark, oder dann eben Schweden. Diese Herren haben unser Hotel gern beehrt, wenn sie sich in Wien amüsierten. Nicht alle mochten die Äpfel der Frau Sacher oder die weißgepuderte Wiener Frisur der wunderschönen Frau Frohner ... *O du lieber Augustin!* Die Könige haben sich ihr Inkognito meist dort genommen, wo sie es gerade gefunden haben: in einem ihrer Besitztümer, einem ihrer Komitate, einer ihrer Städte oder Auszeichnungen. Takova: das war ein Orden in Serbien und gleichzeitig der Deckname des Königs auf Reisen. Herberstein ... ich glaube, das war eine Burg weit oben im Norden. Aber ich gebe zu, dass ich dort nie gewesen bin, denn ich schwindle nie, wie gewisse Leute in unserem Fach. Meiner Meinung nach gibt es im Land des Herzogs einen Orden, der nach dem Heiligen Antonius von Padua benannt ist und mit dem bestimmt nur glaubenseifrige katholische Prälaten ausgezeichnet werden.«) Soweit der Portier ... Und wie man sich denken kann, störte niemand seinen Vortrag; sogar der Herr Hilfsstuhlrichter Podolini unterbrach das Betrachten seiner Schuhe. Und ein Frauenherz pochte irgendwie im Takt mit einem fernen Militärmarsch.

»Mutter, Mütterlein«, sagte Dallosi in der Nebenstube vor dem Schiebefenster, an das er leise klopfte.

Frau Vájsz ertrug keine Vertraulichkeiten. Sie streckte einen flammendroten Kopf aus dem Fenster, aber Dallosi wich geschickt nach hinten aus, bevor Frau Vájsz den Satz beenden konnte, mit dem sie ihrer Meinung über das Frauenzimmer, das von Dallosi »Mütterlein« genannt werden durfte, niederschmetternden Ausdruck verleihen wollte.

»Gnädige Frau, mit Verlaub, hier ist ein Herr, der ein Schinkenomelett zu sich nehmen möchte, und zwar mit Parmesankäse.«

Das Flammen in Frau Vájsz' Gesicht erlosch, als hätte man sie mit einem Kübel Wasser übergossen. Wahrscheinlich war sie darauf gefasst gewesen, dass der stadtbekannte Nachtkellner und Unterhalter für den Herzog zumindest Schildkrötensuppe bestellte. Das Magdeburger Kochbuch, das in Frau Vájsz' Küchenschublade neben dem Traumbuch ruhte, lag schon griffbereit, so dass die Wirtin die »Schildkrötensuppe« noch einmal rasch durchgehen konnte. Und da bestellt Dallosi ein Schinkenomelett. »Na ja, wenn man das dem Trafikbesitzer überlassen hätte!« murmelte Frau Vájsz, bevor sie das Fenster ihres Laboratoriums zumachte.

Draußen aber, in der inneren Gaststube, geschah das:

Der Trafikbesitzer fand sich dank Dallosis Geschicklichkeit plötzlich an einem bis dahin unsichtbaren Tischchen wieder, während ihm Dallosi freundlich ins Ohr brummte: »Wir beide sitzen dann hier, auch um den Herrschaften näher zu sein.« Der Herzog, der von Padua, saß mittlerweile schon oben am Tisch, zu seiner Linken der König (von dem sich natürlich erst später herausstellte, dass er bei seiner ganzen fürstlichen Feierlichkeit einfach der Sekretär des Herzogs war, den er überallhin begleitete), zu seiner Rechten »Esterházy«, von dem wir jetzt sagen können, dass er ein Wiener Gardeoffizier war, der einst bei den alten Militärs »Nachtmeister« hieß und nach den Wiener Hof-

Usanzen Tag und Nacht für die Unterhaltung der ausländischen Nobilitäten zu sorgen hatte. Und sonst keiner an dem Tisch, wo noch einige Minuten zuvor der Trafikbesitzer rittlings auf seinem Stuhl gesessen und sich bei jedem Satz ein wenig erhoben hatte, als triebe er sein Lügenross an. Wie es einem kleinwüchsigen, flinken, unruhigen und doch auch zeremonienbewussten Menschen gebührt, verharrte Dallosi nicht lange in der Gesellschaft des Trafikbesitzers, dessen Sprüchlein er wahrscheinlich schon kannte, denn auch er war in der Andrássy-Allee aufgewachsen. Hingegen blickte er um so öfter zum Paduaner-Tisch, worauf er sich zur Verblüffung des Trafikbesitzers unter die in Schweigen erstarrte präsidentiale Gesellschaft mischte. (Er wollte, wie sich später herausgestellt hat, die Paduaner nicht mit seiner Gegenwart stören.)

Und sogar der Präsident gab, wahrscheinlich aus Verlegenheit, Dallosi die Hand, als der »berühmte Nachtkellner« an seinen Tisch trat:

»Brüderchen, wie soll ich mir das erklären ...«

»Wir sind eine Weltstadt geworden, Herr Präsident, es ist nichts passiert, als dass unser kleines Pest, unser Backfisch-Budapest, eine Weltstadt geworden ist, vom Aschenbrödel zur Königin ... Der Ausländer ist neugierig geworden, wie der Dallosi im *Casino* das Lied singt, in das die ganze Gästeschar einstimmt: ›... Und seither fällt immer nur Schnee.‹ Man ist eben nicht aus Stein: hin und wieder tut es gut, in meinem heißgeliebten Budapester Publikum das eine oder andere fremde Gesicht zu sehen, das in unserer Hauptstadt zu lächeln, zu schmunzeln gelernt hat. Ich habe heimlich immer den Somosi beneidet, auf dessen Grabstein angeblich gemeißelt steht, hier ruhe der vortreffliche Mann, der das unerfahrene Pest feiern gelehrt hat. Ich will den nach Budapest geratenen Fremden lehren, wie er sich nach Budapester Art preisgünstig, saftig und angenehm die Zeit vertreiben kann. Den Rest meines Lebens weihe ich der Aufgabe, unserer Hauptstadt einen in jeder Hinsicht untadeligen Ruf zu verschaffen.«

Der Präsident schien in diesem Augenblick im Präsidentenstuhl der Steuerkommission des sechsten Stadtbezirks zu sitzen, denn er unterbrach Dallosi misstrauisch:

»Schön, schön, Brüderchen, aber von Schlagwörtern haben wir noch nicht gelebt. Fahrma weita.«

Bevor Dallosi etwas erwidern konnte, »inkommodierte« der Trafikbesitzer den Tisch ebenfalls und zwinkerte mit einem Auge in Richtung des Herzogs:

»Hecht, und zwar gefüllten, sollten Sie empfehlen, Dallosi, wie man ihn nur in Pest, nur in der Terézstadt zu füllen versteht. Ich habe mit der israelitischen Küche nichts am Hut, aber ihren Hecht mag ich. Bei uns, in der Markthalle, kommt der Hecht nicht selten vor, und manchmal ist er hundertjährig, wenn er den Fischern ins Netz gerät. Denn der Hecht ist immer so alt, wie er Lebendgewicht auf die Waage bringt.«

Hat Dallosi den Rat des Trafikbesitzers befolgt? Ungewiss, denn nach ehrfürchtigem Klopfen sprach Dallosi so leise mit der »gnädigen Frau«, dass niemand ein Wort verstehen konnte.

Das Schiebefenster ging zu, der Altkellner legte sich auf die Lauer, Dallosi nahm neben dem Präsidenten seinen Platz ein.

»Brüderchen, wie soll ich mir das erklären?«

»Die Herzöge und Könige, die in Budapest wiederzuerkennen ich die Ehre hatte? Das sind ›echte Linzer Jungen‹, Herr Präsident, und sie sind seit gestern auf den Beinen, denn schließlich kommen die Fremden nicht zum Schlafen nach Budapest.« Dallosi sprach leichthin, aber auch mit gebührendem Respekt. »Doch da ist eine wichtigere Frage, die ich mir selber überhaupt nicht erklären kann. ›Die ich nicht zusammenbringe‹, wie man in Budapest sagt. Ich kann die geschätzte Anwesenheit des Herrn Präsidenten und seiner werten Gesellschaft nicht verstehen, da doch der Kalender keinerlei offiziellen ›Durchmarsch‹ angibt. Es ist weder Neujahr noch Epiphanie noch Aschermittwoch noch Hoher Donnerstag noch Pfingstmontag noch der Erste Mai noch Dienstag nach Ostern noch Heiliger Medard noch der Werktag nach Sankt Stefan noch Sankt Lorenz noch das jüdische Neujahr noch der Tag der Minderen Heiligen, wie sie alle die offiziellen Jubeltage in unserem Leben angeben, die einzuhalten ebenso unsere Pflicht ist, wie die Steuern zu zahlen.«

»Wichtiger, viel wichtiger, Brüderchen«, sagte der Präsident hämisch, aber auch geschmeichelt. »Schließlich und endlich muss auch für die Unterhaltung des steuerzahlenden Bürgers gesorgt sein. Zum Teufel mit Tintenfass und Streusandbüchse ... Wir haben jetzt auch den Dorothea-Tag zu einem offiziellen ›Durchmarsch‹ ernannt.«

Dallosi verneigte sich vor dem Präsidenten so freudig, als hätte ihn dieser fürs Leben glücklich gemacht. Er nahm einen kleinen Taschenkalender hervor und machte bei dem Tag ein Zeichen. »Ich werde am Dorothea-Tag stets zur Stelle sein!« gelobte er feierlich. »Man lebt nur einmal, und im Jenseits kann man die Feste sowieso nicht feiern.«

Der Präsident hatte Dallosis Eintrag mit anerkennendem Blick verfolgt.

»Aber diese ›Linzer Jungen‹ kann ich mir noch immer nicht erklären.« Und er warf einen durchdringenden Blick auf Dallosi, als wittere er hinter dem Benehmen des Haupttanzmeisters einen Schwindel.

»Das sind aber wirklich echte ›Linzer Jungen‹; wie zu sehen belieben, sitzt draußen beim Ausschank auch Plac nicht mehr in Hemdsärmeln da, wie er das bei den ›Durchmärschen‹ zu tun pflegt. Die Zeiten ändern sich. Der gnädige Herr von Flachland macht nicht mehr mit Hilfe eines Stuhlbeins Kleinholz aus der ganzen Bude. Der gnädige Herr von Gebirgsland darf mit seiner Revolverpistole nicht mehr nach Belieben in den Spiegel schießen, er muss ins Séparée, wenn er so etwas tun will. Den gnädigen Herrn von Skandal läßt man nur nüchtern ins *Casino* herein.«

»Das möchte ich sehen«, sagte jetzt plötzlich Jenöchen, der aus seinen Träumen aufgeschreckt war, nachdem er längere Zeit die heisere Stimme des »berühmten Nachtkellners« gehört hatte, ohne dass der Präsident dazwischengedonnert hätte. Worauf sich sein Blick zum Barbier hinter ihm verirrte:

»Rasiere mich«, ächzte er, aber nurmehr mit einer Schlafstimme.

»Seither fällt immer nur, immer nur Schnee«, sagte Dallosi, indem er aus dem unerklärlich törichten Lied zitierte, das zu jener Zeit in Budapest von betrunkenen Grafen und Nachtkellnern gesungen wurde. (Keiner wusste, warum. So wollte es Dallosi zu seinen Glanzzeiten.)

In diesem Augenblick ging das Schiebefenster auf.

»Für den Thronprinzen«, sagte Frau Vájsz. Der Titel musste ihr während ihrer Tätigkeit in der Küche eingefallen sein. Der Altkellner setzte erneut seine Federn in Gang, wie die Puppe in *Hoffmanns Erzählungen*. Der Thronprinz bekam tatsächlich Hecht, und der Trafikbesitzer rief begeistert aus:

»Jetzt rauche ich dann doch die Virginia-Zigarre, deren unversehrte Asche ich dem Nationalmuseum vermachen wollte.«

»Auch mir scheint, dass wir unter gesegnete, friedliche Menschen geraten sind«, sagte Dallosi und nahm einigermaßen beruhigt neben dem Trafikbesitzer Platz, wo er fast unbemerkt eine selbstgefüllte Zigarette hervornahm und so verstohlen anzündete, wie es einem im Dienst befindlichen Mann gebührt. Auf Studentenart machte er einen tiefen Zug und blies den Rauch unter das Tischtuch.

Draußen am Familientisch meldete sich der Portier zu Wort:

»Ich kenne diesen Dallosi zwar nicht, aber aufgrund seiner

Umgangsformen scheint mir, dass er irgendwann auch im *Roten Stadl* vorgekommen sein muss, in dem *Roten Stadl*, nach welchem Baron Springer sein Rennpferd genannt hat und wo man die Prinzen lehrte, was wirkliche Unterhaltung ist. Denn es ist so, dass die Jesuitenpatres im günstig gelegenen Kloster von Kalksburg alles wissen, was zur korrekten Erziehung eines jungen Mannes aus vornehmer Familie gehört. Fremdsprachen, Musik, Fechten, Griechisch, Latein und Religion werden in Europa noch immer im Kloster von Kalksburg am besten gelehrt, doch Tanzen und sich Amüsieren lernt man in der nahegelegenen Landstraßen-Kneipe namens *Roter Stadl.* Nein, meine Herren, hundertmal nein. Im Kloster kann man nicht tanzen lernen, auch wenn jede Woche die berühmtesten Wiener Tanzmeister erscheinen, wenn auf dem Stundenplan Tanzstunde steht. Im *Roten Stadl* aber hat Großherzog Otto die Französische Quadrille organisiert, und István Károlyi war der beste Csárdás-Tänzer. *O du lieber Augustin. O Tannenbaum.* O du schöne Welt, die wir nie mehr wiedersehen werden.«

»Stille, altes Herz«, sagte Plac, nachdem er in der Jackentasche eine Zigarette gedreht hatte, die er erst hervornahm, um sie mit Spucke zu verkleben. »Dallosi ist bloß ein Budapester Tunichtgut, den der *Rote Stadl* rein nichts angeht. Ich hasse die Nachtmenschen ganz allgemein, ich hasse die Durchzecher, ich hasse die Tanzmeister. Ich hasse alle, die beim abendlichen Glockenschlag nicht zu Hause sind. Man muss nach der ›Räson‹ leben, früh zu Bett gehen, früh aufstehen, denn nur so kann man auf dem Pfad des Anstands bleiben. Mein glücklichster Tag ist der Montag, nachdem ich mich am Sonntag gut ausgeschlafen habe, worauf ich keinen einzigen Schritt aus meinem Zimmer hinaus tue, ein, zwei Dosen Sardinen esse, dazu ein, zwei Krüge Bier aus dem benachbarten Wirthaus trinke, im Zimmer ein bisschen umherspaziere, mich hinlege, wieder aufstehe, eine Zigarette anzünde; am Montagmorgen gehe ich dann ins Dampfbad, und zwar nach Buda. Meinetwegen mag jeder niederträchtige Zechbruder, jeder Nachtschwärmer, jeder versoffene Lump mitsamt Dallosi tot umfallen. Ich meinerseits denke so über das Leben, geschätzter Herr Holcwart.« Plac dachte eine Weile seinem Programm nach, wie einem Eldorado, auf das man bis Sonntag warten muss.

»Und wie steht's mit den Ausflügen? Gibt's in der Umgebung von Pest nicht irgendeinen *Roten Stadl*, wohin die Herrschaften im Fiaker fahren?«

»Ein einziges Mal bin ich in Nagymaros gewesen, zusammen mit den allerletzten Leuten, die ich je gesehen habe. In der *Blauen Donau* war gerade ein Budapester Ingenieur ›obenauf‹, der den Winter schon seit fünfundzwanzig Jahren im Kittchen verbringt, und irgendwie kann er es einrichten, dass er sommers immer in crèmefarbener Hose auf dem Strand von Nagymaros umherspaziert. Herr Holcwart sehe mich doch näher an: ich hatte nie crèmefarbene Hosen, und im Kittchen war ich keinen einzigen Tag.«

Der Portier nickte Plac anerkennend zu. Er winkte auch Wirt Vájsz herbei, als wolle er ein großes Geheimnis mitteilen. Die drei Männer steckten die Köpfe zusammen. Der Portier hatte das Wort:

»Jetzt sehe ich schon, dass wir alle gleicherweise anständige Leute sind und dass unser Denken in mehrfacher Hinsicht übereinstimmt. Herr Vájsz hasst Budapest ebenso wie Herr Plac, und ebenso hasse ich diese Stadt, wo ich wohnen muss. Warum? Ich weiß selber nicht, warum ich den *Matschaker Hof* verlassen habe, wo ich in Wien zuletzt den Dienst versehen hatte, zur Zufriedenheit sowohl der Gäste als auch des Besitzers. Irgendwie hat mich der Teufel geritten, mir schmeckte in Wien nicht einmal mehr das Wasser, obwohl es dort das beste Trinkwasser der Welt gibt. Auf nach Budapest, sagte der Teufel immer wieder. Und da bin ich jetzt und würde mich am liebsten ohrfeigen, wenn ich in den Spiegel schaue. Du armer Tor, du alter Trottel, du trotteliger Portier.«

Der Wirt und Plac stimmten so heftig zu, als hätten sie heimlich schon immer dasselbe gedacht.

»Ja, das wollte ich fragen«, sagte der wortkarge Vájsz. »Man vertauscht Wien nicht ohne Grund mit Budapest.«

»Naja, ich gestehe, dass ein Zimmermädchen namens Anna mit der Sache zu tun hatte. Anna Krámer, die Perle der Zimmermädchen, um derentwillen die Hotelbesitzer in den Ring stiegen, die sich aber nur dort wohlfühlte, wo ich in der Portiersloge saß, denn nur mir vertraute sie, nicht aber den nichtswürdigen Hoteldirektoren. Annas Budapester Verwandtschaft schrieb und schickte so lange allerhand Briefchen, bis sie gestand, sie halte es nicht mehr aus. Sie müsse nach Hause, nach Budapest, zu Tante Máli, zu Tante Szidi, zu Onkel Berci. Bloß nie eine Frau kennenlernen, die in Budapest Verwandte hat. Ich fürchtete schon ernstlich, auch Anna würde aus dem Fenster der Nummer 18 springen, aus dem schon so viele gesprungen waren. Eines Tages legt sie die Schlüssel hin, und die Jounalisten haben wieder etwas zu schreiben. Doch so weit ist es nicht gekommen, sondern Anna ist eines Tages mit dem Dampfschiff nach Budapest gefahren und da geblieben, bei Tante Szidi, Onkel Berci. Schande hin oder her, auch ich begann zu glauben, es gebe keine Pferderennen von Freudenau mehr, und die Einnahmen würden nie mehr steigen, und das habe ich dem Direktor einmal auch gesagt. Von da war es nur noch ein Schritt zur Dampferstation, und als man zur Fahrt nach Budapest läutete, fand ich mich mit einem Mal an Deck wieder. Und da bin ich jetzt, die Herren mögen sagen, wie sie darüber denken.«

»Sturm im Wasserglas«, entgegnete Plac, ohne selber recht zu wissen, warum ihm das jetzt eingefallen war.

Der Wirt schüttelte teilnehmend den Kopf.

»Die Annas haben schon viel Unheil angerichtet.«

Doch der tragische Portier ließ erst jetzt die Katze aus dem Sack, und er forderte seine Freunde erneut auf, sich näher zu beugen. Seine Stimme ein Flüstern:

»Was denken die Herren nach all dem Gesagten, warum wohl diese Gäste, auf die im Hof der Omnibus wartet, hier sind, wenn sie doch zwischen Budapest und Wien hätten wählen können? Wenn sie doch in jede Großstadt der Welt fahren könnten, um es lustig zu haben, Geld auszugeben, zu tanzen, sich zu unterhalten? Haben Sie hierüber noch nicht nachgedacht, meine Herren? Verbirgt sich dahinter nicht vielleicht ein Geheimnis? Muss nicht jeder kluge Mensch, der vom Leben schon etwas gesehen hat, nachdenklich werden?«

Mag sein, dass sich Vájsz zu den klugen Menschen zählte, denn er warf einen raschen Blick auf seine Gäste, denen, das heißt dem König und seinem Adjutanten, der Oberkellner eben zwei riesige Beefsteaks servierte, zwei um etliches größere Portionen als üblich. Er fühlte sich bemüßigt, über den Hof in die Küche zu gehen, um dort seine Lebensgefährtin mit einigen Worten zu Sparsamkeit zu ermahnen, da doch diese Gäste für das Beefsteak auch nicht mehr bezahlen würden als den gewohnten Preis.

9

Jetzt könnte irgendwie der Zeitpunkt gekommen sein, da es in der *Stadt Wien* keinen einzigen leeren Stuhl mehr gibt, da alle beisammen sind, von denen man in Pest zu reden pflegt, also jene Gäste, deren Namensliste zeigen würde, dass sie es sind, dank denen jedes Lokal an Glanz und Würde gewinnt. Aber kein Wagen, auf dem nicht noch eine Gabelvoll Heu Platz hätte. Also: Eintreffen von Cavaliere Tokió. Was in dem Wirtshaus nicht einmal Platzmangel verursachte. Wer war Cavaliere Tokió? Ein Budapester Herr, den man in der ganzen Stadt als jemanden kannte, der sein Leben damit zubrachte, an gemütlichen Orten bei der Pflege der Gemütlichkeit behilflich zu sein. In jüngeren Jahren, »zu seiner seligen Jungherrenzeit«, war er der beste Walzertänzer der Stadt gewesen, es war eine feierliche Szene, wenn er an den Maskenbällen des Vigadó die Damen zum Tanze führte; später, zu unserer Zeit, da er über Beinschmerzen zu klagen begann und aus diesem Grund Gamaschen trug, erhielt er sich seinen Ruf damit, dass er der Gentleman-Musiker war, der im Freundeskreis am besten Walzermusik auf dem Klavier spielen konnte. Seinen Rittertitel hatte er bösen Zungen gemäß (in Budapest hat jeder seinen Feind) von Fridolin erhalten, dem buckligen Markör des alten Kaffeehauses *Korona,* denn dieser rief jeweils, wenn er aus dem Fenster des Kaffeehauses blickte und den Gast kommen sah:

»Kavallerie!«

Der Ruf bedeutete, dass im Kaffeehaus unverzüglich die professionellen Pferdesport-Zeitungen herauszulegen waren, da sie die Lieblingslektüre des täglichen Gastes darstellten. Aus dem »Kavallerie«-Ruf war allmählich »Cavaliere« geworden, und zur Zeit unserer Geschichte gab es in Budapest kaum mehr jemanden, der den wirklichen Familiennamen von Cavaliere Tokió kannte.

»Wie schade, gibt es hier kein Klavier!« rief Dallosi, als er den neuen Gast sah. Er hörte schon die Wienerwalzer, die der Ritter dutzendweise auf dem Klavier spielte, so lange, bis jeder seiner Zuhörer verliebt war und auch die ältesten Gäste zu glauben begannen, sie hätten ihr Herz einer blonden Wiener Schönen als Pfand dagelassen.

Der Cavaliere wurde an jedem Tisch begeistert empfangen. (Vielleicht weil er für seine Darbietungen nie etwas annahm. »Es ist mir Lohn genug, wenn ich meinen Freunden eine gute Laune verschafft habe.«) Von allen Seiten streckten sich ihm Hände entgegen, erwärmten sich die Stimmen, milderten sich die Blicke, gurgelten die Kehlen, wie es beim Anblick eines munteren Mannes zu sein pflegt, der die gute Stimmung gratis verteilt, ohne dass es ihm einfiele, sein Können auch materiell fruchtbar zu machen.

Als altgedienter Wirtshausbesucher nahm der Cavaliere selbstverständlich am Tisch von Wirt Vájsz Platz, nachdem er in der inneren und äußeren Stube die Hände von ungefähr allen gedrückt hatte. Der Altkellner kam mit der knitterigen Mittags-Speisekarte getänzelt, doch der neu angekommene Gast würdigte sie keines Blickes.

»Mein lieber Freund, richten sie der gnädigen Frau aus, ich küsse ihre gesegneten Hände. Falls es in der Küche noch ein Stückchen gesottenes Rind gäbe, zum Beispiel vom Hüft-Ende, das auch Stotzen heißt, nur ein Stückchen wie etwa mein Finger, eher kleiner als größer, eher saftiger als trockner, in aller Freundschaft: so schicke sie mir ein solches Stück Fleisch, wenn möglich mit Linsen, denn ich habe es durchprobiert, hier gibt es die besten Linsen von Ungarn.«

Der beliebte Cavaliere hätte die gewünschten Dinge auch dann erhalten, wenn statt der anwesenden zwei, drei Könige ein halbes Dutzend Könige in der *Stadt Wien* geweilt hätte. Zu dem Linsengericht reichte Frau Vájsz sogar auch Zitronensaft, und zwar in einem winzigen, unregelmäßig geblasenen Fläschchen, wie es damals in Budapest in Mode kam.

»Nirgends würde ich den Zitronensaft in solcher Form akzeptieren, denn ich würde insgeheim denken, der Saft komme aus der Apotheke. Hier aber bin ich gottseidank so sicher wie am Sonntagmittag an Großmutters Tisch. Wie bei Großmütterchen«, betonte der Cavaliere und löffelte die Linsen, über die auch Bratenfett gegossen war, mit ausgezeichnetem Appetit. (Ob die Großmutter des Cavaliere, auf die er sich zu berufen pflegte, tatsächlich noch am Leben war? Nur einige wenige, die »alten Kameraden«, so der Präsident, Jenöchen und der über alles Bescheid wissende Plac mussten lächeln, als der Cavaliere seine Großmutter erwähnte. Die Großmutter war eine ziemlich junge Dame und dafür bekannt, dass sie in nächtlichen Vergnügungsstätten die schönsten ungarischen Lieder sang.)

»Und in Sachen Bier, Herr Cavaliere?« fragte der Altkellner behaglich, denn eigentlich war es ihm um den Ritter am wohlsten. (Es gibt solche Gäste, die vom ersten Augenblick an die Kellner anziehen. Immer finden sich gemeinsame Themen zum Besprechen, und wenn es auch nur eine in der Jackentasche steckende Pferdesport-Zeitung ist, deren Berichte man diskutieren kann. Mit diesen Kellnerlieben ist es so, wie es die Katzen mit gewissen Frauen haben, von denen sie aus irgendeinem Grund angezogen sind.) »Und in Sachen Bier, wie wünschen zu disponieren, Herr Cavaliere?«

»Staunen Sie nicht, lieber Meister Tót, wenn ich in Sachen Bier an meinen alten Gewohnheiten festhalte. Hoch, schlank und schmal soll das Bierglas sein, so wie die Gläser, aus denen die rosaroten Fräuleins an den Maifeiern von Buda die Limonade trinken. Nur einen Schluck soll das Glas enthalten, denn das Bier ist nur gut, wenn man es ganz frisch, in einem Zug, in schäumendem, prickelndem, moussierendem Zustand trinken kann. Also: ich möchte einen Schluck Bier.«

Plac:

»Ich hingegen mag das Bier eigentlich nur noch dann, wenn es schon eine Weile im Glas ist, wenn es ein bisschen abgestandener, ein bisschen reifer, säuerlicher geworden ist. Von meiner ›ländlichen Jungherrenzeit‹ fehlt mir am meisten jene Landstraßen-Kneipe, wo der Wirt in diesem März das Bier vom letzten März aus der Kiste packt.«

»Möglich, dass so gesunden Leuten wie Onkel Plac (Plac bácsi) gerade die Mittel am zuträglichsten sind, die mir krankem Mann schaden. Das Bier fährt mir sofort in die Beine, in meine armen, gewickelten Beine«, sagte der Cavaliere mit leichter, liebenswürdiger Melancholie.

... Dallosi aber, der beim Eintreffen des Cavaliere sichtlich munter geworden war, rieb sich die Hände, war unruhig, fuhr fast aus der Haut: er wollte den Königen, Herzögen und den »anderen Grafen« (in Budapest beantwortete man damals die Frage, die auf der Straße am häufigsten zu hören ist, nämlich: »Wie geht's?« – auf diese Art: »Wie den anderen Grafen.«) mit einer besonderen Überraschung aufwarten.

Dallosi, dieser ruhmreiche Nachtkellner, hatte sich mit dem unbeschäftigten Omnibusfahrer sowie mit dem »Hauswart« des Wirtshauses verständigt – die Hauswarte der Wirtshäuser sind für jeden Streich zu haben –, und der Omnibus rumpelte unbemerkt aus dem Hof, da sich sowieso keiner um ihn kümmerte, da sich der König und der Adjutant nach dem hervorragend gelungenen, halb rohen, aber überaus saftigen, zusammen mit einem frischen Spiegelei, Kartoffeln und neuer Petersilie in reichlichem Fett gebratenen Beefsteak – als hätte Frau Vájsz in ihrer Küche beim Weichklopfen, Braten und Wenden des Beefsteaks darum gebetet, beweisen zu dürfen, dass die Köchinnen vom Rindfleisch doch noch mehr verstehen als die Köche – wie gesagt, nach diesem hochherrschaftlichen Beefsteak, wie es der gewöhnliche Budapester Gast nicht einmal im Traum zu Gesicht bekommt: ergötzten sich König und Adjutant an einem großen Teller Quarknudeln. (Die Saga der Quarknudeln sei den Gästen überlassen, die Jahre später in das Lokal kamen und von diesem Tage sprachen.) Der Omnibus war also unbemerkt abgefahren, mitsamt der schlafenden Frau Palkonyai, dem sogenannten Herrn Redakteur, der durch die Stadt holperte wie der schlafende Ämtler von Boz-Dickens. Als der Omnibus wieder im Hof des Wirtshauses einfuhr, hoben der Fahrer, der Hauswart und der inzwischen benachrichtigte »Hausknecht« ein Klavier von ihm herunter, das sie in die äußere Stube des Wirtshauses stellten.

»Sie sind ein Teufelskerl, Herr Direktor Adolf«, sagte der Cavaliere, der, wie man schon merken konnte, fast alle Leute in Budapest bei einem eigens für sie gebastelten Namen rief.

»Kleinigkeit«, sagte Dallosi. »Bei uns im *Casino* gibt es so viele Klaviere, dass ich meinem zuverlässigen Freund Vájsz ruhig eins ausleihen kann, und wenn die Lustbarkeit von heute bis Silvester dauern sollte.«

»Na, und was macht ihr jetzt mit dem Séparée, wo ihr das Klavier ausgeliehen habt?« fragte Plac, akkurat, gründlich.

»Bitte sich nicht um das Séparée zu sorgen, Herr Plac. Ich habe da eine seltsame Gesellschaft, die sich nur beim Klang von Jagdhörnern zu unterhalten beliebt und Frauen wohl sowieso nicht recht mag.«

»Na, eigentlich wirken auch wir, als wären wir Mitglieder

der Bergsteiger-Sekte. Auch hier sehe ich niemanden, der vom Frauenplatz käme«, meckerte Plac. »Und Musik ertrage ich nicht ohne die Gesellschaft von Damen. Weiß der Kuckuck. Ein anderer Plac schlüpft dann in mein Gewand.«

»Nur immer mit Frieden und Segen, Herr Plac. Wer für die Lilien des Feldes sorgt . . .«

»Falls mir im Leben doch noch ein Geschäft gelingen sollte, lasse ich dem Cavaliere die Zähne herrichten«, sagte Plac, als der Cavaliere vom Tisch aufstand, um das Klavier in Augenschein zu nehmen. »Und zwar gemäß den französischen Karten, so wie sich Lajos Gály hat Zähne machen lassen, aus Dankbarkeit, nachdem er in Monte Carlo beim Baccarat ein hübsches Sümmchen gewonnen hatte; sogar der Khedive von Ägypten hat Schulden bei ihm. Jetzt eben ist Lajos Gály dabei, den einen oder anderen Bon des Khediven bei den Pester Wucherern zu wechseln, nachdem der Khedive seine Schulden anerkannt hat.«

»Gemäß den französischen Karten?« fragte der Portier.

»Jawohl«, nickte Plac verträumt. »Denn wenn man sich schon falsche Zähne in den Mund einsetzen läßt, sollen es wenigstens mehr Zähne sein als bei den gewöhnlichen Sterblichen. ›Antreko‹ soll ein Mann essen, der schon so viel mitgemacht hat wie der Cavaliere.«

Bevor sich Plac über das Fleischstück namens »Antreko« ergehen konnte, ertönte unter den Fingern des Cavaliere das Klavier.

Zu jener Zeit begannen die Pianisten, oder vielleicht die Séparée-Klaviere selbst, ihr Programm immer mit der Ouvertüre einer eben modischen Operette. Das war eine Regel, an die sich jeder Pianist hielt, und hätte er in dem Augenblick, da er sich ans Klavier setzte, keinen einzigen Zuhörer gehabt. Die Komponisten pflegen, wie man so schön sagt, ihre Seele in der Ouvertüre zu verströmen. Der Cavaliere aber zeigte jetzt schon, was seine Spezialität war. Er spielte ein Stück von Mozart, aus der *Entführung aus dem Serail*, um ganz genau zu sein.

»Aus, yes, yes, yes«, summte Dallosi für sich ein Lied, zu dem gerade damals die schwarzweiß beschuhten Neger und die papageienberockten Negerinnen auf der Orfeum-Bühne tanzten.

Der Portier schüttelte missbilligend den Kopf:

»Entschuldigung, ich habe mich geirrt. Dieser Mensch war nie im *Roten Stadl.* Diese Musik habe ich im Wiener Opernhaus gehört.«

Während des Klavierspiels ging in der Bierstube eine Verwandlung vor sich, von welcher am ehesten die eine Ahnung haben mögen, die in sang- und klanglosen, sich mit ruhiger Ordnung empfehlenden soliden Lokalen verkehren, wo höchstens das leichte Klirren der Gläser die Szene belebt. In dieser bürgerlichen, pedantischen, puritanischen Kneipe war vielleicht noch nie Musik erklungen, weil sich der Wirt geschämt hätte, die Gäste mit leichten Weisen von der Straße hereinzulocken. Nicht einmal der Präsident hätte es gewagt, und wenn es der Jahrmarktstag von Terézstadt war, in seiner Gesellschaft zum Beispiel einen Harmonikaspieler mitzubringen ... Der Klang des Klaviers erregte also ziemliches Aufsehen, nachdem es unter den Händen eines »wahren Künstlers« die schläfrige Ruhe, Stille und Ordnung, in der höchstens Besteck, Teller und Biergläser etwas sagen durften, aufgewühlt hatte. »Wo Musik, dort Streit«, war die Meinung von Herrn Vájsz, die er mit vielen alteingessenen Wirten der Stadt Pest teilte. »Das Kalbspörkölt wird von Musik nicht besser.«

»Und dann kaufe ich dem Cavaliere auch eine Weste, wenn ich geschäftlich wieder auf den Beinen bin. Ein Cavaliere kann nicht in einer solchen Weste herumlaufen. Nur die Billard-Marköre habe grüne Filzwesten. In meiner ›seligen Jungherrenzeit‹ habe ich jeden Tag eine frische weiße Weste aus dem Schrank genommen ...«

»O die schönen alten Gilets!« brach es aus dem Portier heraus, und aus der Richtung seines in einen steifen Kragen gepressten Halses waren Schluchzer zu hören.

Das Klavier hatte eben einen Walzer begonnen ...

Einen echten Wiener Walzer, worauf sich der Präsident in der inneren Stube plötzlich an seine Tischgesellschaft wandte: »Was is des, Freunde? Sitzen wir im alten *Somosi* oder im *Ronacher*?«

»La-la-la«, antwortete vom Tischende der Barbier. Er verlor seine freche Kaltblütigkeit nicht einmal während dieser feierlichen Musik.

Dem Präsidenten ging die Respektlosigkeit des Barbiers über die Hutschnur, er schien den sich draußen an seinem Klavier betätigenden Cavaliere in Schutz nehmen zu wollen:

»Genug gestänkert, hörst du, Barbier. Wenn du es mit Zechbrüdern deines Schlages lustig haben willst, geh, setz dich draußen beim Ausschank zu Plac. Wenn du singen willst, geh ins *Cabaret Paradies* gegenüber der Kaserne in der Üllöi-Straße. Wenn du dich unanständig aufführen willst, lasse ich dich an einen Ort im hintersten Teil des Hauses sperren, dort kannst du dann unanständig sein. Jetzt aber: kusch.«

»Rasiere mich«, sagte Jenöchen, der auf die Stimme des Präsidenten hin halbwegs aufgewacht war.

»Mein Mantel hängt am dritten Haken«, erwiderte der Barbier, gleichzeitig schoß er wie ein Hase hinter dem Tisch hervor und flüchtete in die äußere Stube, unter die Fittiche von Plac.

*

»Jetzt endlich beginnt die Prügelei«, sagte Herr Kacskovics. Bis dahin hatte er die verschiedenen Szenen wortlos verfolgt, und es freute ihn sichtlich, dass Vilma bei jedem Wort mitging; sie schien sich wie bei einer hochinteressanten Theatervorstellung köstlich zu amüsieren.

»Soll sie doch«, sagte Vilma, als hätte sie schon tausendmal gesehen, wie sich die Männer die Köpfe einschlagen.

Während ein paar Minuten war die Lage tatsächlich kritisch.

Das Gesicht des Präsidenten lief dunkelrot an, als müsste ihn gleich der Schlag rühren.

»Warum haben wir ihn nicht gehenkt?« Er starrte dem Barbier nach.

Der Dechant stieß den hinter ihm sitzenden Ausläufer wie zufällig mit dem Ellenbogen in die Brust, als wäre der an allem schuld.

»Wie schade, ich habe meine Doppellauf-Pistole nicht hier, mich könnte man nicht bestrafen, weil ich unter Vormundschaft bin«, sagte Herr Kriptai. Bezirkskaminfegermeister konnte er ja sowieso nicht werden.

»Die Kehle muss man ihm durchschneiden, mit seinem eigenen Rasiermesser«, sagte der bucklige Kavalier. Seine Blutrünstigkeit kennt man ja schon.

»Das ist ein Pester Vagabund«, sagte Herr Nikodémi.

Nur Hauptmann Burg saß ruhig an seinem Platz; er als Offizier konnte nicht verstehen, was der Barbier verbrochen hatte, als er jene letzten Worte aussprach (»der Gesellschaft an den Kopf knallte«, wie man später, Jahre danach, sagte.)

»Mein Mantel hängt am dritten Haken«, hatte der Barbier gesagt, als er aber in der äußeren Stube ankam, um sich unter den Schutz von Plac zu begeben, empfing ihn der zum Patron erkürte Herr mit einer Ohrfeige. (Und gerade diese rechtzeitig erschallende Ohrfeige mag dafür gesorgt haben, dass im Wirtshaus, in der Anwesenheit von Königen und Herzögen, nicht eine Prügelei losging, von der man noch jahrelang gesprochen hätte.)

»Und jetzt setzen Sie sich in die dunkelste Ecke«, sagte Plac, nachdem er die Angelegenheit mit dem Barbier erledigt hatte und sich plötzlich wieder seiner alten Beliebtheit erfreute. Denn der Präsident warf nach Ablauf einer gewissen Zeit in seiner eigenen Gesellschaft die Frage auf, warum denn »unser Freund Plac« eigentlich ins Exil gegangen war und ob es dieses kurze Leben wohl wert sei, dass gute Menschen in Unfrieden miteinander leben.

»Aber was hat denn der Barbier gesagt, dass er so schrecklich bestraft worden ist?« fragte Vilma nachher.

Herr Kacskovics sagte:

»Ich selber kenne die Bedeutung des Satzes, den der Barbier so waghalsig losgelassen hat, nicht mit letzter Sicherheit. ›Mein Mantel hängt am dritten Haken.‹ Ja, da muss man ein alteingesessener Budapester sein, um die in dem Satz verborgene Beleidigung zu erkennen. Angeblich stammt der Spruch aus der Zeit, da sich im Kaffeehaus *Ferenczi*, an der Ecke der Újvilág-Straße und der Rostély-Straße, die Falschspieler aufhielten. Anfänglich haben die Falschspieler untereinander diesen Ausdruck gebraucht, wenn ihnen ein Fremder zwischen die Krallen geriet. ›Mein Mantel hängt am dritten Haken‹: das bedeutete im Kartenspiel ein Dreiblatt. Es bedeutete auch einen leichtgläubigen Menschen vom Land, den seine Damenbekanntschaft ins *Ferenczi* steuerte. Aber dem Spruch ist es dann ergangen wie den meisten Budapester Erfindungen. In der Sprache der Kellner, Kaffeehausbesitzer, Kaffeekocher und Wirte bedeutete er dann später einen verdächtigen Gast, den man rechtzeitig loswerden muss, weil er früher oder später bestimmt etwas ausfrisst. Deshalb waren die Herren so beleidigt, als sich der Barbier auf diese Weise verabschiedet hat. Nur ein Barbier kann so frech sein.«

Und da Kacskovics die Sache mit seiner gewohnten ruhigen Stimme erklärte, musste Vilma, keineswegs begriffsstutzig, die Empörung des Präsidenten und seiner Gesellschaft sogleich verstehen und nachfühlen; gleichzeitig warf sie dem Präsidenten einen anerkennenden Blick zu, ein Signal mit blauen Augen, dass sie dem Präsdenten in allem recht gab, und sie bitte darum, als Verbündete betrachtet zu werden.

... Die Walzer aber kamen einer nach dem anderen aus dem Klavier, als umschwebten alte Geistergestalten den Cavaliere, der ihrem Amüsement dies musikalische Opfer darbrachte. Neben den Walzern aus dem *König Uff,* aus der *Fledermaus* und aus *Hoffmanns Erzählungen* erklangen auch Walzer, zu denen man sich nur ein »grünes Wiener Wirtshaus« denken kann, wo abends noch immer Petroleumlampen leuchten und der Fliegende Händler darauf wartet, bis die Reihe an ihn kommt, bis er vortreten darf.

Der Fliegende Händler trat durch die Wirtshaustür.

In Fleisch und Blut, wie man sich den Fliegenden Händler nur in der Phantasie vorstellen kann.

»Es wird hier eigentlich ganz nett«, sagte derselbe Plac, der seinen Wirtshausaufenthalt noch eben der Prügelei widmen wollte.

In der inneren Gaststube begrüßte der Präsident den Fliegenden Händler mit einem echten Freudenschrei.

»Na, Hubert«, rief er dem Fliegenden Händler ermutigend zu, dessen Schritte beim Anblick des Präsidenten ein bisschen unsicher zu werden begannen; er fühlte sich irgendwie in der Klemme, als er in der *Stadt Wien,* wo er arglos eingetreten war, den mächtigen Mann erblickte.

»Das ist der letzte Fliegende Händler, der tatsächlich aus Gottschee kommt, die anderen Budapester Fliegenden Händler sind alle schon Fälschungen«, lockte der Präsident den scheuen Südfrüchteverkäufer zu sich.

Müsste man in allen Einzelheiten berichten, welche Reden der Präsident führte, während er den Fliegenden Händler in eine Ecke drückte, um den Korbinhalt (samt Korb und Riemen) auf eine einzige Nummer zu setzen ... wie oft er zwecks Ansporn den Spruch wiederholte: »Riskieren S', Händler« ... wie oft er den Sack des Händlers, aus dem er die Gewinn-Nummer zu ziehen wünschte, einer Untersuchung unterwarf, wie oft er die Taschen des Händlers abtastete, ob dort nicht etwa noch ein Sack verborgen war ... wie oft er den Händler auf sein Seelenheil verwies, bis er dann endlich eigenhändig, mit der eigenen steuerkommissarischen Hand, in den Sack griff: dann käme diese Geschichte wahrscheinlich nicht mehr vom Fleck.

Der Präsident griff in den Sack, zog ein zusammengerolltes Los heraus, und im nächsten Augenblick hatte der letzte echte Fliegende Händler sein ganzes Geschäft samt Ausrüstung verloren.

»Bringen Sie den Korb der Dame dort, und stellen Sie ihn auf den Boden, als Erkenntlichkeit für das Geschenk, mit dem uns mein Freund Kacskovics überrascht hat«, sagte der Präsident, und der Fliegende Händler gehorchte wortlos; er wusste, wem man im sechsten Bezirk der Hauptstadt zu gehorchen hatte.

»Auf das Wohl jener, die nicht gern aus schartigen Gläsern trinken«, sagte der Präsident und hob das Glas, während der Fliegende Händler seinen Korb Vilma vor die Füße stellte.

»Ich bin ein armer Mann und habe eine Familie, das gnädige Fräulein mag mir wenigstens den Korb zurückgeben.«

Kacskovics antwortete:

»Sie bekommen Ihren Korb zurück, mein Freund. Setzen Sie sich doch einstweilen dort in die Ecke, und essen Sie auf meine Rechnung zu Mittag.«

Das Klavier spielte jetzt etwas aus dem *Gasparone*, und der Pianist selbst sang ein paar Takte. »... Es kommt die Gräfin, Melanie.« Der Pianist hatte eine heisere, krächzende, tiefe Stimme, um welche die jungen Leute damals viel gegeben hätten, denn es waren Stimmen Mode wie die von gefrorenem Kohl. Liebesgeständnisse, Krakeelereien, ernste »Besprechungen« waren nur mit einer Stimme möglich, deren Erz vom Schleim durchzechter Nächte ausgelaugt war. »Zecherstimme«, das war Mode in der ungarischen Hauptstadt, der Jurastudent aß zu diesem Zweck sauren Paprika ... »... Es kommt die Gräfin, Melanie«, dudelte der Pianist, und in diesem Augenblick geschah etwas, woran sich niemand erinnerte, seit man im sechsten Bezirk Steuern zahlte.

Der Präsident erhob sich von seinem Platz und stakste über alle Maßen feierlich von einem Zimmer zum anderen Zimmer. Der weiße Elefant von Siam kann nicht geschickter, routinierter staksen, wenn er den Sultan auf dem Rücken trägt, als der Präsident, während er Vilma zum Tanz aufforderte, die mit heiterem Oberländer Lächeln, nach Art des braven Mädchens, der Aufforderung Folge leistete.

Wie tanzte Vilma?

Den Traditionsverächtern und blindwütigen Neuerern, die das Ritual bei den Tanzfiguren unbedingt weglassen wollen, sei es gesagt: Vilma tanzte so, wie es zur Zeit von Franz Joseph die besten Ballettmeister lehrten, wenn im Opernhaus der *Wiener Walzer* auf dem Programm stand. Vilma in Hut, Lammfelljäckchen und einem kurzen, sogenannten »Trotteur«-Rock, einem Lodenrock, unter dem die hübsche Form ihrer wirbelnden Bogenbeine gut zu sehen war. Keine schmächtigen Beine, aber auch nicht dicke; wenn man sie mit den Beinen von jemandem vergleichen könnte, so müsste man sie mit den Beinen von Frau Kaffka, geb. Mari Hegyesi, vergleichen, die 1890 bei der Konkurrenz der *Ungarischen Nachrichten* den ersten Preis gewann, aufgrund eben der schönsten Beine von Ungarn. Und Vilma zeigte ihre Beine leichthin, ja geradezu wie ein Geschenk, während der Trotteur-Rock rhythmisch, hexenhaft-regelmäßig um sie herum schwang, so dass der Zuschauer bei jeder Drehung im voraus wissen konnte, wie viele Fingerbreiten von Vilmas Fesseln in den gestreiften Strümpfen zum Vorschein kommen würden, falls es auch der Pianist so wollte.

Und dort, wo die Wand der Wirtsstube war, wo der Walzer naturgemäß wenden muss, auf dass der mächtige Tänzer seine Tänzerin zum Tanzboden zurücksteuere: dort knickte Herr Pista jedesmal mit dem linken Bein ein, als wäre er gestolpert, worauf die Tänzerin eine größere Drehung machte als üblich. Nur die echten Tanzmeister beherrschen diese Figur, das Kunststolpern.

Und während der so entstandenen Drehung konnte man Vilmas Strümpfe noch weiter oben sehen. Der Präsident fragte:

»Wo haben Sie so prächtig tanzen gelernt, Fräulein?«

»Bei den Nonnen von Kassa. Ich selber bin Tanzlehrerin. Aber auch der Herr Präsident braucht sich nicht zu schämen.«

»Och, ich habe bloß von den Fiakerkutschern tanzen gelernt. Am meisten von Karcsi Braun«, sagte der Präsident und knickte an der gewohnten Stelle ein, so dass die Tänzerin sich wieder festhalten musste, um das Stolpern zu parieren und den Takt zu halten.

Vilma hatte also, wie man zu sagen pflegt, die Prüfung glänzend bestanden, wobei sie allerdings auch den Tänzer dazu hatte, einen, der mit nicht alltäglicher Begeisterung und geradezu jugendlicher Elastizität den Takt aufnahm. Und dann ist auch der Cavaliere nicht zu vergessen, der den Takt mit doppelter Aufmerksamkeit hielt und gewissermaßen »unter die Füße« spielte.

»Bei meiner Ehr, Sie sind die beste Tänzerin, mit der ich je in meinem Leben den Walzer getanzt habe«, sagte Herr Pista mit Donnerstimme. »Sogar die ›Kniebeuge‹ konnten Sie schon bei der dritten Runde, während ich sie Carola eine Woche lang lehren musste. Mit dem linken Bein einknicken! Freunde, in der Dame steckt Außergewöhnliches.« Der Präsident nahm höchst zufrieden wieder Platz, wie jemand, der sich das Glas Bier, das er fast bis auf den Grund leerte, wahrhaft verdient hatte. (Zum Walzer muss man Bier trinken.)

Und Vilma hatte kaum auf dem Lederkanapee Platz genommen, um mit sanftem, ergebenem Lächeln das ihren Tanz betreffende ungläubige Staunen, die Verblüffung, die völlige Fassungslosigkeit des Hilfsstuhlrichters etwas zu mildern, wie gesagt, noch kaum hatte der Hilfsstuhlrichter Zeit gehabt, auch nur ein einziges Wort über den aufsehenerregenden Walzer zu verlieren, als nach kurzer Beschlussfassung ein Herr sich mit dem üblichen Ritual erhob und sich nach Art der Offiziere in Zivil mit gebührender Steifheit vor Vilma verneigte. Der »Nachtmeister«, der Adjutant, der aufgequollene, rasierte, in einen Kautschukkragen gepackte Oberst mit dem Hechtblick, der vielleicht gerade wegen seiner offiziellen Stellung im abzuliefernden Bericht nicht weglassen durfte, dass er im *Stadt Wien* genannten Wirtshaus die Dame zum Tanz aufgefordert hatte, die als die beste Walzertänzerin galt. Darüber war ein ordnungsgemäßer Bericht abzuliefern, wie etwa auch über das gelungene Beefsteak. Und Vilma gab der Aufforderung so liebenswürdig statt, als wäre sie an einem Oberländer Ball, wo sie keinen Korb geben konnte, ohne zarte Gefühle zu verletzen.

Der Adjutant war ein hervorragender Tänzer, zwar knickte er nicht in der Manier des Präsidenten ein, beschrieb aber bei den Wenden mit dem linken Bein einen ordnungsgemäßen Halbkreis. So pflegen die vornehmen Herren zu tanzen, die ihr Inkognito zu wahren wünschen. Mit dem nach Wiener Brauch linksbeinig geformten Halbkreis zeigen sie an, dass wir nicht etwa bei einem Hofball sind, sondern nur bei einer gemütlichen Lustbarkeit im Jagdschloss. Und der sachverständige Pianist, der geniale Cavaliere, spielte wahrhaftig den berühmten Walzer, der so beginnt: »Drinnen der Herr Herzog ...« Die überraschenden Halbkreise des Adjutanten beherrschte Vilma schon bei der zweiten Wende so vollkommen, als hätte sie in der Sommergesellschaft von Schönbrunn tanzen gelernt.

»Na, das ist ja ein richtiges ›Linzer Kind‹«, sagte der Präsident mit größter Hochachtung, während er Vilmas Tanz in Hut, Jäckchen und Handschuhen beobachtete, als trüge sie zumindest ein Kostüm ... Aber nein, das doch nicht, denn die Operettentänzerinnen kommen nicht ohne das rosarote Plisseeröckchen aus, ohne welches keine Operette denkbar ist. Das war nur eine kleinen Lehrerin in Straßenkleidern, die bei den Nonnen von Kassa zur Schule gegangen war.

Der Kautschukkragen, das Beefsteak und die konsumierten

Biere veranlassten später den Adjutanten, seine Hand erneut auf seinen kurzgeschorenen Schädel zu legen; er schien irgendwie über die Meldung nachzusinnen, die am Abend per Kurier an das oberhofmeisterliche Büro in Wien zu senden war, als im Saal ein Ereignis eintrat, wie es in Meldungen von Adjutanten wahrscheinlich noch nie figuriert hatte.

Der Wirt verlor den Kopf. Die Wirtin verlor den Kopf... Denn diese bestens disziplinierten, auf ein ruhiges Leben, auf langfristige Kalkulation eingerichteten Menschen: der Wirt und die Wirtin erschienen sozusagen unerwartet im Wirtshaus und begannen, sich aneinander festhaltend, zu den Klängen des Klaviers zu tanzen.

Die Gelehrten sagen, jeder Mensch habe ein Geheimnis, das er bis zu seinem Lebensende nicht sagen will, doch auf einmal vergisst er sich, verrät den Ort des verborgenen Schatzes, gesteht die heimliche Liebschaft, wirft die Maske ab, die er umsonst getragen hatte.

Der Wirt tanzte den Walzer so, als wäre ihm von jetzt an alles gleich, sowohl die Gäste als auch der Altkellner als auch der Schankbursche, und nur noch die leicht verrückte Stimmung zähle, die mit der Tanzmusik des teuflischen Cavaliere über ihn gekommen war. Als bedauerte er plötzlich seine bei der Arbeit vergangene Jugend, als wünschte er alle geschäftlichen Aufgaben zum Teufel, so etwa das Bierfass, die Meerrettichwurst, die Gäste und vielleicht sogar auch den Präsidenten. Der Wirt wollte zeigen, dass er den Walzer genauso tanzen konnte wie irgendwer in der Gesellschaft, obwohl Jahrzehnte vergangen waren, ohne dass ihm auch nur ein einziger Takt aus vergangenen Zeiten in den Sinn gekommen wäre. Nur im ersten Augenblick schien der Wirt, vierschrötig, plump, noch der alte Wirt. Dann wurden sogar seine Hosenbeine enger, jünglingshafter, elastischer, als hätte er tatsächlich den Teufel im Leib. Kaminfeger-Hosenbeine wurden das – enge Kamine, schlanke Feger.

Und die Wirtin, dieses Frauenzimmer mit dem rosaroten, aber ernsten Gesicht, ihr Lächeln ein seltenes Geschenk, denn wirklich stolz war sie auf die Falten an ihrer Stirn und dass mit ihnen der Leichtsinn des Lebens vorbei war, die Wirtin klammerte sich an ihren Mann und tanzte genauso wie vor rund fünfundzwanzig Jahren auf dem Ball von Schwechat, als der krummbeinige alte Anton Dreher vielleicht eben mit Johanna März die Maifeier eröffnete, wie das unter alten Bierbrauern Sitte war. Das Klavier spielte aus der mit *Rip van Winkle* betitelten Operette, und die Wirtin dachte sich vielleicht als die junge Lisbeth im Schlosstheater.

Eigentlich tanzte das Wirtepaar so regelmäßig, wie auch sein Leben regelmäßig war, doch bei der zweiten Wende drehte Vájsz durch und hob Frau Vájsz in die Höhe, wie so ein vagabundierender Harmonikaspieler, der sowieso »auf das Leben pfeift«. Frau Vájsz zeigte unabsichtlich ihre vollen Beine, an denen sich ein rotes Gummiband über die weißen Strümpfe spannte, selbstverständlich unterhalb der Knie, weiße Strümpfe, von denen die Burschen träumten. Und mit dieser Walzerfigur war Frau Vájsz' Schicksal mehr oder weniger besiegelt, denn dem dickgewordenen Wirt begann trotz der Musik des teuflischen Cavaliere die Luft auszugehen, und er ließ sich am Familientisch nieder, um sich mit dem Portier und mit Plac im Sinn des Einverständnisses ein paarmal zuzunicken. Da aber hatten sich schon weitere Tänzer gefunden, welche die »angenehm molette« Wirtin um neue Walzer bestürmten. So etwa der Adjutant, der seine dienstliche Einteilung erst wirklich gefunden hatte, als er die füllige Wirtin tanzen sah. »Des is aba g'müatlich!« sagte er in österreichischer Sprache und führte Frau Vájsz so wichtigtuerisch zum Tanz, als wäre er eigens deswegen nach Budapest gereist.

»Aber, Herr Baron«, wehrte sich die Wirtin, als der Adjutant den schönsten Halbkreis hinlegte, während der Cavaliere am

Klavier jetzt schon mit geschlossenen Augen und heiserer Stimme sang.

Und es reihten sich weitere Tänzer auf, die alle mit der Wirtin tanzen wollten, denn wer wusste, wann man wieder auf ihr Wohlwollen angewiesen war. Man darf eine Frau nicht im Stich lassen, wenn sie ihre zweite Jugend erlebt. Der Präsident, der unter anderem wahrscheinlich auch gut Wetter machen wollte, nachdem er den Korb des Fliegenden Händlers nicht Frau Vájsz, sondern der unbekannten Dame geschickt hatte: Herr Pista meldete sich mit Donnerstimme, als der beefsteakgesichtige Adjutant die Wirtin zum Familientisch zurücksteuerte. Herr Pista knickte während des Walzers mit dem Knie vielleicht öfter ein als je in seinem Leben. Vielleicht weil er vorher schon geübt hatte, vielleicht um die Wirtin endgültig zu versöhnen ... Wer kennt sich aus in der List der Männer ?

Schon hatte sich die Gesellschaft des Präsidenten in Kampfordnung aufgestellt, um der Wirtin zu huldigen, als wäre sie eine Ballkönigin. Nur Plac war so herzlos, eine bösartige Bemerkung zu wagen. »Naja, die Herren mögen das kleine Pörkölt am liebsten mit viel Saft und üppiger Garnitur.« (Seit Bestehen der Welt ist die Garnitur die Sache der Wirtinnen, während Menge und Qualität des Fleisches von den Männern bestimmt werden.)

Die Tänzer: Herr Nikodémi (mit so eigenwilligen Bewegungen, dass man nach dem Ball der Meinung war, Herrn Nikodémis Tanz gleiche den Bewegungen der Wandermusikanten, wenn sie die Pauke und die Tschinellen schlagen, in die Pfeife blasen und Rasseln schütteln); Herr Kriptai (der vor allem beweisen wollte, dass er ungerechterweise unter Vormundschaft gestellt war, tanzte er doch so ruhig und gemessen, als wäre er auf dem Ball der Bezirksdirektion der Józsefstadt); es erhob sich aus seinem Schlummer Jenöchen (er trippelte aus der inneren Stube hervor und erklärte, er habe seit Pörtschach keine Tänzerin mehr in die Hände genommen, und auch dort nur an einer Veranstaltung in engem Kreis, und er bat im Voraus um Vergebung, falls er die modischen Tanzfiguren nicht beherrsche); der bucklige Krakeeler wollte unbedingt Herrn Vájsz die Hand schütteln, um den Frieden zu sanktionieren, aber Herr Vájsz wiederholte immer nur, man wolle die Dinge belassen, wie sie seien, wenigstens sei man jetzt nicht mehr böse zueinander; auch der Dechant kam geschritten, natürlich nicht in tänzerischer Absicht, sondern mit einem breiten Lächeln wie ein stolzer Vater, der den Jungen beim Herumtollen zuschaut. Nur Baron Burg, der österreich-ungarische Offizier, wich nicht von seinem Platz, denn er witterte in den Fremden instinktiv seine Vorgesetzten, die den lustig gewordenen Wirtsleuten einigermaßen überrascht zusahen, als gäbe es so etwas nur in Ungarn. Das Lustigsein trifft die Empfindsamen gerade dann am empfindlichsten, wenn in ihrer Gegenwart auch andere anfangen, lustig zu sein. Die Paduaner zogen sich von den weiteren Festlichkeiten sichtlich zurück. Besonders da, als Frau Vájsz, nach all den Tänzen gewissermaßen ihrer bürgerlichen Prinzipien entkleidet, plötzlich dem in der Nähe herumstehenden Altkellner auf die Achsel schlug.

»Seit zehn Jahren dienen Sie bei uns, Sie haben es verdient, dass ich mit Ihnen tanze«, sagte sie und wirbelte den Altkellner herum. Mit diesem Tanz, mit dieser ungewohnten Produktion, kam der Ball gleichsam zum Stillstand. Der klavierspielende Cavaliere saß wie im Traum versunken an seinem Instrument, der Altkellner sackte in einer Ecke zusammen, von Frau Vájsz' weißer Bluse waren zwei Knöpfe abgesprungen, und sie hauchte atemlos und mit irgendwie überirdischer Stimme:

»Wer's wissen will: heute war unsere echte Silberne Hochzeit, denn heute sind es wirklich fünfundzwanzig Jahre her, dass ich Vájsz kennengelernt habe.«

Noch eine halbe Stunde zuvor hätte die Deklaration der Wirtin in der *Stadt Wien* den angemessenen Aufruhr ausgelöst, jeder Gast wäre aufgesprungen, um seiner grenzenlosen Freude Ausdruck zu verleihen – jetzt aber waren alle müde, und so tauchte naturgemäß der Barbier aus irgendeinem Winkel auf, um sich mit einer kleineren Rede zu versuchen. Gewissermaßen der einzige Mann, der von der Garde noch stand.

*

Dann, in der unerwarteten Stille, geschah wieder etwas; es war ja der Tag der Überraschungen, der Teufeleien; in der sinkenden Dämmerung, in den Minuten, die in den Wirtshäusern eigentlich am freundlichsten sind, noch vor dem Anzünden der Lampen, da der Tradition gemäß selbst der hinkende Teufel aufhört, um die Kirchen herumzuschleichen, und sich in einer Wirtshausecke versteckt, wo er den Kopf auf das Tischtuch legt: in diesem Augenblick kam aus der inneren Stube ein Krähen. Der eingeschläferte Hahn war aufgewacht, und er ging mit seinen gespornten Füßen und gespreizten Flügeln wie ein Geist auf Baron Burg zu, als wollte er sich an dem Tierbändiger rächen. Es heißt, die Tiere, die der Tierbändiger der Dressur unterzieht, vergäßen zuweilen den erlernten Gehorsam und würden wilder als die Tiere des Urwalds. Bevor es der Baron gewahr werden konnte, war ihm der erwachte Hahn mit einem Satz auf den Kopf gesprungen, und er fuhr mit Kampfgeschrei auf seine Stirn nieder, wahrscheinlich um dem Tierbändiger die Augen auszustechen. Der Baron sprang unter dem Angriff auf die Füße, vermochte aber den rasend gewordenen Vogel nicht gleich abzuschütteln; der krallte sich wie ein verwunschener Geist in seinem Haar fest. Schließlich befreite der Ausläufer den Bändiger von dem wildgewordenen Hahn, er packte ihn von hinten und fesselte ihn mit dem Kappzaum aus seiner Tasche. »Trag den Hahn jetzt auf den Hof hinaus, seine Strafe bekommt er später«, sagte Baron Burg; er war von dem Kampf ziemlich erschöpft.

»Wie ein Rindvieh ...«, brummte der Tierbändiger und drückte sich ein Taschentuch auf die blutende Stirn.

... Den Hahnenkampf hatte, wie man dann später sagte, der Teufel inszeniert, der sich schon eine Weile in der dunkler werdenden Bierstube aufhielt. Er war von seinem Posten neben der Terézstadt-Kirche unbemerkt hereingekommen. Und der Hahn hatte mit dem Instinkt der Tiere den Teufel gespürt. Dennoch kam es niemandem in den Sinn, Licht zu machen, nach dem Tanz der Wirtin lag irgendwie über allen ein Zauber. (Eigentlich war auch schon der Tanz ein Werk des Teufels, denn das wackere Ehepaar hielt seine Silberne Hochzeit, gemäß Stempel der Schwachater Pfarrei, offiziell und feierlich erst neun Monate später, als auch der Bezirksvorsteher zugegen war, der sogar die Leute kannte, die keine Steuern zahlten, so dass nicht einmal die ihre teuflischen Machinationen unbemerkt vollführen konnten. In Gegenwart des Vorstehers geschahen denn auch keinerlei Unregelmäßigkeiten. Es erwies sich, dass im sechsten Bezirk über dem Präsidenten eine noch höhere Macht waltete.)

In der Dämmerung erhob sich der Herzog von seinem Platz.

Der echte Herzog, von dem man bis dahin nur gerade sagen konnte, dass er da war, da ist er, da sitzt er im *Stadt Wien* genannten Wirtshaus, aber niemand weiß, aus welchem Grund, in welcher Absicht, mit was für Sätzen im Kopf, denn auch Herzöge wollen wahrscheinlich irgendetwas, wenn sie eine wildfremde, ihnen völlig unbekannte Bierstube betreten. Der Herzog wollte etwas sagen. Wie eine Silberespe wollte er auf Vilma zugehen.

10

Und in der Dämmerstunde ertönte wiederum das Klavier – aber es war ein anderes Klavier und ein anderer Spieler, der den teuflischen Cavaliere an Kunstfertigkeit vielleicht noch überbot. Der Herzog verneigte sich vor der seligen Vilma und forderte sie zum Tanz auf… Es hielten sich zu der Zeit mehrere Musikliebhaber in der Bierstube auf, und doch hätte keiner sagen können, welcher Walzer in dem Augenblick vom Klavier her ertönte, vielleicht das Stück, das auch der Pianist kein zweites Mal spielen könnte.

Vilma merkte also gar nicht, wo und wohin sie sich in den Armen des Herzogs drehte, es gibt Benommenheiten, über die auch die klügsten Frauen nachträglich keine Rechenschaft ablegen können. Aber das wollen wir jetzt doch nicht abkürzen. Vilma schwebte da eben zwischen Himmel und Erde, wie ein Schweifstern. (Damals waren Camille Flammarions Bücher Mode, und die jungen Frauen dachten sich gern als Schweifsterne.)

Vilma schwebte in der Leere wie eine zum Paradies aufstrebende Seele, blickte nur hinauf, nach oben – in einem solchen Moment blickt man nicht auf die Erde, in die Vergangenheit zurück. Jeder hat sein eigenes Paradies, das er in einem Traum vielleicht kurz einmal gesehen hat. Vilma sah jetzt das Paradies, ohne zu schlafen, es war da, es nahm sie auf, für alle Ewigkeit. Was gibt es im Paradies? Melodien für die Melodielosen. Augenlicht für die Blinden. Glück für die, die immer leiden. Ein Zuhause für die, die immer umherziehen. Glauben für die unglücklichen Ungläubigen. Gottes Kuss für die, die nie geküsst worden sind.

Lassen wir, was Vilma sonst noch alles gedacht hat, während dieses Tanzes, während dieses Flugs, dieser endlosen Melodie, dieses glücklichen Dämmers – wie Kindheitsdämmer: da ist die Mutter wieder, sie erzählt etwas, dem Mädchen wird es warm, mag der Ofen kalt sein. Lassen wir die Frage, ob Vilma wirklich von Liebe angerührt war, das ist sowieso nur die Gnade eines Augenblicks, was immer die Dichter von der langen Liebe singen mögen. Und ob sie sich dann immer wieder an den Kuss erinnerte, der im fast dunklen Zimmer plötzlich auf ihren Lippen war, ist auch nicht die Frage. Hatte sie die Silberespe geküsst, hatte sie sich zu ihm hochgestreckt, hatte sich die Silberespe zu ihr hinuntergebeugt, für einen einzigen, in keiner Weise fortgesetzten Kuss? Sei stille, mein Herz ... Der Kuss verging. Im Wirtshaus wurden die Lampen angezündet.

⋆

Allerdings bildeten sich in Erinnerung an Tanz sowie Kuss ein paar Sommersprossen auf Vilmas Gesicht, und es wird dann heißen, aha, der Dämmerungstanz, aber böse und neidische Menschen gibt es ja immer, vor allem unter den Männern, die bitteres Bier in ihren knurrenden Magen schütten und denen es ganz recht wäre, wenn Gott selber auch nur gerade in einer Budapester Magistratur säße. Lassen wir also den talentlosen Anteil der Menschheit, die Neider, bleiben wir bei den Gästen der *Stadt Wien*, die den tollen Tag talentiert veranstaltet hatten.

Einer muss beim Lichteranzünden zur Tür hinausgewischt sein, denn plötzlich war eine kalte Strömung in der Luft des

Wirtshauses. So ein heimlicher Luftzug, dessen Ursprung man nicht erklären kann.

Einer der Luftzüge, die man in den Wirthäusern spürt, wenn die Sonne untergegangen ist, wenn es Abend wird, die Lampen zu leuchten beginnen und die Stimmungen des Tages ausklingen, um anderen Stimmungen Platz zu machen. Neue Reisende kommen, aus allen Teilen der Welt, an einem anderen Ort steht schon der Mond am Himmel, denn hier zeigt der Kalender Neumond an. Was bringt der Neumond? Glück vielleicht, die Abergläubischen klopfen an ihre leeren Börsen; oder Unglück, das man nur hinten, über die linke Schulter hinweg, sehen möchte, wenn es schon unbedingt kommen muss ...

Der Luftzug fährt in die Luft des Wirtshauses, obwohl nur Herr Stranszky gekommen ist, um seinen täglichen Krug Bier zu trinken und sich nach Art der alten Habitués von der Király-Straße an seinem gewohnten Tisch niederzulassen. Er wischt mit der Hand auch dann über das Tischtuch, wenn kein einziger Brosamen darauf ist, er verschiebt Salz- und Paprikabehälter auch dann, wenn diese perfekt plaziert sind, er lauert darauf, ob von irgendwoher Durchzug kommt, er legt seine Brille im Etui und die Abendzeitung vor sich hin, bevor er sich endgültig zurechtsetzt. Mit haarsträubender Pedanterie probiert er an dem Eichenstuhl herum: ob er nicht etwa unter ihm zusammenbreche. Er hat eine Glashandlung in dieser Straße, und als 18** in Pest die Jurastudenten demonstrieren, schwört er sich, sein Geschäft schon in der Dämmerung zu schließen.

Mehr ist von Stranszki mit dem besten Willen nicht zu sagen. Man könnte noch erwähnen, dass ihm das Bier in einem »speziell geformten« Krug gebracht wurde, da er ja Glashändler war. Der Schankbursche stellte das Bier vor ihn hin, worauf er jeweils eine »Magyarka«-Zigarette zur Belohnung bekam, die er sich selbstverständlich hinters Ohr steckte. Der Stammgast starrte eine Weile das Bier an, als wollte er von ihm Sachen wissen.

Vielleicht unterzog er es einem Examen, fragte, wieviele Beine hat eine Ziege, wieviele Beine ein Huhn, wieviele Beine Herr Stranszki ... oder was so ein verstockter Stammgast seinen Bierkrug fragt ... Vielleicht erkundigte er sich mitunter nach Jozefin, mit der er im alten *Bierwagen* von Buda zu Abend aß, als er und Jozefin sich noch auf ewig liebten. Alt wie ein altes Hauptbuch saß jetzt Stranszki hier, wollte sein tägliches Bier verbucht haben, kippte beim zweiten Krug meistes den neben ihm stehenden Stuhl gegen den Tisch, was immer und überall bedeutet, dass der Glashändler einen Gast erwartet ... Wir sind aber erst beim ersten Bier, das heißt, Stranszki hatte noch keinen Schluck genommen, hingegen begann er das Abendblatt zu streicheln, auszulegen, zu glätten, als drohte er dem Bier damit, er würde sich ins Zeitunglesen versenken, bevor er von ihm tränke ... Genau mit dieser Abendzeitung hatte er Jozefin gedroht, wenn die einen Kummer hatte und beim Essen stiller war als sonst. Kein Kummer kann mit der Abendzeitung konkurrieren, Stranszki steckt die Nase hinein, wird gleichmütig, phlegmatisch, fragt nicht mehr nach, wenn Jozefin während des Essens zu lächeln oder zu zanken vergisst ... Auch seinem Sklaven, seinem täglichen Bier, würde Herr Stranszki gern eine solche Behandlung angedeihen lassen, doch das Leben ist weitergegangen, Herr Stranszki ist ein alter Glashändler geworden und hätte wirklich nicht gewusst, wie er die Zeit nach der frühen Ladenschließung ohne Bier verbringen sollte. Er griff also nach dem Henkel des Krugs, griff danach, aber noch immer hielt er »Jozefin« von sich fern, als prüfte er, ob sie nach ihrer letzten Begegnung nicht irgendwie schartig geworden sei. Er war Glashändler und wahrscheinlich von eifersüchtigem Naturell, was er im Laden nie zeigte, wo über ihm die Lampen klimperten, summten, klingelten, Lampen, mit Steinöl (Petroleum) zu betreiben, die Gegengewichte mit Schrot gefüllt, die Schirme aus Porzellan oder Bronze, mit phantasievollen Ketten, Lampen, wie sie in der Stadt keiner mehr kaufte. Er griff nach dem Bierkrug und hob ihn hoch und zog ihn langsam an seinen Mund, um an derselben Stelle, in gerader Linie zum Henkel, an der Stelle zu trinken, wo er schon seit fünfzehn Jahren trank. »Na, Frau Csicso!« sagte er gewohnheitsgemäß, als diskutierte er mit seiner Lebensgefährtin. Er tat einen anständigen Zug, leerte den Krug fast bis zur Hälfte, denn beim Biertrinken ist ja doch der erste Schluck der beste. »Na, Frau Csicso!« sagte er, »jetzt reicht's aber für eine Weile«, und er glättete das Abendblatt, um sie bis dort durchzulesen, wo der Name der Druckerei die letzte Zeile bildet.

Also doch einiges über Stranszki, diesen unbedeutenden, verstockten Stammgast, von denen es in der Stadt Tausende gibt, und der vielleicht auch beleidigt wäre, weil man ihn beim Biertrinken und Zeitunglesen beobachtet; das geht den Bezirksvorsteher oder den Präsidenten der Steuerkommission nun wirklich einen feuchten Staub an, so weit sind wir gottseidank noch nicht, dass man jemanden wegen Bierkonsums verurteilen würde. Falls Stranszkis Bestellung dem Wirt oder der Wirtin nicht passen sollte: bittesehr etwas zu sagen, bittesehr eine Bemerkung zu machen, morgen finden sich Hunderte von Wirtshäusern, wo man gern gesehen ist. Und doch, doch ist das passiert, dass mit dem Eintreffen, dem Sich-Niederlassen, dem Biertrinken des Stammgasts die Lustbarkeiten in der *Stadt Wien* ein Ende hatten.

Stranszki trank die gute Laune auf. Er war das Werkzeug des Schicksals. Das Verhängnis, der Verdruss, das jähe Erwachen. Und der Verursacher all dessen, was dann noch folgte.

*

Als erster entfernte sich Baron Burg, er schämte sich seit dem Hahnenkampf sowieso.

»Ich habe zwei Kipfel gehabt«, sagte der mächtige Offizier

demonstrativ. Er hatte es tapfer durchgestanden, den ganzen Tag nichts zu essen, denn nach größeren Zechereien brachte er seinen Organismus auf diese Art in Ordnung. Er gürtete sich mit seinem Degen, grüßte militärisch, »Auf Wiedersehen, meine Herren« und vergaß auf dem Tisch eine Banknote. (Es heißt, er habe beim Hinausgehen durch die hofseitige Tür den Ausläufer, der auf den Hahn aufpaßte, ebenfalls großzügig beschenkt. Die Sporen klirrten davon, die Räder des Einspänners rumpelten, der Hahn lag gefesselt zu Füßen des Barons. Folgt die Dressur des Hahns. »Vielleicht lehrt ihn der Herr Hauptmann das ABC«, sagte der Ausläufer.)

Als zweiter ging Jenöchen, und zwar eigentlich ohne aufzuwachen. Nach alter Gewohnheit ging er wie ein Schlafwandler durch die Straßen, wich den Hindernissen, den Wagen, den Karren, den Gruben, dem aufgerissenen Pflaster instinktiv aus. Seit dreißig Jahren hätte er nicht sagen können, wie er unbeschädigt in sein Bett gelangte. Einmal war beim Erwachen sein Gesicht rot, einmal weiß, aber seine Kleider lagen in bester Ordnung auf dem Stuhl neben dem Bett, und man musste sich nur selten um ihre Reinigung, ihre Auffrischung bemühen. Am ehesten machten seine Schuhe Probleme, denn schwer wie er war, trat er seine Sohlen unheimlich aus. Also zog er an der Schnur einer Glocke, wie sie einst bei der Abfahrt von Zügen verwendet worden war. Auf den Glockenton hin erschien die Hauswartin, mit der er den Preis für das Flickenlassen der Schuhe ausgefeilscht hatte. Hin und wieder verdiente auch die Hauswartin ein paar Kreuzer an dem Geschäft. Im übrigen sprach Jenöchen nie von den »Durchmärschen«, schien sich gar nicht daran zu erinnern. (Und er war sehr erstaunt, wenn jemand Wochen später die Rede auf das verpasste Mittagessen brachte. Die liebe gute Schwester machte Jenöchen wegen seiner Abwesenheit nie Vorwürfe. Eine kluge Frau; wusste sehr wohl, dass Vorwürfe die Männer am meisten schmerzen. »Die Armen, sie leiden schon genug für sich selbst.« Und so vergaß Jenöchen auch den Barbier auf ewig.)

Als dritter ging der Dechant. »Die Klasse der Besitzenden flieht«, sagte Herr Kriptai. Er sah die Situation immer hoffnungsloser werden, seit der erste Hut vom Haken genommen worden war. Der Dechant ließ sich nicht beirren; er erwähnte jenen Schwartenmagen, der an allem schuld war, eventuell drohe ihm sogar Übelkeit, denn mit Geräuchertem sei allergrößte Vorsicht geboten. Und mit dem Schwartenmagen müsse man erst recht aufpassen, denn die Metzger meinten noch immer, so eine fette Wurst vertrage jede Schweinerei, während doch dicke Menschen nur scheinbar gesund sind, die Totengräber können ein Lied davon singen, wieviele beleibte Leute sie vor der Zeit begraben. Überhaupt müsse man den Schwartenmagen mit rohen Zwiebeln, wenn möglich mit jungen Zwiebeln essen, verteidigte sich der Dechant und entfernte sich rasch, damit es dem Präsidenten nicht etwa einfiele, das Zauberwort (seinen Vornamen) auszusprechen, wie er das zur Zähmung des Dechanten auch schon getan hatte. Seine O-Beine trugen den Dechanten flink davon, als wiederholten sie eine Melodie: »Ring, ring, ringerei ...« Wäre er auf der Straße zufällig jemandem begegnet, hätte er ihn ansprechen können: »Sagen Sie doch bitte, haben Sie hier nicht irgendwo den Dechanten gesehen?« hätte er fragen können, denn er wollte das Vergangene, das Geschehene, den Schwartenmagen vergessen. Nicht jeder mag es, wenn die Pester Kandelaber sein ungewaschenes Gesicht, seinen zerknitterten Hut, seine Bekümmertheit ein zweites Mal beleuchten.

Der Dechant hatte das entgegengesetzte Naturell von Herrn Kriptai, der erst wirklich in Schwung kam, wenn die Kandelaber wieder angezündet wurden. »Als wäre ich neugeboren«, sagte er aufgekratzt. Der Präsident schaute ihm misstrauisch und wortlos in die Augen, und dieses eine Mal wusste man nicht, was er dachte.

Wer als vierter die *Stadt Wien* verließ, kann man nicht genau feststellen; zum Beispiel war der namenlose Krakeeler, den man einige Male gehört hat, plötzlich spurlos verschwunden. Es gibt solche Gäste, die sich unter dem Tisch, durch den Kamin davonmachen, ohne dass es jemand merkt. Da, ihr Stuhl ist mit einem Mal leer, nachdem sie noch eben darauf hin und her gerutscht sind, sich noch eben wichtig gemacht, Unruhe verbreitet, Probleme verursacht, mit Augen, Stimme und Benehmen Beleidigungen ausgeteilt, ihre Nachbarn verbittert haben, so dass man auch an den entfernten Tischen irgendwie etwas denkt wie: »Ich bin zwar in friedlicher Absicht in dieses Wirtshaus gekommen, es fällt mir überhaupt nicht ein, mich zu prügeln, aber wenn der Herr da meint, mit einem Glas Bier habe er sich das Recht erworben, frech zu sein, über mich Bemerkungen zu machen wie über ein Straßenmädchen, wenn er mit den Augen, dem Mund, den Grimassen in meine Richtung Andeutungen abschickt: dann dreh ich ihm den Hals um, ich schwör's ...« So entstehen die Wirtshausprügeleien, die dann später keiner erklären kann. Im Wirtshaus sitzen ja die meisten Helden ... Der kleine Krakeeler war verschwunden, ohne seine »übliche Ohrfeige« erhalten zu haben, sagte Plac später, als er sich an das Fest zurückerinnerte. Plac mochte das chinesische Sprichwort, wonach Sich-Kratzen gut, Sich-Prügeln noch besser ist.

Jetzt erhob sich Herr Nikodémi und legte dem Präsidenten den feierlichen Schwur ab, er werde die Angelegenheiten der Grabsteinschleiferei endlich in Ordnung bringen, so dass man nie mehr etwas Schlechtes über ihn sagen könne. »Den Schurken stopfe ich das Maul«, wiederholte Herr Nikodémi, aber der Präsident blinzelte ihm kein einziges Mal auf die gewohnte ermunternde Art zu, nicht einmal auf die Art des hämischen »Hatz-Meisters«, obwohl er die düstere Gestimmtheit des Herrn Nikodémi oft ausnützte, um in dessen arglosem Herzen menschenverachtende Regungen hervorzurufen. Herr Nikodémi plazierte den steifen Hut über seinem gemeißelten, harten, hasserfüllten Gesicht, und als er mit seinen blitzenden schwarzen Augen, seiner Krötenstimme und seiner Gehässigkeit endlich abgezogen war, schien sogar der Präsident erleichtert, als wäre sein Hemdkragen um eine Nummer gewachsen.

... Das begab sich zu der Zeit, da Stranszki, der verstockte Stammgast, seinen ersten Krug Bier trank, unter mehrmaliger Wiederholung des Namens der Frau Cicsó, als hätte dieses Frauenzimmer etwas mit dem Biertrinken zu tun.

⋆

Zu seinem zweiten Bier bestellte Stranszki auch noch Bretzel.

Trockenbretzel, zum Knuspern, zum Aussuchen, Bretzel, um derentwillen man den Bäcker lobt oder verflucht. »Wurst esse ich nur deshalb nicht, weil ich gehört habe, dass man in der Pester Wurst kürzlich den Nagel von einem menschlichen kleinen Finger gefunden hat«, sagte Stranszki ziemlich laut, »aber das hätte ich wirklich nicht gedacht, dass in der Hauptstadt auch die Bäcker streiken. Gestrige, vorgestrige Bretzel bekommt man serviert, obwohl die Bäcker noch immer der Militärregel unterstehen, wie in meiner Jugend. Ich war Freiwilliger, anno neunundsechzig, als in der Kaserne von der Üllöi-Straße im Tagesbefehl der Freiwilligen stand, dass der mittlere Teil des Bartes auszurasieren, der Vorgesetzte zu grüßen, der Wachtmeister nicht betrunken zu machen sei. Nur den Bäcker darf man ohrfeigen, wenn das Ordonnanzbrot schlecht ist. Wo ist der Bäcker, dem man für diese Bretzel eine kleben könnte?«

Nicht mehr und nicht weniger sagte Stranszki, als er nach dem Jubeltrubel eintraf. In welchem Jubeltrubel man keine Zeit gehabt hatte, frische Bretzel zu besorgen, auf die doch der Stammgast wahrhaftig ein Recht hat. Stranszki sprach kein weiteres Wort mehr, warf keinen einzigen Blick auf das Wirtspaar, nur dem Schankburschen, der zu dieser Zeit den Altkellner ersetzte, teilte er seine Meinung mit. (Darauf folgte Seite zwei des Abendblattes; der Glashändler machte sich mit einem Ernst an die Lektüre, als hätte er nie mehr etwas anderes zu tun. Man schimpft ja gern auf das Abendblatt, es schreibt »nicht jedem nach dem Maul«, aber einen Gast, der allein Bier trinkt, kann man sich ohne das Blatt schlecht vorstellen. Das Papier raschelte, die Zeitung musste spannend sein, sie schien eigens für Herrn Stranszki gedruckt. Und der entnahm seiner Westentasche tatsächlich einen Schreibstift, mit dessen Hilfe er Zeilen unterstrich und am Rand Bemerkungen und Ausrufe- und Fragezeichen machte.)

Und auch das, dieses versunkene Zeitunglesen, genügte dazu, dass jemand benommen wurde, dass jemand vom Baum fiel wie ein irregewordenes Huhn, obwohl es noch im Fallen weiß, dass unten der Fuchs wartet. Kriptai war es, der den Kopf sinken ließ und ein paar Schnarcher wagte, als testete er die Sache nur, um zu sehen, ob der Präsident in das geduckte Schnarchen einwillige. Bestimmt hatte Kriptai schon andere Male versucht, den Präsidenten hinters Licht zu führen.

»Schlafe nicht, lieber Freund.«

»Aber keineswegs. Fällt mir überhaupt nicht ein, ich bin nur ganz kurz eingenickt. Schön hier im Wirtshaus.«

»Schlafe nicht, lieber Freund«, wiederholte der Präsident nach einer Weile. »Wenn du schlafen willst, geh weg, mach mir keine Schande.«

»Ein Schuft, ein Schurke, wer schläft.«

Aber der Präsident hob seine hochwürdige Hand und stieß ohne weitere Bemerkung Kriptai in die Seite. Der unter Vormundschaft befindliche Herr blickte ihn schläfrig, mühsam und vorwurfsvoll an:

»Also auch du plagst mich, Herr Präsident, genügt es denn nicht, dass der schwarze Stier des Schicksals schon so oft auf mir herumgetrampelt ist? Na schön. Ich gehe auf den Hof, um mir ein bisschen Bewegung zu machen, aber verlange nicht von mir,

Herr Präsident, dass ich nach Hause gehe, denn wenn ich heute nach Hause ginge, würde ich mich garantiert an der Türklinke erhängen, falls ich sie aufgrund der Nachlässigkeit des Hotelwirts geschlossen fände. Der Halunke schließt mein Zimmer ab, wenn die Geldsendung meines Vormunds Verspätung hat.«

»Geh, wohin es dir beliebt«, sagte der Präsident bitter, als er allein am Tisch zurückgeblieben war, wo doch noch vor nicht langer Zeit seine Kampfgenossen in so schöner Anzahl versammelt gewesen waren. Und der Präsident wollte eben einem alten Freund nachsinnen, jenem unvergesslichen Ferkó, der nie am Tisch einschlief, nie nach Hause ging, wobei allerdings nicht sicher war, ob er überhaupt eine Wohnung hatte. Doch irgendwie war Ferkó aus der Mode gekommen wie die ungarische Hose, an der die Budapester Schneider so viel herumgeflickt hatten, um sie zwanzig Kreuzer billiger zu machen, um sie mit einem Schlitz zu versehen, um sie schließlich dem Militär anzudrehen: so dass am Ende niemand mehr ungarische Hosen trug, dachte der große Präsident und ertappte sich bei einem Schnarcher, der klang, als wäre jemand unter den Tisch gefallen. Nein, nur der Stuhl unter dem Präsidenten war ein bisschen gekippt, ein größeres Unglück war vorläufig nicht geschehen. Um sein Ansehen zurückzugewinnen, orderte der Präsident den Wirt herbei und begann ein Rechenmanöver, das der Wirt nach alter Sitte auf einer Schiefertafel mitvollzog. Bei anderer Gelegenheit hätte die Rechnerei des Wirts Anlass zu einem hübschen Streit gegeben, er zählte die mit Kreide aufgezeichneten Posten kreuz und quer zusammen, doch an dem Tag fühlte sich der Wirt etwas erschöpft, wenn er an eine neuerliche Schlacht mit dem Präsidenten dachte. Auch der Präsident wollte, nachdem sich seine Kampfgenossen verflüchtigt hatten, keine Grobheiten von Vájsz riskieren. Herr Pista sprach also eine Zahl, die er in Form von Geld aushändigte, worauf er Vájsz die Hand drückte, dann noch einmal, wobei er aber aus irgendeinem Grund nicht von seinem

Platz aufstand. (Wie es die Geschichtenerzähler der folgenden Jahre feststellten: dieses Mal vermochte sich der Präsident nicht von seinem Stuhl zu erheben, er war zu betrunken.)

Und noch jemand verließ das Wirthaus, der sonst auch nicht nach Hause zu gehen pflegte, da er die »Großmutter« jederzeit vorfinden konnte, die »Großmutter« war immer zu Hause, Tag und Nacht, immer bereit, dem Cavaliere das Bett zu machen, dem Cavaliere das Versprechen abzunehmen, es sei das letzte Mal, dieses »ungesunde Ausbleiben«, ob er am Morgen nach Hause kam oder am Abend, jedenfalls immer in dem Moment, da er reif war, in den Schlaf zu sinken und die Zeit nicht mit nutzlosem Nachdenken zu verbringen ... Denn wenn er einmal so wirklich nach Noten ins Nachdenken käme ... wenn er sich auf den Bettrand setzte und begänne, längere Zeit seine »bandagierten« Beine zu betrachten, die den Dienst schon aufgegeben hatten, bevor er sich mit ihnen in einem »klassischen Wettbewerb« versuchen konnte ... wenn er begänne, sich im Bett herumzuwälzen, um die Seite zu finden, auf der sein Herz am besten zu Luft kam ... wenn er sich verhielte wie andere Unglückliche, die das Muster des Wandteppichs betrachten und immer sicherer sind, dass sie auch beim Erwachen todmüde sein werden, denn sie sind ja schon seit Jahren unheilbar krank ... wenn der Cavaliere nur für ein paar Minuten zum Beispiel den »Roten Májer« vergessen könnte, dessen Speiseröhre, Lungen, Magen und die anderen Teile aus Rohren zusammengesetzt sind, na gut, aus Silberrohren, und der Rote Májer freut sich trotzdem über den Cavaliere, wenn dann wieder die Pferdchen über den Pester Rasen laufen und man Elemér Batthyány, Csekonics und Pejácsovics in persona sehen kann, weswegen Silberrohr-Májer schon im Winter die Forintchen sammelt, weswegen er sich die Leute vom Pfandleihhaus als Freunde hält, weswegen er im Kaffeehaus beim Kartenspiel betrügt ... also, wenn der Cavaliere beim Zubettgehen nicht an den Roten Májer dächte: könnte er ein Jagdgewehr mit dem besten französischen Champagner füllen und sich im Kamarawald nach Herrenart in den Mund schießen. Zum Glück hatte die »Großmutter« zu Hause immer etwas zu tun, der Cavaliere brauchte keinerlei Torturen über sich ergehen zu lassen, durfte in den Schlaf schlüpfen, bevor er die Knöpfe der Steppdecke durchgelesen hätte. (»Sogar den Cavaliere beneide ich«, sagte Herr Kriptai einmal, »er hat eine Großmutter, die darauf achtet, dass er nicht mit der brennenden Zigarette im Mund einschläft.«)

Nun also, auch der Cavaliere war gegangen, und zwar ohne sich zu verabschieden, nicht dass man ihn nachher verdächtigen konnte, vom Herzog ein Geschenk erwartet zu haben, obwohl solche Herzöge stets ein paar überflüssige Krawatten, Manschettenknöpfe, irgendwelche Nippsachen haben, die sie da und dort austeilen. *In der Stadt Wien 19**** lautet die Gravur auf dem Erinnerungsstück. (Selbstverständlich hatte der Maestro vor seinem Weggang mit dem Altkellner abgerechnet. Auf die Einzelheiten muss man besser Acht geben als auf die großen Dinge, denn aus Einzelheiten ist das Leben zusammengezimmert.)

*

Und der Verstockte las noch immer seine Abendzeitung. So verbissen, dass er auch einer »Messingschlange den Garaus gemacht« hätte, falls diese im eben noch fröhlichen Wirtshaus zu mucken gewagt hätte. Er las, sah auf sein Bier und schielte, ob sich da irgendein lustiger Gast über ihn lustig mache. Die Budapester Stammgäste waren misstrauisch geworden, nachdem das Malträtieren des Stammgasts Mode geworden war, so etwa das Hineinspucken in sein Bier. Auch der »Paduaner«-Tisch regte sich: als die Lichter angegangen waren, hatte der Adjutant nach der zerknitterten Speisekarte gegriffen und sie dann hoffnungslos wieder an ihren Platz gelegt.

(Worauf hätte der Adjutant noch Lust gehabt? fragte man sich in der *Stadt Wien* noch Jahre später, aber die Phantasie reichte nicht aus. Nur Plac' Bemerkung diente als Anhaltspunkt: »Ich meine, der Landgraf würde schon noch ein Beefsteak essen, und zwar eines auf ungarische Art, etwas dünner geschnitten, etwa daumendick geklopft, aber nicht plattgeklopft, mit Petersilie, Meerrettich, roten Rüben, Pfeffer, auf starker Hitze, in Schmalz und dann auch in Fleischbrühe gedreht. Mit Salz ...« Doch der Legende gemäß konnte Plac seinem Missionseifer nicht stattgeben, die Wirtin versetzte seinem Knie unter dem Tisch einen Tritt, den Plac auf keine Art als Liebeszeichen auslegen konnte. Damals schlich der Teufel ein letztes Mal um die Wirtin herum. Nie mehr legte sie unter dem Tisch jemandem die Füße in den Schoß, weder aus Koketterie noch im Zorn. »Marsch in die Küche«, sagte Vájsz. »Bis zur Goldenen Hochzeit.« Obwohl doch die Ehemänner von den Füßen unter dem Tisch selten etwas merken. Der letzte mutige Ehemann, der mit einem Griff unter den Tisch den Fuß des Galans erwischt und ihm den Stiefel ausgezogen hat, war Damenschneider in Pest, aber er hatte im Schießstand von Buda mit einem Werndl-Gewehr ins Schwarze getroffen, und seit da platzte er aus den Nähten.)

Am Paduaner-Tisch geschah das:

Der Trafikbesitzer meldete sich zu Wort, nachdem er sich für längere Zeit vom Schauplatz der Geschichte zurückgezogen hatte. Und es ist tatsächlich so, dass die Stimme des Trafikbesitzers angenehm war; im stillgewordenen, in seinem Unglück versunkenen Wirtshaus bereitet es ja an manchen Tagen sogar noch Freude, wenn ein Hausierer mit Revolutionsfrisur die Tür aufmacht und Schnurrbartbürsten anbietet, die er an seiner eigenen Behaarung ausprobiert. Der Trafikbesitzer rief:

»Bezahlen, Herr Vájsz!«

Hatte der Trafikbesitzer irgendeinen Kummer, dass er sich

auf diese Art Erleichterung verschaffen wollte? Wie die alten Wirtshausbesucher wissen, gibt es in der verdüsterten Stimmung Augenblicke, da sich einem ein Stein aufs Herz legt und die Verhandlung mit dem Zahlkellner Erleichterung bringt. Es heißt, diese Beschäftigung sei bekümmerten Menschen zuträglich, die sich eine Zeitlang übergangen gefühlt haben. Vájsz erschien, der Trafikbesitzer sagte:

»Ich hatte ein graues Ross.«

Am Nachbartisch sprach der Präsident in seine Einsamkeit hinein:

»Eigentlich war Staatssekretär Kerkápoly der Grund, dass die ungarische Hose aus der Mode gekommen ist. In Amerika, wo die vornehmsten Hotels nach den ›Knickebockers‹ benannt sind, hält man die Erinnerung an die Gründerväter noch wach. Bei uns gibt es kein einziges Gasthaus, das nach der ungarischen Hose benannt wäre.«

Es war irgendwie die Auseinandersetzung mit jemandem, den der Präsident im Traum gesehen hatte.

»Ich hatte ein graues Ross«, wiederholte der Trafikbesitzer den Spruch, so wie man seiner Wortmeldung Nachdruck verschafft, »ich hatte drei Portionen Fisch, drei Portionen Beefsteak, drei Portionen Spiegelei, drei Portionen Quarknudeln, drei Portionen Kolozsvárer gefülltes Kraut ... Nein, das nicht, das hätte ich bloß gern gehabt.«

»Was nicht war, kann noch werden«, sagte Dallosi väterlich, als wollte er den Trafikbesitzer nachträglich versöhnen. Die Pester, nicht wahr, müssen zusammenhalten, die Fremden können ja jederzeit wieder aus der Stadt abreisen. Warum sollten sich zwei anständige Menschen wegen drei Fremden böse sein? »Wir beide werden ja doch in demselben guten Pester Schlamm ruhen, Herr Irma. Die Pester können nicht ohne einander auskommen. Schließen wir Frieden, Herr Irma.«

»Na gut, aber ich diktiere noch die Omnibus-Rechung, damit

am Tag des Jüngsten Gerichts alles in Ordnung sei. Ich bin auch auf das Konto von Herrn Plac neugierig, auch er soll nicht vergessen werden, wenn es schon ans Bezahlen geht. Auch er stammt aus unserem Wurf.«

»Bitte keine Angst zu haben«, sagte Vájsz.

»Und der Ausläufer und der Barbier und der Tanzmeister? Warum sollten sich die nicht auch an den heutigen Tag erinnern, da ich meine vornehmen Freunde glücklich aus dem Strudel der Andrássy-Allee herausgefischt habe? Es hat keinen Sinn, Herr Vájsz, dass wir einen armen Ausläufer seine paar Gläser Bier bezahlen lassen. Wir wollen gut sein. Wie hat es der hochwürdige Herr Kanyursky doch gesagt? Nur immer achtgeben, dass wir nicht böse sind.«

»Bitte keine Angst zu haben«, wiederholte Vájsz.

»Ich habe keine Angst, Herr Vájsz. Wir sind in Budapest, man braucht keine Angst zu haben, dass einem vielleicht der Überzieher vom Rücken gezogen wird. Ein Budapester Kellner braucht nicht unbedingt ein Ringkämpfer zu sein, seien wir aber möglichst menschlich. Ich bin Zeuge, falls jemand zum Beispiel die Rechnung von Plac zu hoch finden sollte. Warum sollten wir nicht für die Kinder von Plac ein Paket mit Nuss- und Mohngebäck machen, für die lieben Kleinen?«

»Soviel ich weiß, hat Herr Plac keine Kinder.«

»Egal!« Der Trafikbesitzer war zu Tränen gerührt. »Es kann seine Hausbesorgerin, seine Hauswartin, seine Verwandte Kinder haben. Man muss in Pest die Wohltätigkeit üben, damit man stets ein ruhiges Gewissen hat. Vielleicht sollten wir auch die Fremden veranlassen, etwas in die Sammelbüchse der Rettungsgesellschaft zu legen, damit wenigstens die armen Retter etwas davon haben.«

»Bitte keine Angst zu haben, die Rechnung ist schon gemacht, so verrückt Frau Vájsz auch erscheinen mag, die Küchenspesen hat sie bereits zusammengestellt.«

»Warum haben Sie das nicht gleich gesagt, alter Ganove?« rief der Trafikbesitzer äußerst erleichtert und stieß dem Wirt den Zeigefinger in den Bauch. »Ich werde mich mit der Gnädigen versöhnen, Ehrenwort. Ich bitte sie um Verzeihung, falls ich sie im Leben irgendwie beleidigt habe. Warum sollte ich ein so wackeres Frauenzimmer, von dem man in Pest im Ton höchster Verehrung spricht, noch länger gegen mich aufbringen? Wir versöhnen uns, Mitbürger Vájsz, und wir werden eins sein im sechsten Bezirk. Wir wollen nicht böse sein.«

Bei den Paduanern bezahlte der Adjutant. Fügte zur Summe ordnungsgemäß zehn Prozent Trinkgeld hinzu, obwohl das in Budapest eine ganz neue Sitte war. Er nahm eine Geldbörse aus der hinteren Hosentasche, die auf gleiche Art gedunsen war wie sein Hals und seine übrigen Körperteile. (»Ich war die ganze Zeit nur wegen der Rechnung meines Freundes Plac besorgt.« Der Trafikbesitzer.) Und nach dem Bezahlen nahmen Herzog, Adjutant und König ihren feierlichen Auszug in Angriff, in die vordere Stube, wo Vilma und ihre Gesellschaft saßen, den Korb des Fliegenden Händlers neben dem Tisch. Die Paduaner blieben bei der Tür stehen, nahmen militärisch-steife Haltung an, als käme jetzt eine Zeremonie. Im Hintergrund erschienen der Portier, der Ausläufer, der Barbier, der Trafikbesitzer, der »berühmte Nachtkellner«. (Nur der Präsident blieb an seinem Platz, die Augen, mit denen er zur Decke starrte, waren fast glasig. John Falstaff, wirklich.)

Der Herzog zog sich einen Ring vom Finger und griff nach Vilmas Hand: er streifte den Ring nach einigem Herumprobieren über ihren Mittelfinger. Der Ring saß wie angegossen. Worauf der Herzog die beringte Hand küsste. Dann meldete sich der Adjutant zum Handkuss, dann der ergraute König, dann selbstverständlich Dallosi, dann der Trafikbesitzer, dann der Portier . . .

Es trat eben Plac zum Handkuss an, als vom Hof das Schlagen

der Omnibustür zu hören war, Vorbereitungen, Pferdehufe auf dem Pflaster. Herr Kacskovics und der Hilfsstuhlrichter blickten sich fragend an.

*

Es mag Männer geben, die es manchmal brauchen, dass ihnen die Frauen mit bühnenreifen Szenen das Leben würzen. War der Herzog ein so veranlagter Mann, dann musste ihn Vilma schwer enttäuschen. Sie setzte sich wieder an ihren Platz, ohne eine Miene zu verziehen, als hätte sie vergessen, wie man staunt, weint, lächelt. Allerdings warf sie einen langen Blick auf den Ring an ihrem Finger. Ein fürstliches Wappen, in Altgold graviert: geflügelte Maulesel und Fahnen ... Dann zog sie sich den Ring vom Mittelfinger und reichte ihn dem noch immer feierlich dastehenden Herzog:

»In unserer Heimat steckt man den Ring jeweils an einen anderen Finger.« Sie stand auf, nahm die Hand des Herzogs und zog ihm seinen Ring wieder an. Ganz einfach und auf eine Art liebenswürdig, als klärte sie ihn nur über einen harmlosen Irrtum auf.

Der Herzog blieb die ganze Zeit stumm. Dann entfuhr seiner Brust ein leichter Seufzer. Wieder verneigte er sich zeremoniell vor Vilma; der Adjutant und der König folgten seinem Beispiel. Darauf gingen sie langsam rückwärts aus dem Zimmer, hinaus aus der *Stadt Wien*, vom Hof her waren wieder die Töne zu hören, die das Bereitmachen der Wagen bedeuten, besonders wenn es die ausladenden Omnibusse sind, die sich mit Scheibengeklirr, Gerumpel, dem Quietschen der Bremsen und Radstricke in Bewegung setzen. Der Fahrer sagt etwas zu seinen Pferden, der eifrig bemühte Portier etwas zu den Fahrgästen, dann schließt er die Omnibustür, um sich selber auf den Bock hinaufzuhieven. Manche Portiers können ihren Platz neben dem Fahrer in einem einzigen Schwung einnehmen, unser Portier musste mehrere Anläufe nehmen, bis er oben war. Er setzte sich bequem zurecht und blies in seine Pfeife, womit er wahrscheinlich seine Fahrgäste amüsieren wollte. Die Pferde zogen an, die Räder begannen zu rollen, der unterkellerte Hof dröhnte, der Hauswart zeigte mit einer altmodischen, viereckigen großen Lampe den Weg über den Hof an, Reisefieber lag in der Luft, die jetzt irgendwie anders roch.

*

Stranszki, der Verstockte, verströmte noch immer den ernüchternden Durchzug.

(Es heißt – Jahre später natürlich – auch der Ringtausch zwischen Herzog und Vilma wäre anders verlaufen, hätte sich Stranszki an dem Tag zufällig nicht im Wirtshaus aufgehalten. Doch der Teufel holt solche Glashändler nie, damit sich in seiner Abwesenheit die Liebenden fänden! Keiner, der sagen würde: »Geh schon, Stranszki, dein Leben wird sowieso von Tag zu Tag fürchterlicher, da kannst du beim Lichteranzünden so oft ins Wirtshaus fliehen, wie du willst. Warum schläfst du nicht eine Runde auf dem Kanapee, jeder anständige Mensch, der etwas auf das Leben gibt, schläft am Nachmittag. Wer mag sich schon fortwährend mit der Abendzeitung abgeben, früher oder später wird ein solcher Mensch aufgehängt. Geh, Stranszki, schlaf eine Runde, auch der Nachmittagsschlaf kann angenehm sein, wenn man ein reines Gewissen, einen richtig funktionierenden Magen und ein frohes Gemüt hat. Zugegeben, Stranszki, dein Mittagessen, das der Glaserlehrling aus dem nahen Wirthaus in einer Apparatur antransportiert, wie es die Apparaturen sind, aus denen die armen zu Zimmerarrest verurteilten Soldaten essen: zugegeben, Stranszki, dieses Mittagessen ist nicht abwechslungsreich. Das Stück Rind-, Schweine- oder Kalbfleisch wird mal in der Brühe gekocht, mal mit Linsen, mal mit Bohnen. Es mag einem die Lust am Leben ein bisschen vergehen, wenn man dabei an die goldgelben, mit Safran gewürzten Suppen mit Einlage denkt, wie man sie sonntags im Kreise der Verwandten zu löffeln pflegte. Stranszki weiß sehr wohl, dass die Frauen diese verwandtschaftlichen Suppen deshalb zu so goldigem Gelb ziehen lassen, weil Stranszki doch irgendwann ins Gras beißt, mit oder ohne Testament, und bis dahin gibt es auch noch die Geburtstage, Weihnachten, Namenstage, da Stranszki eine Hängelampe von der Decke herunterholt, eigenhändig Schmutz und Staub abwischt, um die Lampe den Verwandten zu schicken ... Aber es ist eben nicht immer Sonntag, Namenstag, Weihnachten. Du hast recht: ein Schurke, wer die Jahrestage erfunden hat. Beim Mittagsgeläut aber muss man meistens im Laden bleiben, man wird ja von den Nachbarn, von der Konkurrenz beobachtet, und es kann auch jederzeit ein Kunde vom Land kommen, der dort draußen in der Puszta, wo man noch gern im Familienkreis lebt, eine Hängelampe braucht. Einem alteingesessenen Händler steht es durchaus an, sich das Mittagessen ins Geschäft bringen zu lassen, die Teigwaren sind zwar kalt, bis die Reihe an sie kommt, aber da ist immerhin der Glaserlehrling, der dem Chef hilft. Nun gut, das Brot in der Schublade wird sauer, Salz und Paprika bekommen in ihren Behältern eine leblose Farbe, die Serviette sieht mit der Zeit wie ein schmutziges Handtuch aus, der schönste Lampenschirm, auf dem Engel fliegen, hat Essensgeruch. Und doch muss man im Laden bleiben, auch wenn man für zwei Kreuzer Essig zu den Linsen bringen lassen muss, damit sie irgendwie einen Geschmack bekommen. Du hast völlig recht, Stranszki, wenn du nach Ladenschluss in die Bierstube fliehst, nachdem der Kunde nichts gekauft, der Nachbar dich um Geld angegangen, der Glaserlehrling nichts gelernt hat – und doch hast du nicht recht. Die Wirtshausluft ist die allerschädlichste, besonders in einer solchen kleineren Bierstube, wo nicht genug gewischt, gelüftet, geputzt wird, weil sich immer ein Gast findet, der gegen das Wischen protestiert. Zwar bringt dir der Schankbursche persönlich das Bier, und doch kannst du nicht recht unter den Schanktisch sehen, ob sie da nicht Bierreste in dein frisch gezapftes Bier mischen, wie es unter Schankburschen seit Bestehen der Welt Brauch ist. Und für den Bäcker, würdest du für den Bäcker die Hand ins Feuer legen? Für einen Bäcker, einen Budapester Bäcker, dessen höchster Ehrgeiz es ist, sein gestriges Gebäck an den Mann zu bringen ... Geh schon, Stranszki, mit deinem abendlichen Biertrinken und all den bauchvergrößernden Mitteln, die früher oder später Ursache von allerlei Krankheiten sein werden. So entsteht der Bierbauch, mit welchem man dann den Ärzten auf die Bude rückt. Geh, Stranszki, mit deinem ewigen Zeitunglesen. Was geht dich eigentlich die Politik an? Willst du unbedingt ein nächtliches Magendrücken? Geh abends spazieren, Stranszki, und zwar immer in der Richtung, aus der du die Glocken hörst. Da kannst du dich nicht verlaufen, du gehst, schlenderst, spazierst auf die Glocken zu, schaust dabei ein bisschen herum und denkst über dein Leben nach. Wie viele Jahre so ein Leben wie deines wohl noch dauert? Eines, zwei, drei ... Und diese kurze Zeit willst du im Wirtshaus verbringen?« Niemand, der so zu dem Stammgast gesprochen hätte, während dieser immer wilder entschlossen vor seinem Bierkrug saß ...)

*

Und auch Plac, dieser wandelbare Zechbruder, trug sich schon mit dem Gedanken ans Gehen, er saß nur noch wegen des Wirtshauszeremoniells an seinem Platz, wollte nicht zu den »Laufgästen« gehören, die aus dem einen Wirtshaus wegrennen, um die anderen aufzusuchen. Vielleicht ist dort das Bier besser, sind die Pogatschen mürber, ist in der Küche ein Gericht auf dem Feuer, das man unbedingt probieren muss.

Nein, Plac hatte mit seinem Weggang nichts Besonderes vor,

er hatte kein Programm, irgendwo frisches Rindsgeschnetzeltes zu essen (denn das Rindsgeschnetzelte ist immer nur in »einem anderen« Wirtshaus gut). Er wiegte sich nicht in der Illusion, dass er unterwegs noch bei Peter oder Paul einkehren würde, um einen letzten Gespritzten zu trinken, bevor er nach Hause ging. Plac war ein Mensch mit Selbsterkenntnis, er sah die Situation völlig klar, nämlich dass er von hier nur noch nach Hause gehen konnte, nach Hause, in die Hoffnungslosigkeit, wo niemand auf ihn wartete, höchstens der Tod. Kein Brief auf seinem Tisch, keine Nachricht für ihn, keine Stimme, die ihm wegen des langen Ausbleibens Vorwürfe machte. Auf dem Bettrand sitzen, den bitteren Zigarettenrauch ringsum blasen und die vier Wände anstarren ... Und doch war Plac im Gehen begriffen, er knetete mit seinem Zigarettenstummel den Aschenbecher, warf zwischendurch einen Blick auf den Hut, der über seinem Kopf hing, verfiel dann wieder ins Nachdenken, als erwartete er noch etwas, vielleicht geschah noch etwas, vielleicht kam noch jemand, der sich neben ihn setzte ... Nein, es geschah nichts. Der stämmige, breitschultrige Mann krächzte lustlos, sagte etwas über die Sinnlosigkeit des Lebens, worauf er verdrossen in seinen Wintermantel schlüpfte. Er war weder melancholisch noch wütend, sondern auf eine Art gelassen, wie jemand, der mit dem Leben abgerechnet hat. Er wird mit harten, schwunglosen Schritten auf der Straße gehen, auch wenn er zwischendurch große Schlucke von der Abendluft nimmt. Nur bei der Terézkirche wird er kurz innehalten, um den Kopf zu den beleuchteten Fenstern zu heben und eine Weile zerstreut daraufzuschauen.

*

Vilma und ihre Gesellschaft waren ebenfalls beim Aufbruch.

»Sieben Uhr«, sagte Vilma. »Es ist sieben Uhr, es ist Abend. Wir müssen gehen, meine Herren, zur Insel ist es weit.«

Der Hilfsstuhlrichter faltete seine ausgestreckten Beine zusammen wie die Beine eines Photographie-Stativs.

Herr Kacskovics erledigte die Dinge, die er erledigen wollte, auf freundliche, liebenswürdige, ja geradezu frische Art. Er nickte Vájsz, der jetzt sehr traurig dreinblickte, verständnisvoll zu. »Nicht den Kopf hängen lassen, Vájsz, mein Freund, das Leben ist noch lang, es warten auch noch frohe Tage auf uns.«

Vilma zupfte an ihren Handschuhen herum, schien sich zu überlegen, ob sie sich nach ländlichem Brauch mit ein paar Worten von der Wirtin verabschieden sollte. Vielleicht kommt man irgendwann doch wieder einmal vorbei, man muss höflich sein, oft auf Visite gehen, wohlgesinnte Menschen finden, wenn man im Leben durchkommen will. Doch die Wirtin war nirgends in Sicht. Die Budapester Wirtinnen pflegen sich nicht von ihren Gästen zu verabschieden.

»Und was ist mit dem da?« fragte Vájsz und zeigte auf den Korb auf dem Boden, aus dem die Fliegenden Waren unberührt, buntverpackt und glänzend herausragten. Was es da an Datteln, Feigen und Zucker gab, und Vilma war einst Liebhaberin solcher Delikatessen gewesen.

»Was ist mit dem Korb?«

»Man muss ihn dem armen Fliegenden Händler zurückgeben«, sagte Vilma, dieses eine Mal mit leicht zitternder Stimme.

Der Wirt begleitete seine Gäste zur Tür, dann sagte er zu dem Verstockten, der jetzt zum ersten Mal den Kopf von seiner Zeitung hob:

»Nein, ich mag Gäste überhaupt nicht, die im Wirtshaus ohne jeglichen Grund tanzen.«

Er zeichnete mit einem Stück Kreide Kreise auf den Wirtshaustisch. Zeichnete sie, betrachtete sie eine Weile, wischte sie weg, ließ am Ende einen Kreis zur Erinnerung stehen. Dieser Kreis bedeutete eine Frau.

Epilog

Nach Art der alteingesessenen innenstädtischen Herren sah sich Kacskovics neben den ungarischen Zeitungen auch immer ein auf deutsch erscheinendes Budapester Blatt an, denn auch er war abergläubisch; die offiziellen und zuverlässigen Wirtschaftsnachrichten erschienen noch immer auf deutsch, in der deutschen Zeitung. (Dieser Aberglaube wird bestehen, solange die Budapester Herrschaften leben, die noch vom letzten Jahrhundert übrig sind.) In der deutschen Zeitung erschien nach dem lustigen Tag in der *Stadt Wien* eine Annonce:

> Wegen familiärer Umstände alteingeführtes Gasthaus an stark frequentierter Lage und mit zuverlässiger Stammkundschaft ab sofort abzugeben. Der gegenwärtige Besitzer begnügt sich bei der Übergabe mit der entsprechenden Bürgschaft, im Hinblick darauf, dass das gegenwärtige Personal den Broterwerb nicht verliert. Unsere Adresse ist beim Herrn Direktor der Administration zu erfahren.

Kacskovics, während seiner schlaflosen Nächte zum Liebhaber des Annonceteils der Zeitungen geworden, staunte ein wenig. Warum gab der gegenwärtige Wirt sein Gasthaus ab, wenn er doch zuverlässige Stammgäste hatte, die ihn an stark frequentierer Lage nicht im Stich ließen? Warum begnügte er sich mit der entsprechenden Bürgschaft, statt wie üblich Bargeld zu wollen? Warum vertraute er die Adresse dem Chef der Administration an, der tagsüber wahrscheinlich anderes zu tun hatte, als Wirtshausadressen präsent zu halten? Ja, und dann: was waren das für familiäre Umstände, die einen Wirt in eine Lage brachten, dass er sich von seinem Geschäft trennen musste?

Kacskovics war ein hartnäckiger Mensch, er hatte bald in Erfahrung gebracht, dass in der Zeitungsannonce von der *Stadt Wien* die Rede war, der *Stadt Wien* vom lustigen Fest.

»Dieser Vájsz ist durchgedreht, er will sein Wirtshaus loswerden«, sagte er zu seinen Freunden, als er sie in den folgenden Stunden traf. »Was ist in den und seine Frau gefahren?«

Vilma lächelte ein bisschen.

»Ist Ihnen nicht aufgefallen, dass das Wirtspaar die ganze Sache satt hat, nachdem sie schon genug Geld haben und keine Aussicht mehr auf einen Erben besteht? Warum sollten diese Leute weiterarbeiten, nachdem sie schon so viel beisammen haben, dass sie von ihrem Vermögen leben könnten, und wenn sie auch zweimal leben müssten?«

»Der fleißige Vájsz? Die noch fleißigere Frau Vájsz?« sagte Kacskovics. »Ich verstehe das überhaupt nicht.«

»Ich hingegen habe schon gewusst, als ich diese braven, netten Leute in ihrem eigenen Gasthaus tanzen sah, dass dieser Tanz in Wirklichkeit bedeutete, dass sich die Vájsz' von der *Stadt Wien* und dem ganzen Aufwand verabschieden. Sie glauben doch wohl nicht, Frau Vájsz würde noch einmal aus dem Küchenfenster untätig mit ansehen, wie ein zufällig aufgetauchter Barbier die ausprobierten Zahnstocher wieder an ihren Platz zurückstopft? Und dass Herr Vájsz einverstanden ist, dass man in seinem Gasthaus Wein trinkt, der von einem anderen Ort kommt, während er doch auf seine Weine mindestens so stolz ist wie auf seine Frau?«

»Hm, da ist was dran, Fräulein Vilma. Ich will bei den Vájsz' vorbeischauen, da ich sowieso in der Stadt zu tun habe.« Kacskovics verabschiedete sich irgendwie nachdenklich von seinen Gefährten aus Podolin.

Beim Abendessen war er wieder da. Lächelte still vor sich hin, wie das Herren mittleren Alters und seltsamen Naturells so tun.

»Fräulein Vilma hat tatsächlich viel Menschenkenntnis, nur darin täuscht sie sich, dass sie meint, die zurückmanövrierten Zahnstocher oder die Ausgefallenheit des Präsidenten hätten bewirkt, dass sich die Vájsz' aus dem Geschäftsleben zurückziehen wollen ...«

»Ich jedenfalls würde den Gast, der die Zahnstocher vom Boden aufliest, rausprügeln.« Vilma.

»Na schön, Fräulein Vilma wird bald Gelegenheit haben, den Barbier zurechtzuweisen, falls sie das Angebot der Vájsz' annimmt. Sie überlassen ihrem Nachfolger alles, bis zum letzten Nagel, zur Meerrettichraffel, zum Safranbehälter, aber er muss zu kalter Winterszeit auch das alte Personal übernehmen. So den Altkellner, den Schankburschen Ludvig, den Kellermeister, die Köchin, das Küchenmädchen, alle. Denn das Ehepaar Vájsz will mit seinem Rückzug, dem endgültigen Bezug seiner Villa in Buda, niemandem den Broterwerb wegnehmen. Wollen Sie es übernehmen, Fräulein Vilma? Samt Stranszki und Präsidenten?«

»Moment mal, Herr Kacskovics ...«

»Wir können nicht lange warten, wir hätten eigentlich schon heute in der *Stadt Wien* zu Abend essen können. Das Haus, in dem sich das Gasthaus befindet, gehört nämlich zum Vermögen meiner Mutter und wird später vielleicht mir gehören, wenn es auch meine Mutter so will. Ich habe mich verbürgt, für eine geeignete Wirtin zu sorgen.«

»Und für einen Wirt?« fragte der einstmalige Hilfsstuhlrichter. Die Stimme noch tiefer als sonst. »Ich glaube, ich habe in Faykis' Bude in der Zipserei genug Zeit verbracht, um in Budapest ein Wirtshaus mit meiner Kenntnis zu versorgen.«

»Ich halte es für ein großes Glück, dass es mir gelungen ist, so rasch für die *Stadt Wien* zu sorgen. Jetzt könnten wir eigentlich auch den Priester aufsuchen«, sagte Kacskovics und legte die Hände der Liebenden ineinander.

... Seit langem hatte er keine so angenehme Nacht mehr gehabt. Die verkuppelten Jungen klopften mindestens so viele Male an seine Tür, wie man es beim Schwiegervater zu tun pflegt, um noch die allerletzten Ratschläge zu holen. Kacskovics antwortete mit Schnarchen.

Nachwort

Ich habe in meinem Leben mehr gekritzelt als Balzac«, hat Gyula Krúdy in einem Radiogespräch gesagt. Wenn das »gekritzelt« ein scheinbares Overstatement mildern soll – es ist kein Overstatement: Krúdys Werk umfasst rund hundert Bände –, so gibt es auch die völlige Professionalität des Autors wieder. Wie Balzac und noch mehr wie Proust hat Krúdy seine Arbeit als Suche verstanden und betrieben, was dem Akt des Schreibens jegliches Pathos nimmt. Eine Suche nach der verlorenen Zeit, die im Ungarn Krúdys – er lebte von 1878 bis 1933 – einen politischen Beiklang hat, der gleich zweimal nachhallt: die verlorene Zeit der Revolution von 1848, deren Anführer und Ungarns Freiheitsheld, Lajos Kossuth, in diesem Buch kurz erwähnt wird, und die 1918 endende Zeit der Donaumonarchie, deren Exponenten, Franz Joseph, der Autor oft und in ironischer Absicht beschwört, indem er eine der Hauptfiguren, den k.u.k. Präsidenten der Steuerkommission, von den schönen alten autoritären Zeiten unter dem Kaiser (und Unterdrücker der Revolution) schwärmen lässt.

Die Zeit unter Franz Joseph ist aber zufällig auch Krúdys eigener Erinnerungsfundus, der nun als Ziel und Gegenstand der Suche ernsthaft in den Blick gerückt wird. Dabei ist Krúdy genauso wenig nostalgisch wie Proust: beide kleben nicht an der

Vergangenheit, sondern beide sind auf die Techniken konzentriert, mit denen das vom Vergessen Bedrohte, Fast-schon-Vergessene aktualisiert werden kann. Proust hält die koordinierten, aber auch die auseinanderstrebenden psychischen Vorgänge fest, die vergangenen Augenblicken ihre Dichte und Plastizität gaben; Krúdy schiebt die koordinierten, aber auch die disparaten Elemente der Außenwelt zusammen, so dass die Stimmung eines vergangenen Augenblicks wieder entsteht. Beides sind Techniken der Gleichzeitigkeit; wenn das Vergessen das Abbröckeln dessen ist, was *auch noch* war, kann die verlorene Zeit nur durch die Wiederherstellung der Synchronie des Vielen gefunden werden. Die Szene in diesem Buch, da der junge, aus seiner Heimat vertriebene Lajos Podolini Stühle zueinanderschiebt, um eine Schenke seiner Stadt heraufzubeschwören, ist paradigmatisch für Krúdys Schreiben.

Das Vertriebensein auch. Krúdys persönliche Suche ist, wie bei fast allen ungarischen Autoren, vom Schicksal des Landes direkt beeinflusst. In Nyíregyháza in Nordostungarn als Sohn eines kleinadeligen Anwalts geboren, ging er während einiger Jahre eben in dem Podolin ans Gymnasium, das mit dem Vertrag von Trianon 1920 an die Tschechoslowakei fiel. In diesem geschichtlichen Zusammenhang sind kleinste Einzelheiten, zum Beispiel die Aufschrift *Ungarische Karpatengesellschaft* an der Anstecknadel, die Vilma, Lajos Podolinis Gefährtin, am Hut trägt, nicht folkloristische Tupfer, sondern Zeichen des Verlusts. Wobei Krúdy in keinem seiner Werke die Auflösung von Großungarn bejammert – wenn er je mit echtem Bedauern von einer großen Vergangenheit spricht, dann von der Revolution von 1848 (in seinem Buch über den Sohn von Lajos Kossuth). Vielmehr ist es so, dass all die Dinge, die nicht mehr sind, wie sie waren, ihm auf seiner Reise durch die Zeit als Markierungen dienen.

In diesem Roman, drei Jahre vor seinem Tod, 1930, erschienen, sind es vor allem Menschen, die nicht mehr da sind, wo sie waren. Die Gesellschaft, die hier im Wirtshaus, einem räumlich wie auch zeitlich begrenzten und also nur vorübergehend sicheren Ort, zusammengekommen ist, spiegelt die damalige, unter anderem von Franz Josephs Germanisierungspolitik geprägte Budapester Bevölkerung. Fast alle Protagonisten sind auf ihre Art *displaced persons*, nicht nur die beiden jungen Leute aus Podolin, sondern auch der Wirt Vájsz (Weiss, ungarisch-phonetisch geschrieben; sz ist wie das deutsche s), seine Frau Johanna März, der Schankbursche Ludvig Franz, der Hotelportier Ede Holcwart, der Husarenhauptmann Baron Burg, der gescheiterte Jude Plac (auszusprechen wie Platz), dann auch der aus Versehen in Ungarn geborene Italiener, Herr Nikodémi. Und auch scheinbar alteingesessene Herrschaften sind von ihren Orten weggerückt: Jenöchen, der nie dort ist, wo er sein möchte, nämlich zu Hause bei seiner Schwester, die bezeichnenderweise Frau Anderson heißt; der Dechant, der eigentlich in die Kirche und nicht ins Wirtshaus gehört; der Barbier und der Trafikbesitzer (Herr Irma – auch da sind Grenzen überschritten), die beide nicht in diese Gesellschaft gehören; Herr Kriptai, »im Zustand der Vormundschaft«; der Redakteur, der seine Identität nicht mehr kennt und unter sechs, sieben verschiedenen Frauennamen schreibt; Herr Kacskovics, dessen Mutter in der Innenstadt viele Häuser besitzt und der von Hotel zu Hotel irrt; die hochadeligen ausländischen Gäste, die auf einmal im Wirtshaus eintreffen und hier doppelt fremd sind. Der Schauplatz selbst: *Stadt Wien* genannt, in der Király-Straße, der Grenzlinie zwischen dem jüdischen Viertel (und späteren Ghetto) und dem katholischen Teil (repräsentiert durch die Terézstadt-Kirche) der Innenstadt von Budapest. Und in all dem und unter all diesen als Angelpunkt der Präsident, der das zeitliche und räumliche Verschobensein in seiner Person vereint. Er ist der klassische *Ci-devant*, der nun wirklich an der Vergangenheit klebt (»Es sind alle verrückt, die Franz Joseph überlebt haben.«) und der sich im Wirtshaus zwar fühlt wie ein Fisch im Wasser, aber trotzdem fehl am Platz ist, indem er mit seinem Machtgehabe gerade die Ruhe und Ordnung stört und die anderen terrorisiert. Seine »selige Jungherrenzeit« – ein Ausdruck, der in der Gesellschaft immer wieder verwendet wird (und dem ungarischen Original den Titel gibt) – ist für ihn der Maßstab, dem nichts und niemand mehr genügen kann und in dessen Namen er sich Grausamkeiten erlaubt: »... hier in der *Stadt Wien*, wohin die Herren gerne kamen, um unter der Oberhoheit des Präsidenten den Wirt zu quälen, so dass dieser für eine Weile den Verstand verlor.«

Krúdys ironische Distanz zu den immer bier- und weinseligeren Beschwörungen der Vergangenheit kommt aber vor allem in der Reduktion der Geschichten des Präsidenten zum Ausdruck: Reduktion auf das Essen und Trinken (das früher natürlich ganz etwas anderes war); höchstens, dass von einem vermeintlichen Schmuckdiebstahl die Rede ist (aber auch nur, um Plac zu plagen), und dann – man muss es fast so sagen: geistern noch ein paar Gesichtspickel und ein einzelnes riesiges Hühnerauge durch seine Erzählung. Diese »selige Jungherrenzeit« ist genau besehen ein Nichts – sie kürzt sich weg, denn gerade die nostalgisch beschworenen Dinge gibt es immer noch: Frau Vájsz kocht mindestens so gut wie die Frauen anno dazumal, das Bier ist nicht schlechter als früher, und sogar die für verloren erklärten und eigentlich verloren gehofften »schlanken Siebendeziliter-Bouteillen« kommen zum Vorschein. Die schönen alten Zeiten sind ein Euphemismus für eine aktuelle Nervosität: darüber, dass die Dinge ihren Geschmack ein wenig verloren haben, ganz einfach, weil man nicht mehr jung ist und auf Reize nicht mehr mit der gleichen Frische reagiert: »Man muss das alles so verstehen, dass der Herr Präsident solche Geschichten zum Besten gibt, um seine Tischgenossen von ihrem Appetit zu befreien, nachdem er selbst im Lauf des längeren Gestänkers seinen Appetit gefunden hat. Vielleicht würde ihm die Speise am besten schmecken, wenn Vájsz, der Wirt, sich vor seinen Augen am Türsturz erhängte.«

Der Präsident gibt den Ton an, seine »selige Jungherrenzeit« ist das Vorzeichen, nach dem die anderen Mitglieder der Gesellschaft ihren Part spielen. Man erzählt seine Anekdoten so wie er: als wären sie Teil einer glorreichen Vergangenheit, dabei ist die Vergangenheit nicht besonders glorreich – oder gar keine Vergangenheit. Jenöchen, der Dechant, der Redakteur und Herr Kriptai zum Beispiel erwähnen ihr vergangenes Leben überhaupt nicht, andere, wie etwa der Trafikbesitzer oder der Barbier, erzählen vergangene Begebnisse im Sinn eines Berichts, um Zusammenhänge zu beleuchten. Und doch klingt alles vergangen, weil dieser Wirtshaus-Tag auch schon vergangen ist. Es ist der letzte Karnevalstag, der sonst nicht im Wirtshaus gefeiert wird, den die Gesellschaft aber aufgrund einer Laune des Präsidenten doch feiert, ein Ja-und-Nein-Tag, ein Übergang, der die Übergangssituation im Wirtshaus in der Grenz-Straße noch einmal potenziert und der als solcher ganz besonders davon bedroht ist, in einem Zeit-Loch zu verschwinden. Mit ihrem Reden mimen die Protagonisten die Gefährdung des Tages, und damit verzerren sich die Umrisse der Zeit.

Krúdy spielt mit dieser scheinbar schlichten Geschichte – Leute sitzen im Wirtshaus und reden – ein komplexes Perspektivenspiel. Nur schon der Titel des Buches (diesen Beiklang versucht auch der deutsche Titel zu wahren) ist doppelt bezogen: auf diesen Wirtshaus-Tag und auf das, worauf dort zurückgeblickt wird – und vielleicht sogar, das wäre ein dritter Bezug, auf die spätere Zeit, da der Wirtshaus-Tag schon zur Legende geworden ist, von welcher der Erzähler auch wieder in der Vergangenheit spricht: »Da aber ging die Tür des *Stadt Wien* genannten Wirtshauses auf... So haben in späteren Jahren Frauen und Männer ... es gesagt. ›Die Tür ging auf‹, sagte an einem Tag der Fastenzeit des Jahres 19** Spatz, der kaminfegerleiterlange

Handschuhmacher...« Dieser dreifache – und für den Leser vierfache (und bei jedem Wiederlesen sich multiplizierende) Zeitbezug bewirkt eben die Schräge der Geschichte. Das erwähnte Hühnerauge etwa ist nicht einfach ein kurioses Detail – von denen es noch unzählige andere gibt –, sondern etwas, das in all den Zeitschichtungen noch vorhanden ist, so wertvoll wie alles, was vor dem Untergang gerettet werden konnte. (Es ist bezeichnend, dass der Präsident das Hühnerauge mit dem Orloff-Diamanten vergleicht.) Wegen der Schräge auch ein Rutscheffekt: zuerst als hypothetisch präsentierte Dinge werden nach einer gewissen Zeit und ohne weitere Erklärung zu Tatsachen – so wie in der Wirklichkeit der Ruf, in den Leute und Dinge vielleicht unverdient kommen, ihnen nach einer Weile endgültig anhaftet. Deshalb auch, auf der Stil-Ebene, die zuweilen abrupten, geradezu grotesken Übergänge, oder vielmehr Nicht-Übergänge: »Zu Franz Josephs Zeiten war das noch so, dann aber hat sich jegliche Ordnung auf den Kopf gestellt. Bringen Sie mir Lunge... vorläufig genügt eine kleine Portion...« Auch hier mimt der Text ein Zeitphänomen: in dem Loch zwischen dem ersten und dem zweiten Satz sind all die Sätze verschwunden, die der Präsident vielleicht auch noch gesagt hat, wir hören eine alte, unvollständige Rede, die gerade wegen ihrer Lücken nachhallt.

Wir hören aber gleichzeitig auch den Präsidenten im Originalton – das Mimetische des Texts ist nicht die Psychologie der Protagonisten: die *sind* so, so sprunghaft, so verdreht. Man könnte umgekehrt auch sagen, dass der zugleich vorwärts und rückwärts gehende Sog der Zeit das Tun der Menschen immer und überall verzieht und dass ein Roman, der das Verzogenwerden deutlich macht, der Realität näher auf der Spur ist. Näher als die Fiktion gradliniger Ereignisse. In diesem Buch geschieht nur, was im Namen solcher Fiktionen meistens als nebensächlich angedeutet oder ganz weggelassen wird, und es ist ein erzähltechnischer Haupttreffer, dass Krúdy diesen gewöhnlichen Tag als einen besonderen präsentiert, von dem man dann noch jahrelang gesprochen hat. (Die einzige gradlinige Fiktion liefert der Barbier mit einer Geschichte, die ein Märchenthema und damit ihre eigene Gradlinigkeit ad absurdum führt.)

Am Schluss scheint dann tatsächlich etwas Außergewöhnliches zu geschehen: die erwähnten Nobilitäten, ein echter Herzog und seine Begleitung, erscheinen im Wirtshaus. »Brüderchen, wie soll ich mir das erklären«, fragt der Präsident, und man antwortet ihm: »Wir sind eine Weltstadt geworden, Herr Präsident, es ist nichts passiert, als dass unser kleines Pest ... eine Weltstadt geworden ist ...« Das Außergewöhnliche ist es nur in den Köpfen dieser provinziellen Gesellschaft, und nicht die noblen Gäste machen den Tag zu etwas Besonderem. Und auch nicht die Tatsache, dass ein Klavier herbeigeschafft wird und man zu seinen Klängen tanzt; das ist nur in den biederen Vorstellungen der Wirtsleute ein Ereignis. Der Tag ist besonders, weil man von ihm sagen kann, dass er *war* und dass er mehr oder weniger so war wie viele andere Tage jener Zeit. Erst der nachträgliche Blick auf ihn bringt seine Besonderheit heraus. Wie etwa: dass sich der Augenblick, der Übergang von Karneval zu Fasten, in Zeichen dargestellt hat. So erinnern zwei mit Päckchen beladene Boten an die beiden Endpunkte dieses Zeitbogens: der eine sieht aus wie ein Weihnachtsmann, der andere wie der Osterhase, und den zweiten lässt der Autor auch noch mit dem Namen Löffelmann anreden.

Krúdy hat nicht nur erkannt, sondern auch in seine Texte verarbeitet, dass das Leben die Kunst imitiert, dass die Wirklichkeit die beste schriftstellerische Erfindung ist. Löffelmann zum Beispiel hat es tatsächlich gegeben – so wie fast alle in diesem Buch erwähnten Namen: die exotisch klingenden Herren Faykis, Neruda und Calderoni ebenso wie die scheinbar nur zwecks Komik erfundenen Herren János N. Moos, Dungyerszky (gy ist ungefähr wie dj auszusprechen) und Kanyurszki (ny wie das spanische ñ) und die Grafen von Bombeles und von Péjácsovics (cs wie tsch). Flóra Freystädtler und Málcsi Berger hatten das Nachtleben des Budapests der Jahrhundertwende ebenso belebt wie Karola Cecília, die Primadonna des »Orfeum«. Und – für ungarische Ohren nun vertraut klingend – »Herr von« Wekerle war 1892–1895 und 1906–1910 Ministerpräsident des Landes, ebenso Graf Gyula Andrássy, 1867–1871, und Kálmán Tisza, 1875–1890. Der Name Görgei ist mit dem des »Verräters« verbunden: Artúr Görgei, General der Honvéd-Armee (der Revolutionsarmee), hatte 1849 vor der österreichischen und russischen Übermacht die Waffen gestreckt. Graf Albert A. Apponyi war Präsident der wientreuen Nationalpartei, Dániel Irányi Präsident der Unabhängigkeitspartei, Elek Thaisz war Budapester Polizeipräsident und für seine Korruptheit berühmt, der vom Präsidenten liebevoll erwähnte Albert Szombathfalvy war Chef der Geheimpolizei, die Schauspielerin Lujza Blaha (1850–1906) zu ihrer Zeit der unumstrittene Publikumsliebling. Endre Ady (1877–1919) ist der große Dichter der ungarischen Moderne, der übrigens als erster die schriftstellerische Bedeutung seines Freundes Krúdy erkannt hat. Um einige zu nennen.

Krúdy spielt aber nicht nur mit den Namen: erwähnte oder angedeutete Orte, Situationen und Begebenheiten beziehen sich häufig auf eine Wirklichkeit, die Krúdys Zeitgenossen vertraut war, so dass für sie der Roman noch um eine Schicht bereichert wurde. Diese Schicht ist für die heutigen ungarischen Leser schon um einiges dünner, und für den deutschsprachigen bleiben nur noch ein paar Brocken, wie etwa Franz Joseph, Pfarrer Kneipp, Krafft-Ebing, Freud, Anton Dreher (der Bierbrauer), die Wiener Hoteliers Sacher und Frohner, dann der Name Esterházy (wobei auch die erwähnten Taszilό Festetich und Jenö Zichy zum ungarischen Hochadel gehören). So schade es um diese verlorenen Bezüge ist, so sehr passt ihr Verlust in die Zeitstruktur des Textes; man könnte fast sagen, er sei eingebaut. Was man heute nicht mehr weiß, bereichert die Stimmung jenes Wirtshaus-Tages, die sich aus dem Sog ergibt, wie sie die Zeitlücken ausüben. (Auch das ist bezeichnend, dass ein kalter Luftzug das Ende jenes Tages bedeutet.) Es tut also dem Text keinen Abbruch, wenn man nicht alle Hinweise versteht. Erläuterungen könnten die Informationslücken künstlich stopfen, der Stimmung wären sie nicht zuträglich. Aus diesem Grund ist in dieser Ausgabe auf Anmerkungen verzichtet worden.

Stimmung aber ergibt sich nicht nur daraus, dass Dinge verlorengehen, sondern auch aus der Art und Weise, wie mit dem Noch-Vorhandenen umgegangen wird. Mittels der Sprache. Wie nur wenige Schriftsteller – damit sind nicht nur die ungarischen gemeint – hat Krúdy seine Sprache zu einem Medium gemacht, mit dessen Hilfe er Dinge nicht einfach herbeibeschwören, sondern in ihrer Realität wiederherstellen kann.

Dieses Buch, einer der Höhepunkte in Krúdys Schaffen, steht am Ende einer früh beginnenden Entwicklung. Krúdy hatte mit vierzehn seine erste Novelle veröffentlicht, nach dem Abitur begann er seine journalistische Tätigkeit, zuerst in der Provinz, dann ab 1896 in Budapest. Ein Jahr später erscheint sein erster Novellenband, und da beginnt eben jene Arbeit von Balzacschen Dimensionen. Zum Beispiel erscheinen zwischen 1902 und 1911 zehn Novellenbände. In dieser Zeit führt er das in diesem Buch angedeutete jubel- und trubelreiche Nachtleben, das er auch in zahlreichen anderen Romanen thematisiert hat und das ihm den Ruf eintrug, ein liederlicher Nachtschwärmer zu sein. Was vielleicht genauso stimmte wie dass Proust ein oberflächlicher Salonlöwe war, was aber in beiden Fällen keine Rolle spielt, in Anbetracht der Disziplin, mit der beide Autoren das Erlebte in ihre Werke verarbeiteten. 1911 beginnt für Krúdy die Zeit der Szindbád-Romane, mit denen er zu seinem eigentlichen Stil findet. Szindbád, neben weiteren Krúdy-Figuren wie Eduard Alvinczi (der Herr von Welt und »Turf-Papst« in Wien) und Kázmér Rezeda zu einer Grundfigur der ungarischen Literatur geworden (zu vergleichen etwa mit Ulrich, dem Mann ohne Eigenschaften), ist Seefahrer in den Gewässern der hauptstädtischen Nacht, ein unverbesserlicher, aber letztlich auch unglücklicher Liebhaber alles Weiblichen. Mit der 1913 erschienenen *Roten Postkutsche* hat Krúdy seinen ersten großen Erfolg. Zwischendurch arbeitet er als Journalist, läßt sich von seiner Frau, mit der er drei Kinder hat, scheiden, zieht ins Hotel auf der Margareteninsel (ein Echo davon in diesem Buch), nimmt bei der Revolution von 1918 für die Volksrepublik Stellung, was ihm dann in der Presse vorgeworfen wird. 1919 heiratet er ein zweites Mal, gerät wegen seiner politischen Unbeliebtheit, aber auch wegen seines aufwendigen Lebensstils in finanzielle Schwierigkeiten, aus denen er bis zu seinem Lebensende nicht mehr herauskommt. Trotz eines riesigen literarischen Outputs: 1922 erscheinen fünf Bücher von ihm, 1925 eine zehnbändige Auswahl seiner Werke. An seinem fünfzigsten Geburtstag, 1928, ist er schon sehr verschuldet und sehr krank, was ihn nicht hindert, das Nachtleben noch einmal aufzunehmen und 1930 seine letzten großen Werke herauszugeben, unter ihnen eben diesen Roman. 1933 kann er seine Miete nicht mehr bezahlen, es droht ihm die Räumung, die Elektrizität wird ihm abgestellt, Gerichtsvollzieher sind hinter ihm her, in der Morgenfrühe des 12. Mai stirbt er.

Krúdys Sprachmeisterschaft zeigt sich unter anderem in seiner Aufmerksamkeit für die Wortfelder, die Aura der Wörter. Sein Text ist ein äußerst beziehungsreiches Geflecht, das er mit leicht archaisierenden Ausdrücken, Wortstellungen, Konjunktionen und Parataxen zu etwas Altem, nicht aber Altmodischem einfärbt. Zu etwas Altem in dem Sinn, dass es schon lange da ist und wahrscheinlich noch lange da sein wird. Krúdys Stil ist nicht archaisierend, sondern aktualiserend, ein Heraufholen der Vergangenheit. Dazu schöpft er die Möglichkeiten der ungarischen Sprache, die mit ihrem Suffixsystem, mit Partizipialkonstruktionen, mit dem Fehlen des unbetonten Pronomens und der beliebigen Verschiebbarkeit des Verbs der Synchronie Vorschub leistet, sehr weitgehend aus. Ein typischer Satz lautet mehr oder weniger wörtlich: »Obwohl der Präsident tadelnd, tröstend, überzeugend Kraft-mit, donnernd Manier-in verklungen Worteseine sichtbar Wirkung-mit waren Jenöchen Gemütszustandseiner-auf…« (»Kraft-mit«, »Manier-in« usw. sind Versuche, die Substantivsuffixe wiederzugeben.) Für Sekundenbruchteile ist alles auf alles bezogen, der Präsident sowie seine Worte mögen tadelnd, tröstend, donnernd und auch verklungen sein, die Worte sind einen Augenblick sichtbar, Jenöchen ist einen Moment lang zu allem fähig, bis sich herausstellt, dass er nicht im Nominativ steht, und auch sein Gemütszustand erweist sich erst ganz am Schluss als das passive Element des Satzes. Der auf deutsch etwa lauten kann: »Obwohl die tadelnden, tröstenden, kraftvoll überzeugenden Worte des Präsidenten auf Jenöchens Gemütszustand von sichtlicher Wirkung waren…«

Die Übersetzerin steht vor einer nicht lösbar scheinenden Aufgabe. Abgesehen von der generellen Schwierigkeit, eine synthetische Sprache in eine analytische zu übertragen, abgesehen auch davon, dass Krúdy gerade diese Synthetik meisterhaft ausnutzt und modelliert, kommt noch eine historisch bedingte Schwierigkeit hinzu: der – zeitweilige, keineswegs automatisch vollzogene – Rückgriff auf ältere Ausdrucksformen macht Krúdys Sprache zu einem Selbstzitat, das für ungarische Ohren einen Hauch ironisch, aber auch liebe- und lebensvoll und gemütlich klingt. Auf deutsch aber sind schon die Adjektive liebevoll, lebensvoll und gemütlich suspekt, und eine altertümelnde Sprache wirkt entweder hoffnungslos verstaubt oder geradezu zynisch. Was auf ungarisch gar nicht als tümelnd, sondern als Hinweis auf andere Sprachschichten und -möglichkeiten empfunden wird – und eine solche Aufmerksamkeit ist für eine auf sich selbst bezogene Sprache lebenswichtig –, wirkt auf deutsch eher abstoßend:

»Vilmalein streckte eine ziemlich muskulöse Hand in seiner Richtung aus, als wäre sie es gewöhnt, dass die Männer auf der ganzen Welt sie mit Handkuss begrüßten. Drei Goldreifen erklirrten gleichzeitig am Gelenk von Vilmas Hand. ›Die Erinnerung an meine drei Lieben‹, wie sie gewohnterweise über die Reifen zu sagen pflegte, wenn die Rede auf sie kam.« So mehr oder weniger wörtlich, aber weit neben der Atmosphäre des Originals. Auf ungarisch ist dieser betuliche Passus gerettet und in eine andere Dimension gehoben durch die Ausführung der direkten Rede, die mit »gewohnterweise ... zu sagen pflegte« ungeschlacht wiedergegeben ist. Krúdy verwendet eine ländlich-archaisierende Vergangenheitsform, ein einziges zusätzliches Wort zum üblichen »pflegte zu ...«, mit dem Vilmas ländlich-freundliche Ausstrahlung schon völlig getroffen ist. Und dann kommt noch etwas hinzu, das einen ungarischen Text sehr fein nuanciert, nämlich die Iterativform des Verbs, wie sie das Deutsche in dieser Art nicht kennt. Zum Beispiel steht hier statt »sagen« (mondani) so etwas wie »immer wieder sagen, es eher vor sich hin sagen als auf den anderen einreden« (mondogatni). Es ist eine Verbform, die eine Lockerung der Aussage erlaubt, so, als würde die Möglichkeit von Einwänden im Voraus eingeräumt und damit auch schon aufgehoben. Gewissermaßen eine synthetische Verbform, die über These und Antithese steht.

Für die deutsche Übersetzerin (zumindest dieser Übersetzerin schien es so) bleibt nur die Flucht nach vorn. Etwa: »Vilma hielt ihm eine nicht unmuskulöse Hand hin, als wäre sie den Handkuss seit eh und je gewöhnt. Drei Goldreifen klirrten an ihrem Handgelenk: ›Drei Lieben in meiner Erinnerung‹, sagte sie, wenn jemand die Rede auf die drei Reifen brachte.« Flucht nach vorn, in Richtung Lakonik, um die Atmosphäre im Ungesagten schweben zu lassen. Dann auch ein Versuch, Krúdys semantisch wie phonetisch geübte Sprachmagie mit der dreimaligen Erwähnung von drei und mit den Assonanzen am Satzende ein wenig aufzufangen. Das Prinzip der Verknappung-zwecks-Atmosphäre betrifft in dieser Übersetzung vor allem die Stimme des Erzählers, die in diesem Sinn stellenweise frei übertragen worden ist. Dazu noch ein Beispiel: »Die mit *Stadt Wien* benamste Bierschenke entbehrte für einige Zeit der Gegenwart ihres Besitzers, was nach Wirte-Sitte gewissermaßen unvorstellbar ist, wenn man unter so vielen Gästen ›Ordnung halten‹ müsste. (Zur Beruhigung meiner ›präzisen Leser‹ darf ich auch gleich melden, dass das Verschwinden von Wirt Vájsz bloß kurze Zeit dauerte, während der er einige kräftige schwäbische Grobheiten mit seinem Budaer Winzer austauschte, der zu jener Zeit eben im Keller arbeitete.)« Die Stimmung dieser hier wiederum getreulich und doch nicht texttreu übersetzten Stelle schien als Understatement besser herüberzukommen: »Das Gasthaus ging darauf für einige Zeit der Gegenwart seines Besitzers verlustig, nach Wirteprinzipien etwas Undenkbares, bei so vielen Gästen, unter denen ›Ordnung zu halten‹ ist. (Das Verschwinden von Wirt Vájsz währte allerdings nur kurze Zeit, die Zeit, da er mit seinem Winzer aus Buda, der damals im Keller arbeitete, sich schwäbisch und nicht freundlich unterhielt.)« Ein Versuch, den ausgreifenderen ungarischen Duktus mit einem rhythmisierten deutschen Satz wiederzugeben, unter Beibehaltung der im Original vorhandenen Alliterationen, unter Beibehaltung auch der Spannung von alter – Krúdy setzt das »entbehrte« in eine alte Vergangenheitsform – und moderner Ausdrucksweise und unter Weglassung der Anrede der »präzisen Leser«, die bestimmt auf eine konkrete Situation anspielt und außerhalb des Kontextes nur zopfig wirkt.

In der Rollenprosa hingegen, aus der das Buch weitgehend besteht, folgt die Übersetzung dem Original näher, wobei das Prinzip der Streuung, das in jeder Übersetzung angewandt werden muss, beachtet wurde. Krúdy arbeitet nicht nur mit zeitbezogenen, sondern auch mit intertextuellen Anspielungen, die in der deutschen Version teilweise neu erfunden und eben dort eingestreut werden mussten, wo sie gerade passen. Wenn es auf deutsch heißt: »dem Hilfsstuhlrichter nahten sich zur Essenszeit die schwankenden Gestalten einst konsumierter Speisen und Getränke«, so soll es den Assoziationsreichtum des Originals wiedergeben; zufällig steht hier bei Krúdy kein Zitat. Dasselbe Prinzip gilt auch für die Idiomatik. Krúdy schöpft, wie gesagt, aus dem Vollen der ungarischen Sprache, und das kann nur mit einem möglichst idiomatischen Deutsch aufgefangen werden, was eben auch wieder eine Streuung nötig macht (zum Glück nicht immer: es gibt in den beiden Sprachen eine Anzahl sich deckender idiomatischer Ausdrücke). So besteht die Hoffnung, dass der deutsche Text eine Ahnung von Krúdys Meisterschaft herüberzubringen vermag.

Krúdy ist nicht nur der Maler – oder vielleicht wäre Komponist die bessere Metapher – des ironisch und auch humorvoll zeit-verzerrten Sittenbilds, wie in diesem äußerst verdichteten Text, sondern auch, wie es in der Anfangsszene aufscheint, der Meister der zauberhaft stimmungsvollen Landschaftsbeschreibung. Zauberhaft im starken Sinn: zwischen den Protagonisten und der Landschaft besteht ein magischer Zusammenhang, die Landschaft symbolisiert sie nicht, sondern macht sie sich zu eigen, wie es Vilma auf der Eisscholle passiert, der sie sich immer mehr angleicht. In vielen von Krúdys Texten bildet das Land einen Gegenpol – es zieht seine großstädtischen Protagonisten immer wieder hinaus –, und er ist neben Proust einer der Autoren, die aus der Szenerie eine handelnde Figur zu machen vermögen, so dass jeder Schritt auf einer Straße, jeder Spaziergang an einem See, jeder Ausblick zum Horizont schon eine Spannung erzeugt, wie sie sonst nur zwischen menschlichen Romanfiguren und nur in schriftstellerisch vollkommen gelungenen Situationen entsteht.

Aus einem anderen Buch von Krúdy: »Nachmittagszeit, Litaneizeit; es wurde kühler, dunkler, der Rauch aus den Kaminen roch schon nach Wurst, nach Leinen und Rosmarin dufteten die Mädchen, die auf dem Kirchplatz umhergingen, Ziellosigkeit der Kleinstadtspaziergänge, zuweilen drehte der Wind an den Blechsegeln des Turms, hinter den Fenstern starrten die rotäugigen alten Leute unverwandt hinaus, als wollten sie sich die Stadt einprägen, in der sie so lange gelebt hatten, vor den geschlossenen Geschäften lief ein beneidenswert unternehmungslustiger, schrägschwanziger kleiner weißer Hund, auf die Berge um die Stadt hatte sich der Herbst aufgestützt wie ein Wanderpoet …«

Ich danke Hanno Helbling für die geduldige Durchsicht der verschiedenen deutschen Varianten und Frau Prof. Anna Fábri für den fachlichen Beistand.

Christina Viragh

Günter Grass im dtv

»Günter Grass ist der originellste und vielseitigste lebende Autor.«
John Irving

Die Blechtrommel
Roman · dtv 11821

Katz und Maus
Eine Novelle · dtv 11822

Hundejahre
Roman · dtv 11823

Der Butt
Roman · dtv 11824

Ein Schnäppchen namens DDR
Letzte Reden vorm Glockengeläut
dtv 11825

Unkenrufe
Eine Erzählung
dtv 11846

Angestiftet, Partei zu ergreifen
dtv 11938

Das Treffen in Telgte
dtv 11988

Die Deutschen und ihre Dichter
dtv 12027

örtlich betäubt
Roman · dtv 12069

Ach Butt, dein Märchen geht böse aus
Gedichte und Radierungen
dtv 12148

Der Schriftsteller als Zeitgenosse
dtv 12296

Der Autor als fragwürdiger Zeuge
dtv 12446

Ein weites Feld
Roman
dtv 12447

Die Rättin
dtv 12528

Mit Sophie in die Pilze gegangen
Gedichte und Lithographien
dtv 19035

Volker Neuhaus
Schreiben gegen die verstreichende Zeit
Zu Leben und Werk von Günter Grass
dtv 12445

Julien Green im dtv

»Julien Green ist Weltliteratur. Seine Bücher … gehören zu den bedeutendsten Werken des 20. Jahrhunderts.«
Iris Radisch in ›Die Zeit‹

Junge Jahre
Autobiographie
dtv 10940

Paris
dtv 10997
Mit den Augen des Dichters: kein Reiseführer.

Jugend
Autobiographie
1919–1930
dtv 11068

Von fernen Ländern
Roman
dtv 11198
Eine Familiensaga aus dem amerikanischen Süden – reich an Schicksalen und Ereignissen.

Meine Städte
Ein Reisetagebuch
1920–1984
dtv 11209

Der andere Schlaf
Roman
dtv 11217

Träume und Schwindelgefühle
Erzählungen
dtv 11563

Die Sterne des Südens
Roman · dtv 11723
Liebesroman und Kriegsepos im Sezessionskrieg der amerikanischen Südstaaten.

Treibgut
Roman · dtv 11799

Moira
Roman · dtv 11884
Moira soll den frommen Provinzler Joseph Day verführen. Ein frivoles und gefährliches Spiel …

Jeder Mensch in seiner Nacht
Roman · dtv 12045

Der Geisterseher
Roman · dtv 12137

Leviathan
Roman · dtv 12384
Guéret, Hauslehrer in der Provinz, entflammt in Leidenschaft zu der hübschen Angèle.

Englische Suite
Literarische Porträts
dtv 19016

Isaac B. Singer im dtv

»Ohne Leidenschaft gibt es keine Literatur.«

Isaac B. Singer

Feinde, die Geschichte einer Liebe
Roman · dtv 1216

Das Landgut
Roman · dtv 1642
Kalman Jacobi, ein frommer Jude, pachtet 1863 ein Landgut in Polen und gerät mit seiner Familie in den Sog der neuen Zeit.

Das Erbe
Roman · dtv 10132
Kalman Jacobis Familie im Wirbel der politischen und sozialen Veränderungen der Jahrhundertwende.

Eine Kindheit in Warschau
dtv 10187

Verloren in Amerika
dtv 10395

Die Familie Moschkat
Roman · dtv 10650
Eine Familiensaga aus der Welt des osteuropäischen Judentums.

Old Love
Geschichten von der Liebe
dtv 10851

Der Kabbalist vom East Broadway
dtv 11549
Geschichten, die Singer in seiner geliebten Cafeteria am East Broadway erzählt bekam.

Der Tod des Methusalem
und andere Geschichten vom Glück und Unglück der Menschen
dtv 12312

Schoscha
Roman · dtv 12422
Eine Liebesgeschichte aus dem Warschau der dreißiger Jahre.

Meschugge
Roman · dtv 12522

Der König der Felder
Roman · dtv 24102
Mythenartig und humorvoll erzählt Singer von der Entstehung des polnischen Volkes.

Ein Tag des Glücks
und andere Geschichten von der Liebe
dtv großdruck 25142

Wolf von Niebelschütz im dtv

»Sollte der nicht unsere ganze Bewunderung verdienen, der uns auf solche Weise zu bezaubern vermag?«
Walter Boehlich

Die Kinder der Finsternis
Roman · dtv 12030

Ritterturniere, Minnedienst, Liebe und Politik: Mitten in das höfische Leben der Provence im 12. Jahrhundert gerät der rätselhafte Schäfer Barral, dem man magische Kräfte nachsagt. Um seine Herkunft ranken sich Gerüchte, die nicht verstummen wollen, und trotz seiner niedrigen Geburt erhält er die Schwertleite. Er verliebt sich leidenschaftlich in die schöne Judith, die Tochter Dom Roderos. Doch die ist bereits mit dem düsteren, schweigsamen Otho verheiratet... »Solche Bücher entstehen auf der Welt nur alle Jahrzehnte einmal, und sie wischen Jahrzehnte Mit-Literatur vom Tisch.« (Hans Wollschläger)

Der Blaue Kammerherr
Galanter Roman in vier Bänden
dtv 12600

Wolf von Niebelschütz hat aus der Geschichte von der schönen Prinzessin Danae, die den Göttervater Zeus zurückweist und damit dessen Zorn auf ihr Inselreich zieht, ein Meisterwerk gemacht, eine wahrhaft symphonische Dichtung. »Was sich hier wie eine grandiose spätbarocke Maskerade darbietet, ist der bezauberndste Roman, der in Deutschland in den letzten vierzig Jahren geschrieben wurde. Wenn es möglich ist, das Wunder Mozart mit den Mitteln der Sprache auch nur ahnend zu erreichen, so ist es hier literarische, poetische Gestalt geworden... Ein Buch wie dieses ist nach 1945 nie wieder im deutschen Sprachraum erschienen.« (Eckart Klessmann, ›Frankfurter